李克诗集

诗词伴我人生路

李克 著

竹和松出版社

出版：竹和松出版社（Zhu & Song Press）

Zhu & Song Press, LLC

North Potomac, Maryland

责任编辑：朱晓红

责编信箱：editor@zhuandsongpress.com

封面设计：竹和松传媒

出版社网址：www.zhuandsongpress.com

印刷地：美国，英国

发行：全球（中国大陆除外）

ISBN-13:978-1-950797-29-5

ISBN-10:1-950797-29-5

目录

作者简介   VIII

作者肖像   IX

序言   XVIII

2017 年   1

    1.1 五绝：2017 年 12 月 12 日。美国西部犹他州亚利桑那州旅游感想   1

2018 年   6

    1.2 七绝：2018 年 3 月 11 日。纪念一位滑雪爱好者   6

    1.3 七绝：2018 年 4 月 16 日。初春四月滑雪感言   7

    1.4 七绝：2018 年 6 月。穗深港澳珠南巡游感言诗两首   8

    1.5 七绝：2018 年 9 月 1 日。池塘观荷花有感：   11

    1.6 七绝：2018 年中秋节随笔   11

    1.7 七绝：2018 年 10 月 3 日。小镇深秋夜景随笔   13

    1.8 七绝：2019 年 10 月 31 日。纪念美国万圣节   14

    1.9 七绝：2018 年 11 月 26 日。北加州秋天即景   15

    1.10 七绝：2018 年 12 月 2 日。薄雾观鹤有感   17

    1.11 七绝：2018 年 12 月 28 日。观圣诞新年灯火有感   18

2019 年作品   19

    1.12 七绝：2019 年 1 月 12 日。新年滑雪有感偶寄   19

    1.13 七绝：2019 年 2 月 23 日。观后花园桃花盛开   20

    1.14 七绝：2019 年 2 月 24 日。舞台跳舞表演有感   21

    1.15 七绝：2019 年 3 月 30 日。春天梨花盛开观感   22

    1.16 七绝：2019 年 4 月 7 日。小镇梨花盛开观感（春景续一）   23

    1.17 七绝：2019 年 4 月 6 日。春季花开观感（续二）。   25

    1.18 七绝：2019 年 4 月 14 日。滑雪有感（二）   27

1.19 七绝：2019 年 4 月 6 日。春季花落观感（续三） ... 28

1.20 七绝：2019 年 4 月 21 日。复活节滑雪有感。 ... 29

1.21 七绝：2019 年 5 月 8 日。晚春小诗。 ... 30

1.22 七绝：2019 年 5 月 18 日。初学小提琴登台演出。 ... 33

1.23 七绝：2019 年 5 月 17 日。夏日观冬天雪有感 ... 34

1.24 七绝：2019 年 5 月 22 日。玫瑰月季花盛开小诗。 ... 36

1.25 七绝：2019 年 6 月 20 日。观初夏满天晚霞、朝晖美景有感。 ... 37

1.26 七绝：2019 年 6 月 30 日高原漂流有感。 ... 39

1.27 七绝：2019 年 7 月 20 日读唐诗有感。 ... 42

1.28 七绝：2019 年 8 月初周末高山湖环湖徒步旅行。 ... 45

1.29 七绝：2019 年 8 月 夏日观荷花盛开有感小诗。夏日荷花颂之一 ... 46

1.30 七绝：2019 年 8 月，夏日观荷花盛开有感小诗之二。 ... 47

1.31 七绝：2019 年 8 月，夏日观荷花盛开有感小诗之三。 ... 47

1.32 七绝：2019 年 8 月，夏日高山湖单板滑水有感。 ... 48

1.33 七绝：2019 年 8 月仲夏英仙座流星雨观感 ... 50

1.34 七绝：2019 年 8 月夏末游加州太浩湖有感七绝一 ... 50

1.35 七绝：2019 年 8 月夏末游加州太浩湖有感七绝二 ... 51

1.36 七绝：2019 年 9 月 17 日高尔夫球场风景 ... 53

1.37 七绝：2019 年 11 月参加音乐学院的秋季音乐演奏会。 ... 53

1.38 七绝：2019 年 12 月 12 日。饮酒小诗。 ... 55

1.39 七绝：2019 年 11 月 16 日。今天晨雾中观沙丘鹤有感， ... 56

1.40 七绝：2019 年 12 月 23 日。冬至户外观景有感。 ... 57

1.41 七绝：2019 年 12 月 22 日。立冬滑雪 ... 58

1.42 七绝：2019 年 10 月新疆游记 ... 59

2020 年作品 ... 62

1.43 七绝：2020 年 2 月 8 日。滑雪有感 ... 62

1.44 七绝：**2020 年 2 月 12 日**。众志成城战胜新型冠状病毒肺炎。 ... 62

1.45 七绝：2020 年 2 月 22 日游览新疆天山天池有感 ... 63

1.46 七绝：2020 年 4 月 28 日观春天玫瑰花绽放有感。 66

1.47 七绝：2020 年 5 月 5 日立夏有感。 67

1.48 七绝：2020 年 6 月 10 日，最近练习书法行书有感 69

1.49 七绝：2020 年 6 月 22 日，夏至户外烤肉。 71

1.50 七绝：2020 年 7 月 12 日，夏日观荷花绽放有感。 72

1.51 七绝：2020 年 7 月 19 日，观荷花夏日池塘中偶见蜻蜓与荷花。 74

1.52 七绝：2020 年 7 月 26 日，仲夏周末玩激浪漂流有感。 76

1.53 七绝：2020 年 8 月 8 日，欧冠足球重开战有感。 78

1.54 七绝：2020 年 8 月 15 日，高山湖泊玩滑水（wakeboarding）有感 78

1.55 七绝：2020 年 8 月 23 日，祝贺拜仁慕尼黑勇夺欧洲杯冠军。 79

1.56 七绝：2020 年 9 月 15 日。中秋佳节渐近。抒发小诗庆祝传统佳节。 81

1.57 七绝：2020 年 10 月 1 日。中秋佳节。写小诗庆祝传统佳节。 81

1.58 七绝：2020 年 10 月 15 日。学习临摹东晋大书法家王羲之《兰亭序》 83

1.59 七绝：2020 年 10 月 20 日。高山湖环湖徒步旅行 Hiking。 84

1.60 七绝：2020 年 10 月 31 日，西方万圣节有感。 86

1.61 七绝：2020 年 11 月 20 日，贺《明湖摄影》创刊号《秋韵》成功发布 87

1.62 七绝：2020 年 12 月 12 日。圣诞节新年节日临近。 90

1.63 七绝：2020 年 12 月月 13 日。今冬首次滑雪有感。写小诗祝贺。 93

2021 年作品 96

1.64 七绝：2021 年 1 月 28 日。冬季郊游踏青有感 96

1.65 七绝：2021 年 3 月 5 日。望傍晚薄云星空有感而发。 98

1.66 七绝：2021 年 2 月 9 日。美国国家森林公园冬季踏雪赏景 100

1.67 七绝：2021 年正月十五元宵节有感。 103

1.68 七绝：2021 年 3 月 25 日。临摹元代大书法家赵孟頫《真草千字文》 104

1.69 七绝：2021 年 3 月 25 日。发表一首一月前酝酿的旧诗。 106

1.70 七绝 2021 年 4 月 2 日。白天在高山滑雪飞驰。晚餐品尝鱼头泡饼。 107

1.71 七绝：2021 年 4 月 11 日：春季四月滑雪感言 109

1.72 七绝：2021 年 4 月 17 日。春游观漫山遍野紫色小花有感。 110

1.73　七绝：2021 年 4 月 24 日。春天的故事　112

1.74　七绝：2021 年 5 月 24 日。观太浩湖高原小溪河流瀑布有感。　115

1.75　七绝：2021 年 6 月 15 日。观波特兰市国际玫瑰体验园有感而发。　115

1.76　七绝：2021 年 6 月 6 日。继续俄勒冈（Oregon)州之旅之一。　118

1.77　七绝：2021 年 6 月 7 日。继续俄勒冈（Oregon)州之旅之二。　121

1.78　七绝：2021 年 6 月 8 日。继续俄勒冈（Oregon)州之旅之三。　123

1.79　七绝：2021 年 6 月 9 日。继续俄勒冈（Oregon）州之旅之四。　124

1.80　七绝：2021 年 6 月 10 日。结束难忘的俄勒冈（Oregon)州之旅之五　127

1.81　七绝：2021 年 7 月 24 日。户外高原宿营　127

1.82　七绝：2021 年 7 月 30 日。高山湖中快艇单板滑水　129

1.83　七绝：2021 年 8 月 8 日。乘一叶小舟高原河白浪漂流，　131

1.84　七绝：2021 年 8 月 18 日。观仲夏夜空英仙流星雨　132

1.85　七绝：2021 年 9 月 16 日。临摹明董其昌行书范仲淹岳阳楼记。　133

1.86　七绝：2021 年 10 月 3 日。世界日报报道中学实习生颁奖仪式　134

1.87　七绝：2021 年 10 月 2 日　参加社区管弦乐队演奏世界古典名曲一　135

1.88　七绝：2021 年 10 月 2 日　参加社区管弦乐队演奏世界古典名曲二　137

1.89　七绝：2021 年 10 月 8 日。观看新上映 007 电影《No Time to Die》　138

1.90　七绝：2021 年 10 月 18 日，怀念挚友刘云仁　140

1.91　七绝：2021 年 10 月 25 日。观罕见美丽双桥彩虹　143

1.92　七绝：2021 年 11 月 1 日。郊游优胜美地（Yosemite）国家公园。　144

1.93　七绝：2021 年 11 月 1 日。看朋友时装模特表演　148

1.94　七绝：2021 年 11 月 13 日。郊游加州纳帕谷（NAPA Valley）酒庄。　148

1.95　七绝：2021 年 12 月 5 日。欢庆圣诞节小诗之一　150

1.96　七绝：2021 年 12 月 10 日。欢庆圣诞节小诗之二　151

1.97　七绝：2021 年 12 月 15 日。欢庆圣诞节小诗之三　152

1.98　七绝：2021 年 12 月 25 日。临摹明书法家文征明行书经典《琵琶行》　153

1.99　七绝：2021 年 12 月 19 日。柴可夫斯基《胡桃夹子》管弦乐队演奏　156

1.100　七绝：2021 年 12 月 30 年终太浩湖雪场单板滑雪　158

2022 年作品   **161**

1.101　七绝：2022 年 1 月 4 日。我们管弦乐队演奏《胡桃夹子》   161

1.102　七绝：2022 年 1 月 5 日。新年太浩湖雪场单板滑雪   162

1.103　七绝：2022 年 1 月 5 日。南加州之旅一。南加州盖蒂艺术博物馆   165

1.104　七绝：2022 年 1 月 5 日。南加州之旅二，中华美食   168

1.105　七绝：2022 年 1 月 5 日。南加州之旅三，棕榈泉市及约书亚树公园   169

1.106　七绝：　2022 年 1 月 5 日。南加州之旅四，莫哈韦国家保护区   171

1.107　七绝：　2022 年 1 月 5 日。南加州之旅五，加州死亡谷国家公园   172

1.108　七绝：2022 年 1 月 5 日。南加州之旅六，魔鬼高尔夫球场和天然桥   174

1.109　七绝：2022 年 1 月 14 日。南加州旅游之七。艺术家调色板大道   177

1.110　七绝：2022 年 1 月 14 日。南加州之旅八，Dantes View 观日台   178

1.111　七绝：2022 年 1 月 14 日。南加州之旅九，沙丘风景   180

1.112　七绝：2022 年 1 月 16 日。南加州之旅十。优胜美地国家公园   181

1.113　七绝：2022 年 1 月 5 日。新年太浩湖雪场单板滑雪   186

1.114　七绝：2022 年 1 月 27 日。中国农历初一虎年春节   187

1.115　七绝：2022 年 2 月 4 日。北京冬季奥运会开幕典礼盛况   189

1.116　七绝：2022 年 2 月 8 日。新年太浩湖雪场单板滑雪   191

1.117　七绝：2022 年 2 月 10 日。加州首府 2022 年中国春节网上晚会   194

1.118　七绝：2022 年 2 月 17 日。杏仁树花（Almond）怒放盛开   196

1.119　七绝：2022 年 2 月 28 日。新年太浩湖雪场单板滑雪   198

1.120　七绝：2022 年 4 月 1 日。制作中国北方小吃煎饼果子   200

1.121　七绝：2022 年 4 月 6 日。春季玫瑰赏花   203

1.122　七绝：2022 年 4 月 10 日。夕阳湖畔观鲁冰花   204

1.123　七绝：2022 年 4 月 22 日。四月晚春滑雪   207

1.124　七绝：2022 年 5 月 11 日。临摹明书法家文征明行草书《滕王阁序》   209

1.125　七绝：2022 年 5 月 8 日。小镇草莓节及消夏音乐会   211

1.126　七绝：2022 年 5 月 7 日。纪念跨洲太平洋铁路建成 153 周年   214

1.127　七绝：2022 年 5 月 31 日。观看电影《壮志凌云 2：独行侠》   218

1.128 七绝：2022 年 6 月 17 日。临摹北宋大书法家米芾的《蜀素帖》 220

1.129 七绝：2022 年 7 月 2 日。夏日清晨观看荷花盛开绽放 223

1.130 七绝：2022 年 7 月 4 日。北加州小镇 Dutch Flat 城美国独立节游行 225

1.131 七绝：2022 年 7 月 15 日。一日激流漂流 230

1.132 七绝：2022 年 8 月 11 日。仲夏之夜星空 232

1.133 七绝：2022 年 8 月 16 日。北加州小镇 Dutch Flat 历史遗产足迹日 233

1.134 七绝：2022 年 9 月 4 日。旧金山跨海大桥及海滩 234

1.135 七绝：2022 年 9 月 17 日。加州首府狮子会举办山茶花之夜晚会 236

1.136 七绝：2022 年 9 月 28 日。科罗拉多州金秋赏叶之旅一、启程之旅 237

1.137 七绝：2022 年 9 月 29 日。科罗拉多州金秋赏叶之旅二 240

1.138 七绝：2022 年 9 月 30 日。科罗拉多州金秋赏叶之旅三 243

1.139 七绝：2022 年 10 月 1 日。科罗拉多州金秋赏叶之旅四 245

1.140 七绝：2022 年 10 月 2 日。科罗拉多州金秋赏叶之旅五 247

1.141 七绝：2022 年 10 月 3 日。科罗拉多州金秋赏叶之旅六 250

1.142 七绝：2022 年 10 月 4 日。科罗拉多州金秋赏叶之旅七 254

1.143 七绝：2022 年 10 月 5 日。科罗拉多州金秋赏叶之旅八、结束之旅 257

1.144 七绝：2022 年 10 月 28 日。一年一度万圣节夜景 260

1.145 七绝：2022 年 11 月 1 日。北加州海岸观海 263

1.146 七绝：2022 年 11 月 20 日。2022 卡塔尔世界杯开幕 266

1.147 七绝：2022 年 12 月 2 日。2022 卡塔尔世界杯小组赛闭幕 269

1.148 七绝：2022 年 12 月 16 日。管弦乐队圣诞节演出 271

1.149 七绝：2022 年 12 月 16 日。滑雪胜地太浩湖单板滑雪 272

1.150 七绝：2022 年 12 月 18 日。阿根廷击败法国队获得世界杯冠军 274

1.151 七绝：2022 年 12 月 22 日。冬至吃饺子 277

1.152 七绝：2022 年 12 月 25 日。圣诞节自制美味水煎包 278

2023 年作品 281

1.153 七绝：2023 年 1 月 1 日。祝贺新年 281

1.154 七绝：2023 年 4 月。初学绘画 283

作者简介

作者本人在中国北京出生长大。现定居美国加利福尼亚州。从学理工科电机系，从事电气工程行业。大学就读于浙江大学电机系并获得学士学位。后留学美国攻读工科研究生，就读于南卡罗莱纳州（South Carolina)的克莱姆森大学（Clemson University）电气电子系并获得硕士学位。其后一直在美国电力行业工作。来美国前在中国工作期间，参加过著名的三峡大坝工程电力系统专业设计，并成为电力系统专家组成员。三峡电站建成后，至今还是世界最大的水利发电站。在美国工作期间，参加了美国加州独立电网运行公司(CAISO)。该公司是美国电力行业改革的第一个突破电力传统垄断行业并形成电力行业竞争机制的电力市场公司。目前在加州一家电力公司从事电网运行及电力市场方面的工作。在中国、美国多年的工作经历，成为中国及美国电力行业的资深专家。在学术方面具有较高的成就。在美国最高电力电子学术专刊，电气电子工程师学会（IEEE）上发表过多篇专业学术文章，如有关电力行业尖端技术算法的《配电系统状态估算及测量影响》的专业论文。ieeexplore.ieee.org/abstract/document/496174。该专业文章在国际上被各国专家上百次的引用。成为该专业领域早期的著名专业论文。

作者本人虽然是理工科科班毕业并从事工程专业工作，但自幼喜爱中国古诗词并将其融入自己的诗词创作中。后移居美国，但仍然对中国历史文化，诗词歌赋有浓厚的兴趣。通过诗词创作，进一步了解中国源远流长的历史文化。作者在业余时间潜心诗词创作。其诗词创作源于中国古诗词。其内容代表了中国古代诗词的博大精华。诗词创作涉及领域非常广泛，包括描写大自然风光、旅游所见所闻、体育精彩比赛、拉起心爱的小提琴、高山单板滑雪、湖面滑水、激流漂流、朋友聚会、佳肴烹饪、书法临摹，等等。除诗词创作外，作者业余兴趣广泛。体育方面喜欢踢足球，高山单板滑雪、湖面单板滑水、打兵乓球、羽毛球、高尔夫球。文艺方面喜欢诗词创作、拉小提琴，绘画。并作为小提琴手参加社区管弦乐队。自幼喜欢书法，特别是隶书、行书。业余生活方面；喜好烹饪，品尝美酒，自制中华美食，如煎饼果子、水煎包、葱油花卷、芝麻酱花卷、鱼头泡饼，等等。作者作为《世界日报》业余记者，报道加州州府中谷地区华人新闻及社区活动。作者还喜爱旅游，走遍美国、中国及世界各地的山山水水，每到一处，就写下对当地风土人情，人文历史，地理地貌，秀丽风光的亲身所见、亲耳所闻的旅游日记。这些业余爱好成为作者生活中不可缺少的重要组成部分。

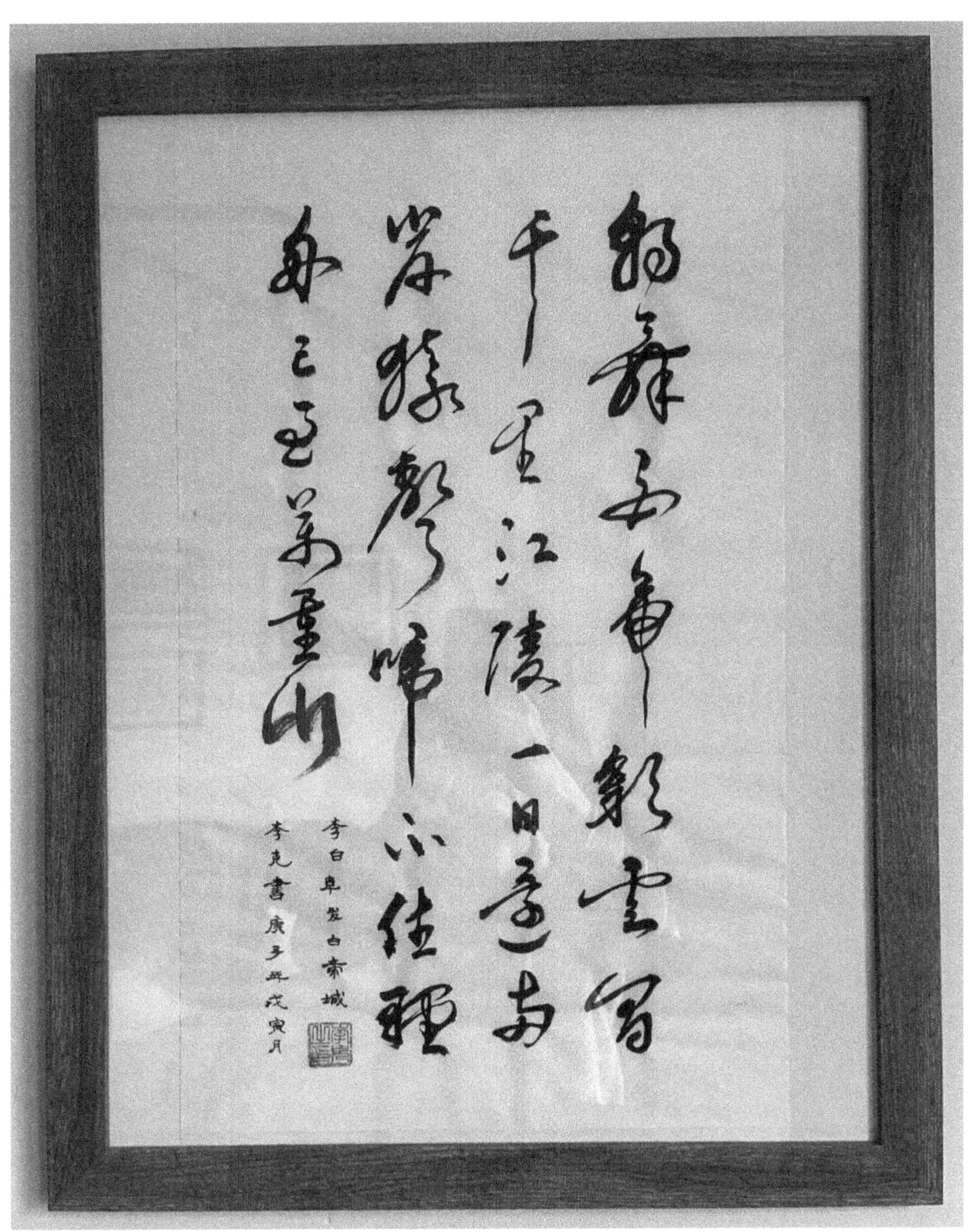

朝辭白帝彩雲間
千里江陵一日還
兩岸猿聲啼不住
輕舟已過萬重山
李白早發白帝城
李先書 庚子年戊寅月

序言

历经三年的艰苦卓绝的努力，这本诗集经过整理、修改，补充、编辑、排版、印刷的全过程。我的个人诗集《诗词伴我人生路》终于发表了。这本诗集收集了我最近五年的诗词创作，共发表了一百五十多首诗，及其诗词创作背景的解说、心得体会和大量彩色照片。大部分是七绝诗。诗词创作始终伴随着我，一步一步走过漫漫人生路。

本诗集每首诗的特点：

- 创作过程及背景的解说
- 用中国书法中隶书、行书书写
- 配有照片及其解说
- 如果诗词是描写旅行游记，还包括作者心得体会，当地风土人情。使诗词内容都更加丰富，充实灵动。

时光流逝，岁月如梭。人生道路上忙忙碌碌、奔波穿梭。生活就象河流里的一页小舟，也如我写的一首七绝小诗《激流漂流》诗中描述的那样："*河流蜿曲白浪翻，一叶轻舟溪中穿。绿水青山幽谷间，小船任驾漂浪尖*"。一叶小舟载着我，时而平静慢慢流淌，时而随白浪冲天，随瀑布入谷，落入山溪小河。随小舟踏上征程，去完成征程。小舟一会儿峰巅、一会儿浪窝，人生如漂流总在颠簸。顺利和逆境交织，成功与失败并存。机遇与能力赋予每一个人。人生永远在挑战中。

人生青年追寻理想、中年励志奋斗、晚年如傍晚的满天晚霞、虽然是傍晚，但依旧光芒四射。大自然傍晚如此美丽，人生又何不如此。正如我描写晚霞的一首诗中描述的那样"*彩云霞满当空映，无限夕阳仍曈彤。莫道余晖缘落日，照明天际染霄红*"。傍晚夕阳慢慢落下，日光云彩渐渐的由白色变成金色。日落红霞映满天边金色的晚霞。晚霞依旧那么金灿灿、红彤彤。不要说日到暮色已是晚景了，但射出的晚霞还可以照得满天彤红、灿烂无比。人到了晚年，不要叹息暮年，需要发挥像晚霞一样的灿烂余晖。大自然傍晚显现出白天看不到的美景。几位大诗人描写夕阳黄昏流传千古、寓意深刻的绝句。唐·李商隐"夕阳无限好，只是近黄昏"。唐·刘禹锡"莫道桑榆晚，为霞尚满天"。明·杨慎"青山依旧在，几度夕阳红"。

我的这部诗集很多诗创作于金色的秋天。我喜欢秋天，我热爱秋天，我赞美秋天。她是收获的季节。她呈现大地迷人的金色风光。岁月长河总在流淌，我伴随着时光游遍山野、小河，平原、村落，沼泽、湖泊。金秋的阳光温馨浪漫，微风和煦温柔，田野遍地金黄。麦浪滚滚，稻谷飘香。人们的眼睛和心灵捕捉着大自然每一个精彩的瞬间，奏响了金秋的震撼的交响乐章。山川、河流、湖泊、小溪、瀑布、落叶、晚霞、教堂、星空、彩虹、雪山、雄鹰、丘鹤、蝴蝶、骏马构成一幅幅色彩斑斓、栩栩如生的画卷。画卷慢慢开启，展示着美丽的秋天。我收获了许多、有情、有景，有诗、有歌。金秋时节如树叶飘落的林间小径"停车坐爱枫林晚，霜叶红于二月花"。如"万山红遍，层林尽染"的高山秋色。霞光落日大雁的"落霞与孤鹜齐飞，秋水共长天一色"。湖光山色的交相辉映，落叶满地，万山红遍的原野。静静的白桦树，远山在湖中的倒影。深秋美丽迷人的浩瀚星空。地下岩洞梦幻般的阳光。金秋的天空蔚蓝澄清，一望无际的平静碧海。朵朵白云镶嵌蓝天。充满诗情画意。"山色浅深随夕照，江流日夜变秋声"。远山瀑布"飞流直下三千尺"。原野中可爱的小动物在秋天的阳光中、暮色中、湖泊中寻偶寻食、尽情的戏耍游玩。雄鹰展翅猎食。蝴蝶比翼双飞，丘鹤鸳鸯戏水。晚秋遍地黄叶预示着冬季的来临。晚霞日照金山，雪挂树枝美景。构成一幅秋去冬来的美丽画卷。雪山的倒影，深山初雪覆盖的小教堂，通天的大路，心心相印的红叶，蓝天中的美妙白云。又把我们的思绪带回到迷人的秋天。

春天的雨，洋洋洒洒地落着，缠绵不断。就像我一首描写春天的七绝诗。描写小溪边淡黄色小花，漫山遍野紫色鲁冰花。"*毕竟小城春月间，柳垂飘絮艳成千，接天鲁冰无穷尽，映日黄花别样鲜*"。描写春天怒放的银杏树"*银杏花开满靓白，横看成队纵成排，林中漫步人生路，田野风光展逸怀*"。又如我拉小提琴时指尖在琴弦上滑过时，那一个个轻盈圆润的音符；又好似那轻轻委婉的歌声，带给人无限的回忆。春雨带着那清新婉转的雨声击打在芭蕉叶上，发出异常清脆的声响。仿佛是那山林中潺潺的流水，带给人无限的遐想。春夏秋冬，往返穿梭，我写下这自然的美。我吟着诗，唱着歌，赞美这秀丽的山河。星星望着我，月亮伴着我，陪着我一同如歌的诉说。

我的诗词与我共渡朝夕晨暮、岁月蹉跎。有描写无声无息的春雨，晨雾中的沙丘鹤，红透天际的金色晚霞，拉起我心爱的小提琴演奏委婉动听的乐曲，铺满池塘的荷花，挥毫落纸如云烟、翰墨春秋行书隶书的书法作品，各色野花遍地的郊游，浩瀚无边夜空中划过天际的流星雨，优胜美地镜湖神奇的倒影，原野中成排成队的银杏树，紫色世界的鲁冰花，潇洒自如的激流漂流，飞驰湖面的单板滑水，林海雪原中的单板滑雪，还有和好友一起白日放歌须纵酒的饮酒小诗。这一切一切描绘大自然的美情美景和心灵的神奇感受。都在描绘在诗词中，如跳动的音符，跃然纸上。下面就就开启我所创作的诗歌的长途旅程。

瑾以此诗集献给李超棠，夏桂琴，我亲爱的父母。感谢他们一辈子的养育之恩。是他们给予了我良好的文学教育环境，启蒙了我诗词创作的灵感，为我后来的诗词创作打下了坚实的基础。

衷心感谢在诗集创作过程中给予我关心、支持、帮助的亲人、朋友们。使我有了诗词创作的源泉。特别感谢松和竹出版社朱晓红总编辑在诗集的策划、编辑、校对、出版过程中给予的大力帮助。由于是第一次出版诗集，没有经验，编辑出版还是一个了解、学习的过程。朱晓红总编辑给与了耐心的解读及说明。在此特别感谢。

读者阅读此书后，如希望同作者联系。可以写 email：李克：kli3721@yahoo.com.

2017 年

1.1　五绝：2017 年 12 月 12 日。美国西部犹他州亚利桑那州旅游感想

美国西部犹他州、亚利桑那州旅游感想。

夕阳远山逝

清河峡谷流

西部风光好

进谷登山望

加州优胜美地（Yosemite）日照金山美景

加州优胜美地（Yosemite）国家公园镜湖

游览犹他州 Zion 国家公园

犹他州地标拱形国家公园中最具代表性的拱门

李克

犹他州拱形国家公园

犹他州通天公路

亚利桑那州羚羊谷马蹄形弯道

亚利桑那州羚羊谷美景

创作灵感来自唐代大诗人王之涣《登鹳雀楼》"白日依山尽，黄河入海流。欲穷千里目，更上一层楼"。

2018 年

1.2 七绝：2018 年 3 月 11 日。纪念一位滑雪爱好者
为纪念我们小镇一位素不相识的滑雪　爱好者。写小诗一首愿他一路走好，天堂安息。

暴风雪中传噩耗
清华学子逝雪场
来生来世还夙愿
一路走好息天堂

暴风雪过后的树挂美景

1.3　七绝：2018 年 4 月 16 日。初春四月滑雪感言

已经是 4 月份初春了。小城的各种各样的花已经争奇斗艳了。但来到高原山中，大山依旧是大雪覆盖。雪场银装素裹。一整天享受滑雪无限的乐趣。

人间四月芳菲尽，
山中积雪始融开。
滑雪赏花看劲松，
春夏秋冬一季来。

单板滑雪

绚丽多彩的夕阳彩云

来自唐大诗人白居易《大林寺桃花》的灵感。描写初夏四月作者来到大林寺的心情。"人间四月芳菲尽，山寺桃花始盛开。长恨春归无觅处，不知转入此中来"。

1.4　七绝：2018 年 6 月。穗深港澳珠南巡游感言诗两首

广州深圳香港澳门珠海五城市两周游。游遍美景，尝遍美食，印象深刻，流连忘返，乐不思蜀。

穗深港澳南巡游

南国美景步不休

珠江维港观夜景

尝遍美食乐悠悠

深圳小镇变凤凰

澳门博彩赛赌王

醉卧酒场君莫笑
回马南巡再逞强

香港维多利亚港美景

香港维多利亚港美丽迷人的夜景

广州市地标小蛮腰。品尝广州美食

品尝北京名吃烤全羊

1.5　七绝：2018 年 9 月 1 日。池塘观荷花有感：

清晨漫步池塘边
碧水荷花衬蓝天
映日荷花别样红
赏心悦目赛神仙

荷塘晨色

来自南宋诗人杨万里的《晓出净慈寺送林子方》描写六月里杭州西湖的风光景色。"毕竟西湖六月中，风光不与四时同。接天莲叶无穷碧，映日荷花别样红"。

1.6　七绝：2018 年中秋节随笔

在美国过中秋，怀念大洋彼岸亲人，盼望团圆的心情。

秋风秋雨满秋池
圆月当空午夜时
隔洋遥望忆中秋
来年再盼月圆时

李克

中秋节傍晚异样彩云

来自晚唐大诗人李商隐名诗《夜雨寄北》的灵感。描述诗人李商隐身居异乡巴蜀，写给长安亲人的一首抒情七言绝句。"君问归期未有期，巴山夜雨涨秋池。何当共剪西窗烛，却话巴山夜雨时"。

1.7　七绝：2018 年 10 月 3 日。小镇深秋夜景随笔

薄云遮月五更环
昨夜星辰闪烁间
远处钟鸣飘旷野
东方破晓渐初山

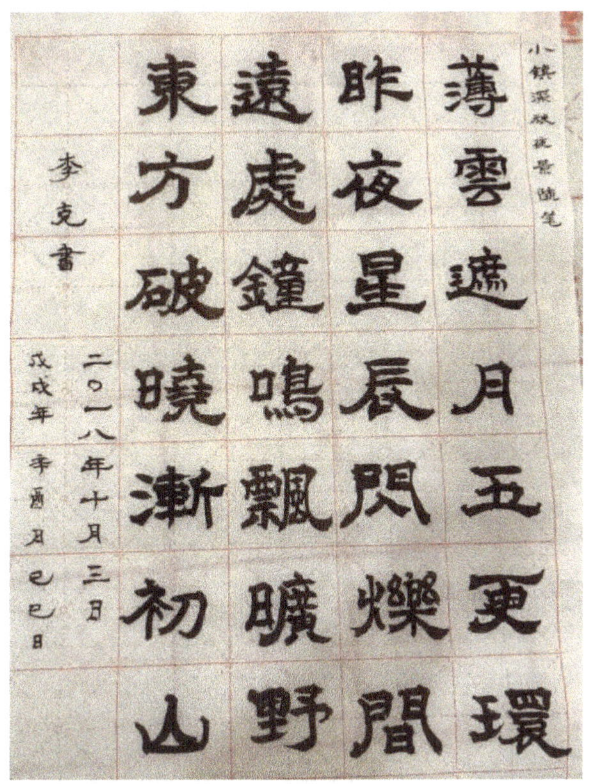

小诗 – 隶书书法

小镇深秋落日晚霞夜景

1.8　七绝：2019 年 10 月 31 日。纪念美国万圣节

创作一首诗纪念美国万圣节。

夜幕降临鬼百千

骷髅妖怪梦神仙

欲寻悟空金箍棒

万圣重缘落世间

写作背景：夜幕降临。平时安静安详的街道，突然大街小巷到处都是鬼神满街游荡。有南瓜刻的鬼脸，白衣飘飘的鬼神，摇摇欲坠的骷髅，长发披肩的巫婆。布满蜘蛛的鬼屋。恐怖阴森的音乐。构成一幕西方妖魔鬼怪横行的世界。如何在西方世界除妖降魔？意欲借用东方中国古代明著《西游记》中孙悟空挥舞金箍棒驱魔降妖的故事来除掉妖魔。不过这一切只不过是美国一年一度万圣节的来临。这些满街游荡的鬼神是可爱的孩童化妆扮演到各家各户 Trick or Treat 乞要糖果。

万圣节也引发的东西方文化的差异。古老的东方中国认为妖魔鬼怪是不详之物，要避邪除妖保平安。所以就有了钟馗伏魔降妖，孙悟空金箍棒三打白骨精除妖的传说。更教育小孩魔鬼对妖魔应敬而远之。但西方反其道而行之让幼童扮成妖怪魔鬼。难道不怕把小孩子吓着了？但看看这些可爱的孩子个个高高兴兴的化妆扮演妖怪。好像不知道魔鬼的含义。永远的童心。

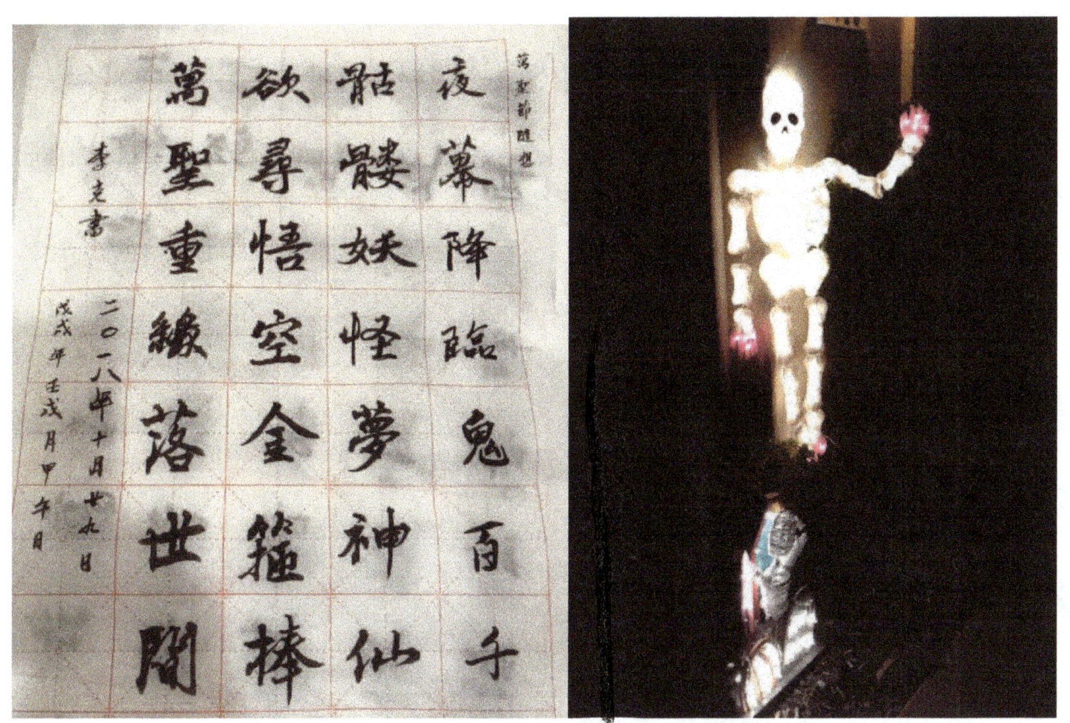

美国万圣节（Halloween）

1.9　七绝：2018 年 11 月 26 日。北加州秋天即景

北加州秋天即景。有感于蓝天白云重现。

> 忽闻一夜秋风吹
> 枫叶萧萧落地飞
> 曾见火山烟闭日
> 重瞻万里夕阳晖

创作背景：此七绝诗灵感来自唐著名诗人岑参的《白雪歌送武判官归京》

"北风卷地白草折，胡天八月即飞雪。忽如一夜春风来，千树万树梨花开"

李克

深秋的一场大雨再现了北加州秋季的美景。昨天还是枫叶红透，层林尽染。今天已是落叶萧萧，红色金色枫叶，铺满大地。一幅金秋的美景画卷。作者在抒发大自然美景的同时，峰笔一转，对比方式描写前几周在北加州烧起的山火。经过几周的坎普山火的肆虐，损失惨重。虽然距离我家还有一百多英里，但还可以闻到了山火的烟味。火烟遮天蔽日。加州虽然每年都有山火。但这次山火成为加州史上最为严重的山火。过火面积 15 万公顷，死亡人数超过 80 人，失踪人数超过 300 人。曾经的天堂小镇被夷为平地。人类在大自然面前显得那么苍茫无力。八千多消防队员奋力扑火，还是没能阻止山火的肆意蔓延。即使科技如此发达的现代，山火就像地震，海啸，火山等天灾一样，依然给人类带来无法控制的灾难。人定胜天只是一种精神安慰，一个口号。解铃还须系铃人。大自然潇潇洒洒、简简单单的一场大雨，如同铁扇公主的芭蕉扇，使得肆虐的山火消失的无影无踪。是大自然的力量，使我们这里重返蓝天白云夕阳红。恢复往日美丽的秋景。大自然年复一年日复一日按照自己的规律演变着。

秋色 – 满地落叶

落叶秋色

1.10 七绝：2018 年 12 月 2 日。薄雾观鹤有感

北加州秋天清晨观沙丘鹤。

浅塘鹤立晓晨东
成对成双掠雾穹
秋鹤天鹅谁辨晓
只缘身在薄云中

此七绝诗灵感来自宋代著名诗人苏轼《题西林壁》"横看成岭侧成峰，远近高低各不同。不识庐山真面目，只缘身在此山中。"

创作背景：周末清晨来到附近一个小镇看沙丘鹤。沙丘鹤每年沿太平洋从西伯利亚和阿拉斯加到加利福尼亚的中央谷地的大面积淡水沼泽，草原池塘栖息。这个小镇为了给沙丘鹤一个安全的栖息地，每年这个时候向稻田放水。吸引了大批的沙丘鹤在这里栖息。小镇为此每年十一月初还特意举办沙丘鹤节。也吸引了大批摄影爱好者拍照。今天清晨有薄雾。观看沙丘鹤别有一番风味。

清晨薄雾中观沙丘鹤

1.11 七绝：2018 年 12 月 28 日。观圣诞新年灯火有感

火树银花不夜天
新年圣诞盏千千
张灯结彩除一岁
家眷团圆舞羽翩

创作背景：美国的圣诞节是一年中最大的节日。圣诞节平安夜和新年各家各户成千上万盏灯，灯火明亮张灯结彩，把平时宁静安详的大街小巷装扮的五彩斑斓、火树银花。照片呈现的是不远的邻居，一个小巷灯火阑珊的夜晚。新的一年即将来临，新的气象新的开始。圣诞到新年有一周时间，这也是阖家团圆的好日子。年终一家老少难得的团圆。仿佛看到亲朋好友翩翩起舞、舞姿优美、轻盈似羽毛。欢歌笑语充满大街小巷。一派节日欢乐祥和的气氛。

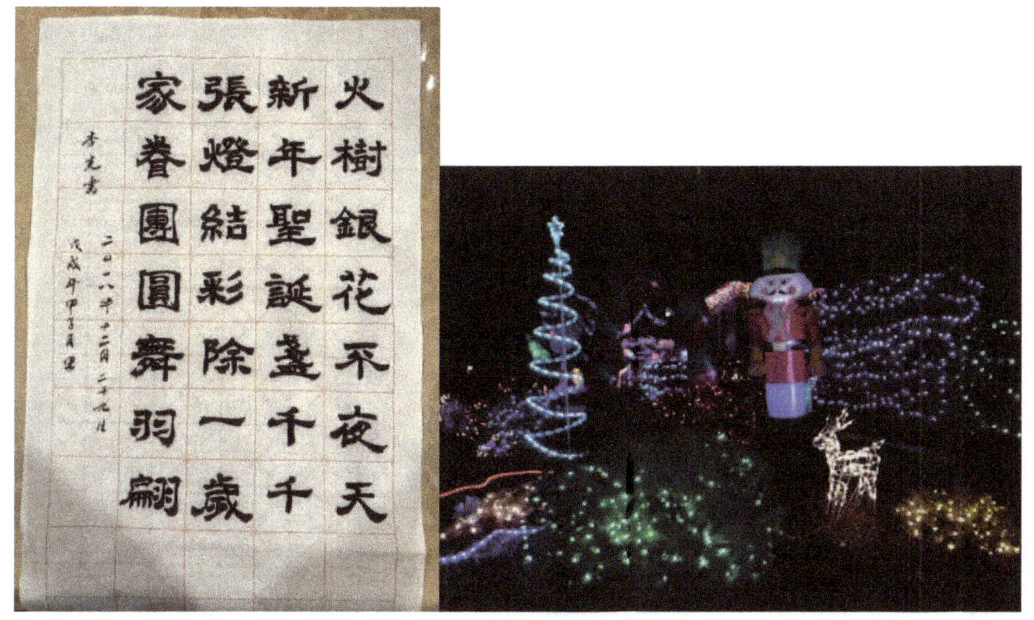

圣诞节新年，万家灯火庆圣诞

2019 年作品

1.12 七绝：2019 年 1 月 12 日。新年滑雪有感偶寄

新年伊始登川谷
林海雪原单板穿
黑道跳台任我行
明朝重现白山缘

创作背景：2019 年年初出来到加州太浩湖 Lake Tahoe 滑雪。今年滑雪季是我第一次滑雪。蓝天白云、风和日丽，是个滑雪的绝好天气。雪场是在大约 7000 英尺的高山。一早驱车前往高山。白雪皑皑，银装素裹。穿上单板滑雪撬在茫茫的林海雪原自由自在的穿梭上下。美国滑雪场黑色菱形标志和跳台滑雪是雪场水平最高、难度最大的项目。经过多年的努力，在黑道和跳台上也可以自由自在的滑雪并穿梭自如。想当年刚刚到美国就爱上了滑雪项目。凭着在北京有一定的滑冰水平的一腔热血，鼓足勇气第一次就上了最容易的绿道。但还是被摔的鼻青脸肿。弄得当年我的研究生指导教师还询问怎么回事。俱往矣，20 多年弹指一挥间。我也成为了滑雪场一名佼佼者。虽然为滑雪也受过伤，但对滑雪的爱好引领着我一直向前、坚持不懈、永远不尽的雪山缘。另外据报道加州太浩湖的滑雪场已经超越美国最著名的科罗拉多州的雪场成为在美国集滑雪娱乐为一体的最为吸引滑雪爱好者的滑雪圣地。因为除

了滑雪，人们还可以到附近的高山天然湖游玩、去赌场一试身手。每年我都来到太浩湖体验滑雪的乐趣。下一周高原雪山会来一场暴风雪。待雪过天晴，一定又是一个滑雪的绝好天气。到时还会再来雪场的。

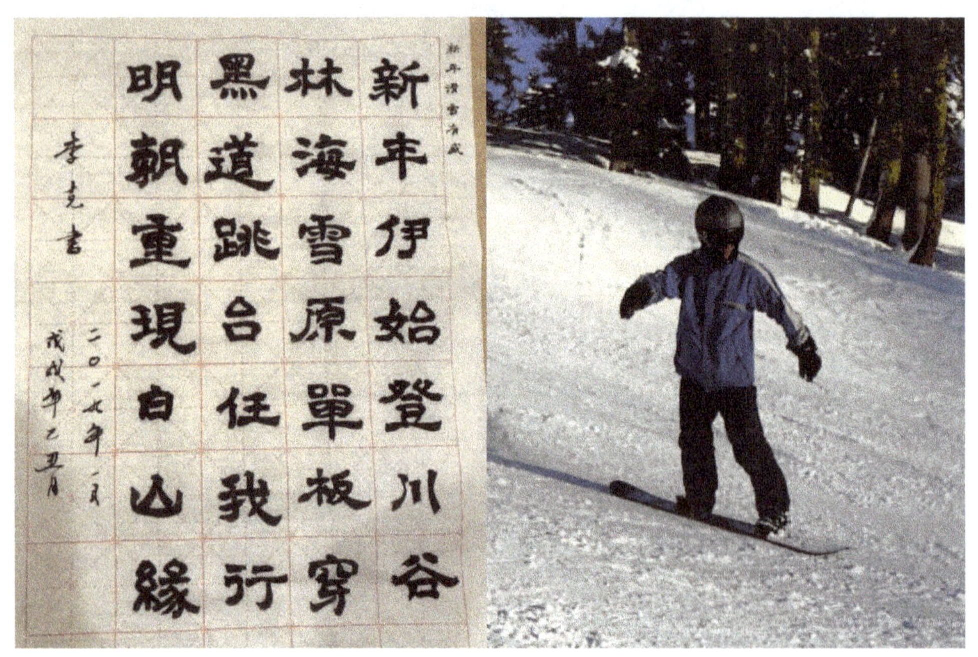

单板滑雪，风驰电掣下高山

1.13 七绝：2019 年 2 月 23 日。观后花园桃花盛开

启发创作诗词灵感。赋七绝诗一首。晚上展开纸墨，隶书书写，以表达诗意诗景。

> 昨日万林萧满目，
> 今晨桃苑染丰枝。
> 花开花落君曾问？
> 冬去春来只一时。

创作背景：周末清晨来的后花园。今年的天气比往年冷。春节过后依然像冬天一样。昨天还是萧条光秃秃的桃花树枝。今天一棵桃树已经桃花盛开满枝。人们不禁会问什么时候花落花开，以此表现冬季春季的转换？事实上有时候从冬天到春天只需要一个时辰。昨天还是冬天，一觉醒来看到桃花满苑盛开，就已经感觉到春天的气息。唐朝大诗人岑参的名诗《白雪歌送武判官归京》恰如其分的描述这里目前的景色："忽如一夜春风来，千树万树梨花开"。冬天过去。春天来临，万象复苏。很快大地就会充满一派生机勃勃的景象。

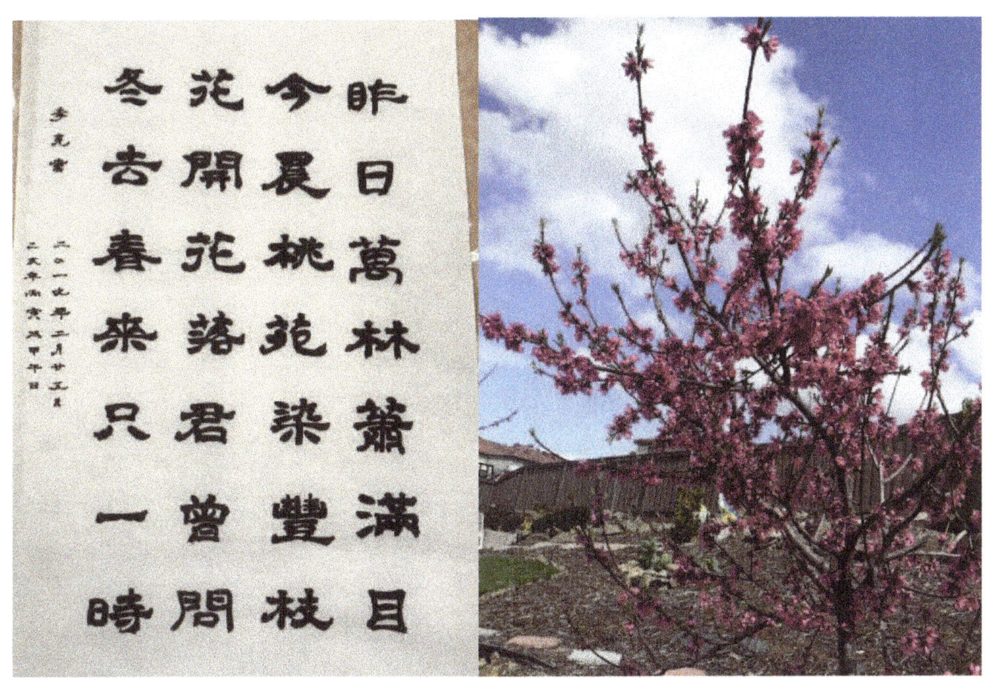

后花园满园春色，在那桃花盛开的地方

1.14 七绝：2019 年 2 月 24 日。舞台跳舞表演有感

银幕拉开灯照闪
展腰踢腿舞姿超
须眉不让佳巾帼
百呎平台展气豪

创作背景：今年春节和几个朋友第一次上舞台跳舞表演。大幕渐渐拉开，舞台聚焦灯光亮丽耀。我们按照音乐的节奏，欢快的旋律，翩翩起舞。谁说好男儿只会弯弓射箭、踢球、跑步。舞台上照样有男儿施展才华的天地，一样可以须眉不让巾帼。通过这次练舞，也体会到了"台上一分钟，台下十年功"的真正含义。我是一名足球健将，足球场上游刃有余，如鱼得水。但舞台上就如同整脚的鸭子，舞蹈动作看似简单，但跳出姿势，达到导演的要求确实非常之难。一个简单的动作反复练习。还经常跳不好，达不到要求。临上场前几天更是废寝忘食。刻苦钻研。临阵磨枪不快也光。最后表演结束，辛勤的汗水和艰苦的努力，终于得到了观众的认可和鼓励。世上无难事，只要肯登攀。对于一个自己不熟悉的领域，更是如此。

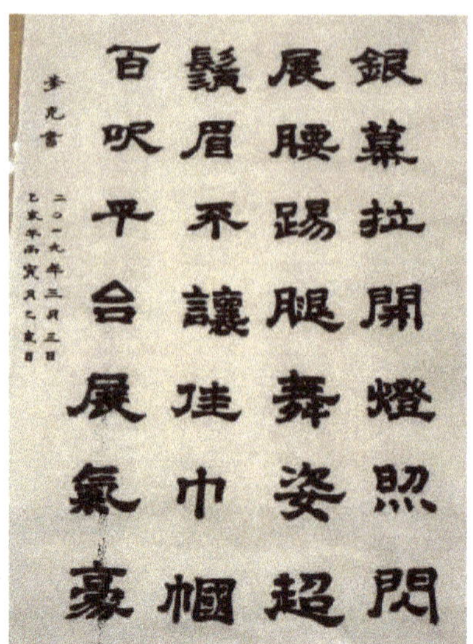

1.15 七绝：2019 年 3 月 30 日。春天梨花盛开观感

姹紫嫣红晨露照
蓝天白雪映梨花
春风拂面蜂飞舞
飘逸无声入泥洼

创作背景：现在春意盎然。各种各样花卉争奇斗艳。晨曦的露水，蔚蓝的天空，远处高山，白雪皑皑的山峰映衬着大片洁白的梨花(Pyrus Calleryana) 仔细观看，梨花中还有许多蜜蜂在飞舞。漫步在大街小巷，春风扑面而来。忽然一阵春风吹来，几片洁白的梨花花蕊悄然飘落、无声无息的落入树下的泥土地。美妙的大自然就是这样一年四季，往而复始的变化。

万紫千红梨花开

创作灵感来自宋代大文学家苏轼的诗作《东栏梨花》"梨花淡白柳深青，柳絮飞时花满城，惆怅东栏一株雪，人生看得几清明"。此诗通过写梨花盛开而抒发了诗人感叹春光易逝，也抒发了诗人淡看人生，全诗语言质朴自然，却涵蕴甚深，引人深思。诗词优美自然，寓意深刻，但不免有些伤感。

1.16 七绝：2019 年 4 月 7 日。小镇梨花盛开观感（春景续一）

小城无处不飞花

赏景游湖心意佳

万紫千红春满镇

映空梨树现奇芭

创作背景：前几天写了一篇梨花盛开的小诗。今年我们这里雨水奇多。花开的格外灿烂茂盛。激发创作灵感。很多人都到远处山里去踏春赏花。其实美景就在眼前。在居住的小镇小区随便走一走。花景就尽收眼底。走到家附近的社区大学一排排梨树枝繁叶茂、梨花争奇斗艳映衬着蔚蓝的天空，显得格外灿烂亮丽。春天是一个生机勃勃的季节。各种植物生物动物渡过漫长的冬季，迎来阳光明媚的春季。经过一年四季的开始，植物盼望秋天的收获。最后介绍由意大利著名作曲家维瓦尔第（Vivaldi）创作的一首非常优美动听的小提琴协奏曲《四季》第一乐章《春》

https://youtu.be/k3AWRUYV9ds

校园盛开的梨花

千树万树梨花开

赋诗只是业余爱好。也不能当饭吃。还需要有工作养家糊口。其实我的文学正规教育还是中学阶段。只是我从小就比较喜欢文学历史，写写作文。上大学学工科也是当时随大流。学好数理化，走遍天下都不怕。其实我高考各科成绩最高分的还是语文。也许应该弃工从文。不过写诗才是最近两年的事，没事瞎写。也没有受过正规教育。今后还有好好学习。所谓学无止境嘛。

1.17 七绝：2019 年 4 月 6 日。春季花开观感（续二）。

漫山遍野红橙紫
涓水溪流淌草中
瀑布飞奔悬峭壁
盎然春意百花争

创作背景：前几天写了两首梨花盛开的小诗。这个周末来到北加州的一个著名赏花胜地：八仙桌山（Table Mountain）。这座山峰并不高。山顶不是尖的，而是平平的，好像一个巨大的八仙桌。漫山遍野盛开着五颜六色的鲜花，以紫色小花和橘黄色的小花为主。黄色喇叭形状小黄花为加州州花金罂粟（Golden Poppy）。也有一些红色的小花。山顶上成为了红黄紫的海洋。溪流在山顶上百花中蜿蜒曲折的静静流淌。遇到悬崖绝壁，静静的溪流忽然变成似脱缰的野马，也像一把利剑高悬悬崖边。瀑布飞流直下直冲谷底。形成一个池塘，桃花潭水深千尺。然后又开始了她静静的流淌。一派美丽春天的景色，百花争艳。

鲁冰花盛开、漫山遍野

瀑布飞流直下三千尺

1.18 七绝：2019 年 4 月 14 日。滑雪有感（二）

朝辞小镇晨曦间

驱驾登高滑雪山

白雪皑皑松柏翠

飘然优雅转高原

创作背景：滑雪是我最喜爱的冬季运动。今年四月的北加州已经是人间四月芳菲尽。但由于今年雪水丰富，高山还是积存着厚厚的积雪。仍然是滑雪的好天。周末一早驱车开往太浩湖（Lake Tahoe）国家公园。那里有北美最美，最好的滑雪场。带上滑雪板。坐上滑雪缆车，登上高山。现在已经可以在雪场最难的滑雪道-双菱形黑道（Double Black Diamond）上滑雪自如了。快乐的一天。享受了一天滑雪的乐趣。滑雪缆车还经过并俯视著名的贯穿美国大陆的太平洋铁路。当年华人用生命为铁路的建设做出巨大贡献。

单板滑雪、雪山顶峰

诗词创作灵感来自唐代伟大诗人李白《早发白帝城》。"朝辞白帝彩云间，千里江陵一日还。两岸猿声啼不住，轻舟已过万重山"。

这是李白诗作中最为脍炙人口的名诗。诗人把三峡壮丽多姿的风光、顺水行舟的流畅轻快，融为一体来表达的。全诗写得流丽飘逸，随心所欲，自然天成。三峡由瞿塘峡、巫峡、西陵峡组成。长江自西向东穿三峡流畅，形成美丽的风景。20 年前三峡大坝建成，大坝近 200

27

米高。抬高了长江的水位 100 多米。三峡的险峻风光已经不复存在。不知大诗人李白现在是否还能写出流传千古的《早发白帝城》名诗？

1.19 七绝：2019 年 4 月 6 日。春季花落观感（续三）

花开花谢几时止
人往人来论友情
天若有情天亦老
星移物换日空明

创作背景：前几天写了几首春天百花盛开的小诗。春天已过去大半。今天再看梨花树，已经没有往日白花怒放，百花争鸣的情景。春风拂面，梨花飘飘坠落，树下一片白茫茫的世界。树梢已长出嫩芽。每年花开花落年复一年、日复一日不断重复的变化。联想人生也是这样循环往复。旧的朋友去了，新的朋友来了。友情永存。大自然如有感情也会像人类一样变老。晚上天空的星星围绕北斗星不停的变换，天空上的太阳照亮大地及地球的每一个角落。

花开花落，四季往复

创作灵感来自唐朝大诗人李贺《金铜仙人辞汉歌》诗的一绝句："天若有情天亦老"。写完以后一百多年，始终没有人敢写下联，也没有人写出下联。二百年后终于盼到了宋代大文学家石延年对以"月如无恨月常圆",成了中秋一绝配。"天若有情天亦老":假如上天像人一样有感情的话,也会随着时间的推移而消失。"月如无恨月常圆":如果月亮没有恨意,就会一直像今天这样圆。真是一对跨越两百年的绝配上下联。"上联:天若有情天亦。下联:月如无恨月常圆"

毛泽东写于 1949 年的《人民解放军占领南京》最后两句也引用了李贺这句名言"天若有情天亦老,人间正道是沧桑"。也不失一首优秀杰出的配对下联。显示了伟人气吞山河的革命豪气,只是少了些诗情画意。

1.20 七绝:2019 年 4 月 21 日。复活节滑雪有感。

穿林转树飘行间
电掣风驰箭出弦
笑傲雪山张目望
鲲鹏展翅入云仙

创作背景:这个周末又一次来到上周来的滑雪场滑雪。也是这个雪场糖碗滑雪场(Sugar Bowl)的最后一天。附小诗一首,以做纪念。来到雪场,穿上滑雪板,戴上滑雪头盔。灵巧自如的穿梭于松柏雪道之间。脚下是茫茫白雪,头上是蓝蓝天空。自山巅滑雪而下,风驰电掣似火车,离弦之箭似飞标。站在高高的雪山山顶笑傲白雪皑皑的群山。带着心爱的滑雪板,去征服一座座雪山。这里的雪山山峰在 8000 英尺以上。在雪山山顶参加跳跃滑雪,仿佛鲲鹏展翅飞跃在朵朵白云上的仙境之中。这时不仅想起儿时非常喜欢著名作家曲波的小说《林海雪原》中的滑雪小分队滑雪智取座山雕盘踞多年的威虎山老巢。杨子荣展示雪中英姿的一段唱腔。"穿林海,跨雪原,气冲霄汉。舒豪情,立壮志,面对群山……"。由于今天是这个雪场的最后一天,一个小乐队也来助兴。

单板滑雪任飞翔

由于对滑雪的热爱，促使我当年在美国研究生毕业后找工作就定了一个标准。工作地及家庭住地距离雪场不能超过两小时车程。所以找到了加州首府及周边地区。以后换了几个工作，搬了几次家。始终离滑雪场在距离在两小时车程之内。这么多年滑雪，虽然受过伤，扭过筋，伤过骨。但对滑雪的热爱，一直鼓励我勇往直前。活到老，滑到老。

这句诗出自唐代诗人王勃创作的一首七言古诗《滕王阁诗》，全诗原文如下：

滕王高阁临江渚，佩玉鸣鸾罢歌舞。画栋朝飞南浦云，珠帘暮卷西山雨。
闲云潭影日悠悠，物换星移几度秋。阁中帝子今何在？槛外长江空自流。

《春日》宋·朱熹"胜日寻芳泗水滨，无边光景一时新。等闲识得东风面，万紫千红总是春"。

1.21 七绝：2019 年 5 月 8 日。晚春小诗。

润雨细无声有韵
荷塘池水碧如青
峰回路转疑无路
踏遍青山露漫町

创作背景：来自唐代大诗人杜甫的《春夜喜雨》。其实我们这里这个季节很少下雨，但一次读书，读到唐代大诗人杜甫的这首七律。忽然萌发灵感创作了这首小诗。借以想象这里春季下雨的情景。湿润的春雨在滴滴不停的下，无声无息。其实是在奏响着春天的韵律。春雨也悄悄的滴入碧绿青翠、清澈透明的荷花池塘。走在乡间小路弯弯曲曲，无边无际，仿佛没有尽头，可以一直永远的走下去。清晨走遍青山绿水，漫步在洒满露水的山村田野。体验着春天的气息。似一副画，也似一幕景。似画似景，烟朦胧，雨朦胧。似曾相识

好雨知时节、润物细无声、烟雨朦胧日

杜甫的七律《春夜喜雨》前四句"好雨知时节，当春乃发生。随风潜入夜，润物细无声"的解释。好雨似乎会挑选时辰，降临在万物萌生之春。伴随和风，悄悄进入夜幕。细细密密，滋润大地万物。

1.22 七绝：2019 年 5 月 18 日。初学小提琴登台演出。

参加我们音乐学院举办的初夏音乐演奏会的感想。

琴声悠美传八方
初学登台露剑芒
心盼佳音天籁绕
人生艺术现辉煌

创作背景：小提琴悠扬的旋律在音乐厅回荡。这是我初学小提琴后第一次登场演出。盼望今后学习好小提琴，让更加优美的琴声在广阔天空回荡。虽然从事的是理工科职业。但希望通过刻苦认真、努力学习。让艺术人生发扬光大，再现辉煌。

演出后同小提琴老师合影

同小提琴老师同台演出

参加小提琴学习近一年。这周末参加我们音乐学院举办的音乐演奏会。演奏会在小镇社区大学著名的哈里斯艺术中心（Harris Center for The Arts)举办。音乐学院大多数学生都是小学、中学的学生。成年学生很少。但我们都非常执着追求，努力学习。记得中学时到我的一个好友家，第一次见到一把小提琴，就喜欢上了这个乐器。以后高中、大学期间自学过小提琴，但当时没有小提琴老师，照着当时北京新华书店仅有的几本小提琴入门教材，自己慢慢摸索学习，当时没有经过正规的小提琴培训。对小提琴的执着，促使了我永不放弃的毅力和追求。现在又重新拿起小提琴，从头开始。不过有了小提琴老师，就进入正规学习。从最基本的小提琴初学教程开始，一步一个脚印的从基本功开始。经过近一年的努力，总算有了一定的成绩。有资格参加学院音乐演奏会。还获得了演奏认证书。这也算是对目前取得的成绩的一个奖励。今后会更加刻苦学习、努力钻研。争取百尺竿头，更上一层楼。

1.23 七绝：2019 年 5 月 17 日。夏日观冬天雪有感

忽如一夜寒风吹

无际玫瑰萧落飞

初夏飘来冬日雪

变寰四季现朝晖

写作背景：上周初夏的一夜寒风，把我们小镇从夏天吹到了冬天。本来是春光明媚、玫瑰月季竞相开放。但一场寒风吹得玫瑰花瓣洒落满地。附近的高山也反常的下起了鹅毛大雪。广

阔的大地四季按照自己的规律变幻，也呈现美丽迷人的朝晖。这几天小镇异常寒冷，最高气温只有摄氏 20 度。最低气温不到摄氏 10 度，我们虽然已经进入了初夏，但这几天从夏天跳过春天，直接到了冬天。本来是短袖短裤的夏装，到了晚上出门要把羽绒服穿上。是冬是夏？熟能分辨。这就是大自然，永远按照自己的规则变幻莫测，绚丽多彩。无论四季如何变化，清晨的阳光总会洒满大地。

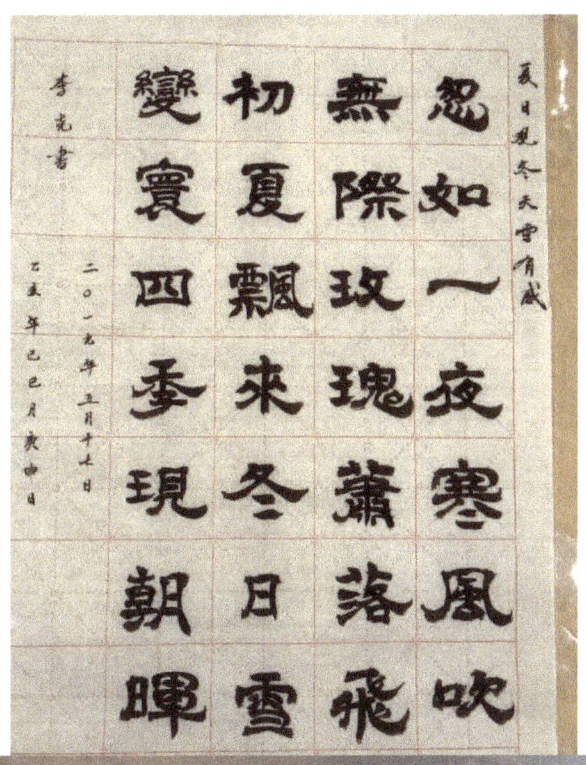

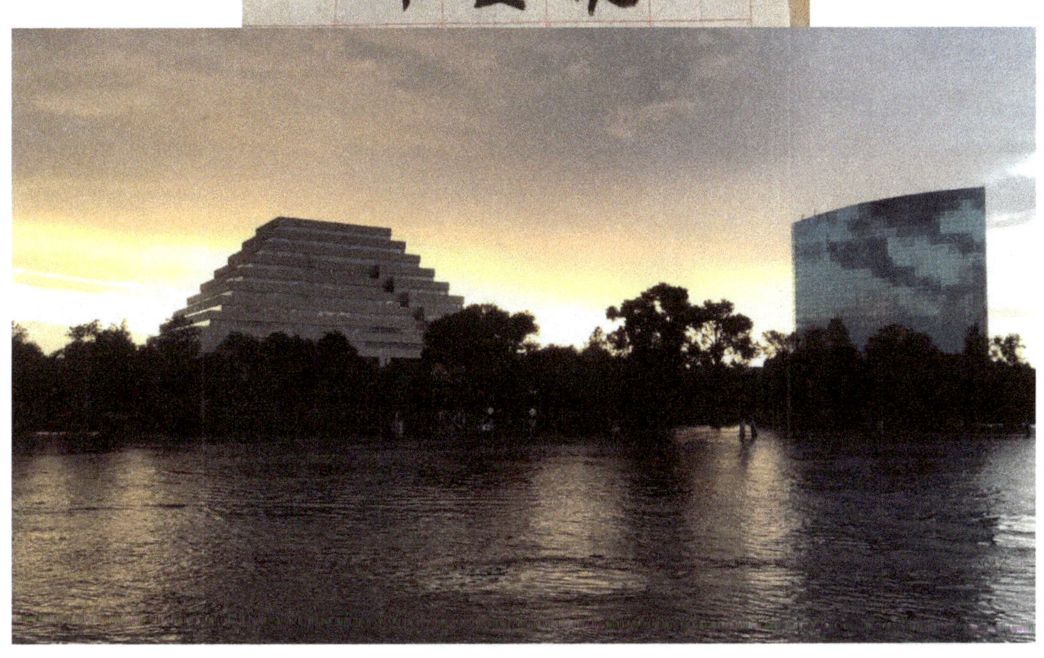

加州美国河边彩霞满天

创作灵感来自：唐朝大诗人岑参的《白雪歌送武判官归京》"忽如一夜春风来，千树万树梨花开"。唐朝大诗杜甫的《登高》"无边落木萧萧下，不尽长江滚滚来。"

另外以下是最近朋友晒的一首宋代佛门诗词。"春有百花秋有月，夏有凉风冬有雪，若无闲事挂心头，便是人间好时节"。佛门诗词往往不讲究格律，只求意境。这首佛门诗的意境确实极佳。阅读后心旷神怡。这首诗平起押韵，只是平仄不对。但佛门子弟不追求人间诗词格律细节，但求佛门高尚意境，四大皆空。

1.24 七绝：2019 年 5 月 22 日。玫瑰月季花盛开小诗。

月季花开红似火
玫瑰白玉映丹彤
满园春色关不住
斗艳争芳凤伴龙

创作背景：虽然已经立夏。但我家前花园、后花园的各种各样玫瑰月季却是争奇斗艳。火红的月季映衬着蔚蓝的天空。白玉般的玫瑰点缀着美丽的花园。黄色的玫瑰显示着她的典雅高贵的气质。浓浓的春色散布在花园的每一个角落。红色、黄色、白色、浅红、浅黄、淡白的玫瑰月季争相绽放，光彩美丽。争奇斗妍的各色玫瑰月季也像龙凤呈祥一样美轮美奂。小院已经关不住春天的景色。季节上已经立夏了，表明春天已经过去，但美丽的鲜花仍然向世界展示着春意盎然的大自然景色。季节也锁不住玫瑰月季的竞相绽放。

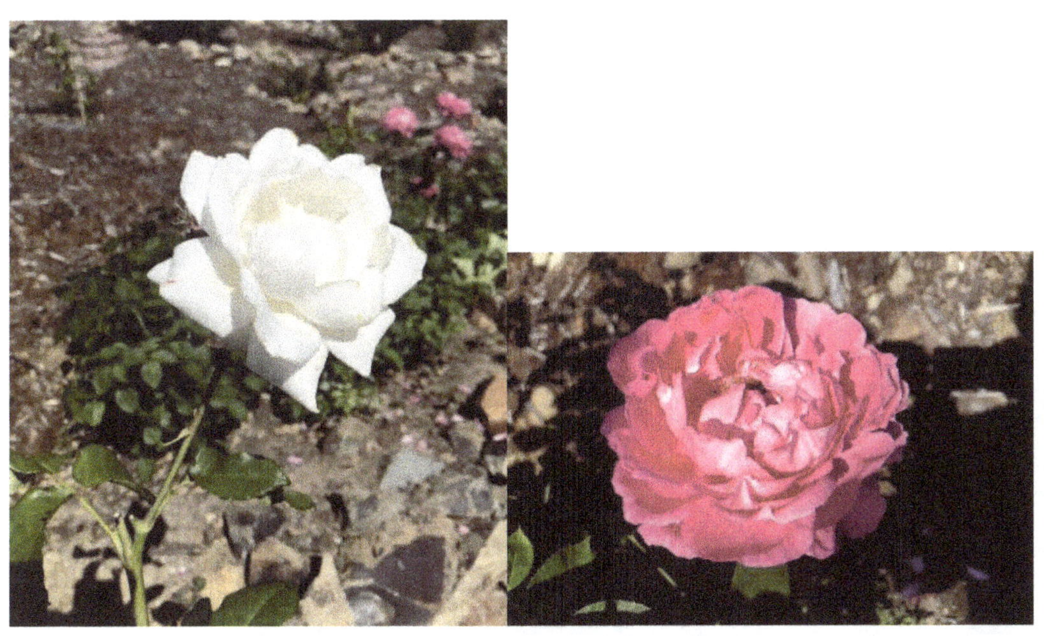

自家庭院玫瑰盛开

创作灵感来自是唐代大诗人白居易《忆江南三首》的第一首词。它描写对江南的回忆，选择了江花和春水，衬以日出和春天的背景。生动地描绘出江南春意盎然的大好景象。风景久已熟悉。春天到来时，太阳从江面升起，把江边的鲜花照得比火红，碧绿的江水绿得胜过蓝草。怎能叫人不怀念江南？第二首词描写杭州的美景。第三首词描写苏州的美景。"江南好，风景旧曾谙，日出江花红胜火，春来江水绿如蓝，能不忆江南？"

1.25 七绝：2019 年 6 月 20 日。观初夏满天晚霞、朝晖美景有感。

以隶书书写。这首诗送给那些超过 50 岁的仍然奋斗在职业生涯岗位第一线的 50 后及 60 后的朋友。创作灵感来自几位大诗人描写夕阳黄昏流传千古、寓意深刻的绝句。唐李商隐"夕阳无限好，只是近黄昏"。唐刘禹锡"莫道桑榆晚，为霞尚满天"。明杨慎"青山依旧在，几度夕阳红"

彩云霞满当空映
无限夕阳仍瞳彤
莫道余晖缘落日
照明天际染霄红

创作背景：前几天拍了一组初夏晚霞朝晖的照片。几天来一直在酝酿着一首诗。今天终于写成。傍晚夕阳慢慢落下，日光云彩渐渐的由白色变成金色。日落红霞映满天边金色的晚霞。晚霞依旧那么金灿灿、红彤彤。不要说日到暮色已是晚景了，但射出的晚霞还可以照得满天彤红、灿烂无比。大自然傍晚显现出白天看不到的美景。

赞美晚霞满天，领悟人生历程

大自然傍晚如此美丽，人生又何不如此。古代大哲学家孔子《论语》曰："三十而立、四十不惑、五十知天命"。我们许多人度过人生的童年、少年、青年及中年。到了暮年为了自己的理想和追求，仍然在不懈的奋斗、忙碌在工作在第一线。迸发出青、中年时期看不到的潜力和斗志。就像夕阳的美景，虽然是余晖，但仍旧照亮并红透半边天空。以下是几位著名大诗人流传千古的描写夕阳美景、寓意深刻的诗词。

晚唐大诗人李商隐《登乐游原》的"夕阳无限好，只是近黄昏"。这两句成为流传千古的诗词。他们不但用美丽的诗词赞颂大自然美景，同时诗词寓意深刻。展示深刻的人生哲学。李商隐的这首名诗赞美大自然的同时，不免对人生暮年有些伤感。夕阳虽无限的美好。但毕竟是晚霞落日、快要落下了。同时也预示着大唐盛世辉煌时期即将结束、走向衰退。

另一位唐代大诗人刘禹锡《酬乐天咏志见示》的"经事还谙事，阅人如阅川"、"莫道桑榆晚，为霞尚满天"。前两句描写人到晚年阅历丰富多样，理解深刻透彻，看人如看河流山川一样，一目了然，洞察力深刻。后两句更深刻的寓意是：不要说日到桑榆已是晚景了，而撒出的晚霞还可以照得满天彤红、灿烂无比呢！这里桑榆又寓意日暮。刘禹锡的这首名诗在描写夕阳美景的同时，赞誉人生晚年积极进取的精神及心态。这里诗人用一个令人神往的深情比喻，托出了一种虽然人生已入暮年，但仍豁达乐观、积极进取的人生态度。

明代大诗人杨慎《临江仙》的流传千古名句"青山依旧在，几度夕阳红"也是诗词美奂、寓意深刻。青山亿万年了仍然不动地矗立在那里，而傍晚的夕阳已经多少次的落下。表明青山永存，人生短暂。物换星移，物是人非。多么深刻的哲理名言！此词也被选作电视连续剧《三国》的片头曲。歌曲优美动听、家喻户晓。

《酬乐天咏志见示》"人谁不愿老，老去有谁怜？身瘦带频减，发稀冠自偏。废书缘惜眼，多灸为随年。经事还谙事，阅人如阅川。细思皆幸矣，下此便倘然。莫道桑榆晚，为霞尚满天"。

《登乐游原》"向晚意不适，驱车登古原。夕阳无限好，只是近黄昏"

《临江仙》"滚滚长江东逝水，浪花淘尽英雄。是非成败转头空。青山依旧在，几度夕阳红。白发渔樵江渚上，惯看秋月春风。一壶浊酒喜相逢。古今多少事，都付笑谈中。"

堂兄民恩一日二诗，诗意如泉涌。可见对父亲的思念和厚爱及诗词功底深厚。我们都衷心祝愿二位慈父在天堂平安。随思潮，回民恩兄诗。

> 再附诗对，想念父惠。
> 伫立灵位，思潮心扉。
> 彻夜难睡，父恩万倍。
> 缅怀前辈，天堂告慰。

<h2>1.26 七绝：2019 年 6 月 30 日高原漂流有感。</h2>

周末来到附近高山漂流。愉快的一天。心有所感，随心赋诗一首。以隶书书写。

> 河流蜿曲白浪翻
> 一叶轻舟溪中穿
> 绿水青山幽谷间
> 小船任驾漂浪尖

写作背景：今年加州多雨，5 月份的雨水量更是破 100 多年的历史纪录。今年不但雨多，而且去年冬天的雪也奇多。附近几个雪场目前还在开放，滑雪一直可以延续到 7 月中旬。充沛的水源加上冬天的大雪，给漂流爱好者一个难得的天赐良机。同漂流公司联系订好日期，几个朋友一起来到漂流出发点。这里漂流都需要一位经验丰富拥有合格证书的教练引导漂流。这里叫白浪漂流或激流漂流（white water rafting）。不是在平静的河水面慢慢划船。而是陡峭的河水中漂流，惊险刺激，好玩新鲜。漂流级别分 1 到 6 级。非专业漂流人员最高是 4 级。我们这次最高 4 级。从上流沿河流漂下。一会儿在平静的河流慢慢划船荡漾，一会儿钻入白浪中，浑身湿透。其乐无穷。漂流的教练是一位新西兰来的小伙。高大帅气，长发飘逸，一口伦敦英语。非常风趣幽默，健谈，和我们谈的非常好。上次漂流的教练是一位休斯敦大学三年级女学生，高挑的个头，漂亮文静，暑期到加州打工挣学费。但没想到还是一位漂流的高手。各漂流公司雇这些帅男靓女漂流高手做教练，吸引力更多的漂流爱好者。我们这位新西兰小伙自己掌舵，指挥着我们穿白浪，过险滩。体验惊险刺激的激流漂流。教我们各种高难动作。一个项目是一个人骑马式坐在船头，双手紧握船头缆绳，随巨大的白浪逐浪山下颠簸，非常惊险刺激，掌握不好就会落入湍急的河流中，但不用担心。所以人都必须穿救生衣。另一个项目是指挥我们如何停留在白浪翻滚漩涡的中心。这需要非常高超的漂流技巧。我们几人圆满的完成了教练的任务。达到了意想不到、超乎寻常的效果。另外别看漂流时骄阳当空，我们的皮肤都被晒的发烫，但跳入水中，因为河水是从河流上游水库库低流出，河水冰冷刺骨，皮肤表面一会儿就麻木了。但游一会就习惯了。漂流途中有一段是专业漂流才能过的接近悬崖式漂流。我们几个上岸。漂流教练只身一人，飞流直下几十米高的悬崖，显示了小伙高超的漂流技巧。最后来到漂流终点上岸。大家依依不舍的同帅小伙教练道别，约好明年再来。

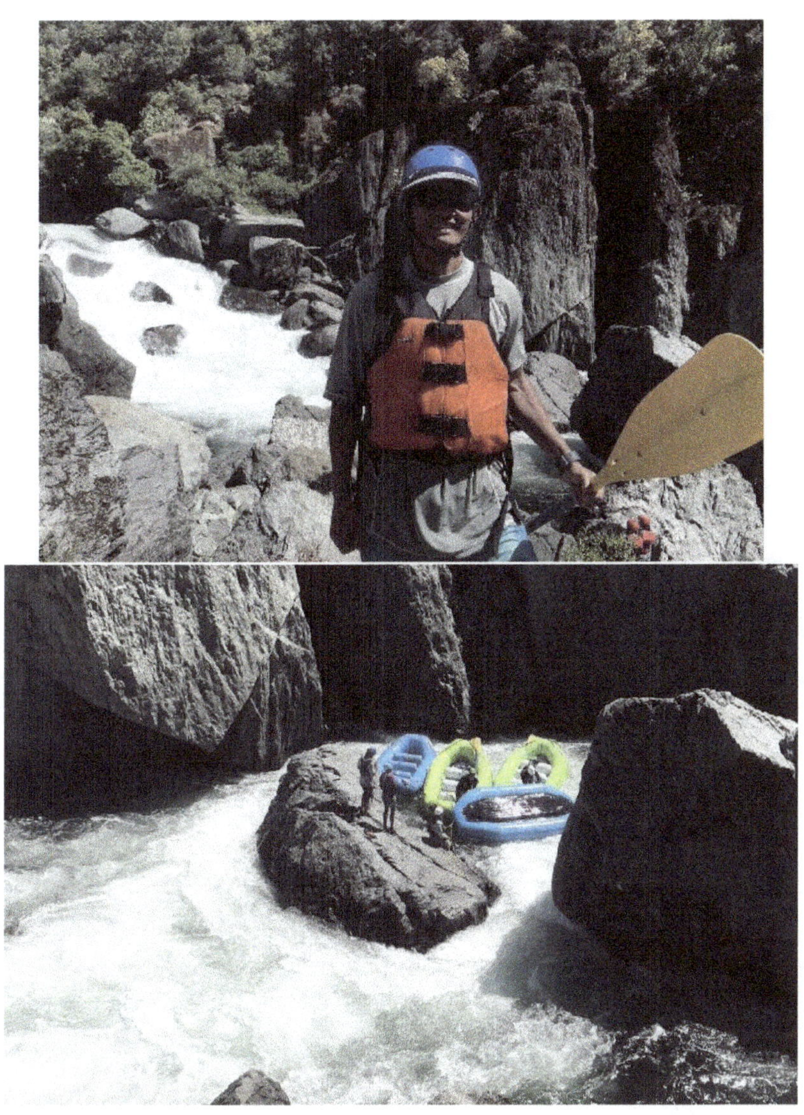

高原激流漂流。惊险、刺激、快乐的户外运动

2019 年 6 月 29 日：赋诗与鱼头泡饼有感。

大家看了这篇文章的题目或许有些摸不着头脑。一个是写诗，一个是做饭，好像牛头不对马嘴。但这里有它深刻的哲理。前几天发表了两篇感想。一篇写一首小诗观晚霞落日、寓意暮年焕发青春。一篇短文描写做晚饭鱼头泡饼。鱼头泡饼短文收到大量评语感想。而写晚霞落日小诗，以为会激发同龄人的共鸣。但却收到较少评论，体会到阳春白雪，曲高和寡，高处不胜寒的感觉。评论中除一位诗友一石激起千层浪，热烈讨论外。就仿佛是平静的湖水，投入几个小石子，泛起涟漪波澜。相比而言，鱼头泡饼是吃的，民以食为天，好吃又接地气。网友们有充分的感性体会。由此看来，写文章是接地气，还是阳春白雪，曲高和寡。仁者见仁，智者见智。大家自有评论。也许是萝卜白菜、各有所爱。真是大千世界。

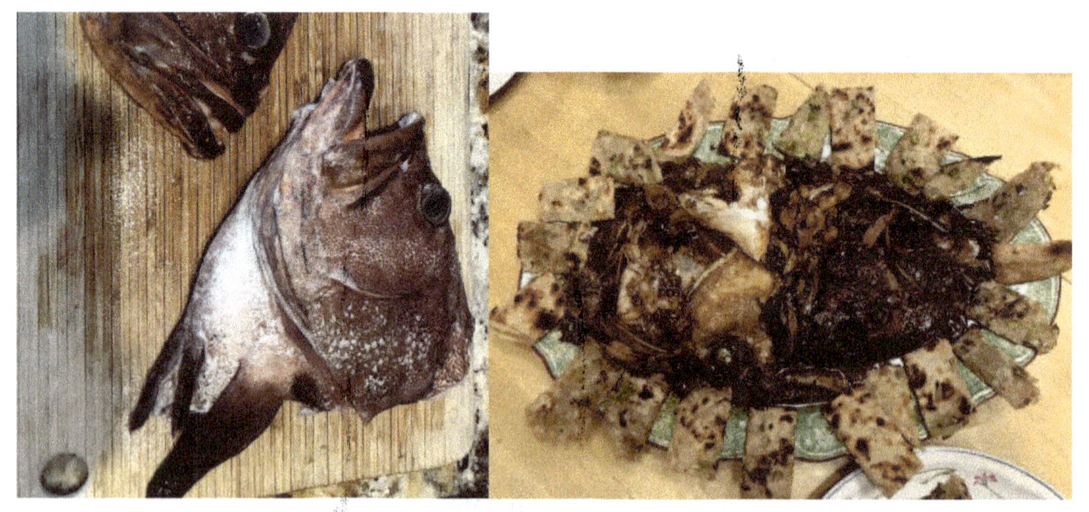

下厨房烹制中华美食《鱼头泡饼》

盛夏共同欣赏宋·王同祖一首七绝诗。"荷花池畔竹凉床，一枕闲消夏日长。燎过水沉天正午，旋移小艇采莲房"。

夏意渐浓，日子一天天变的长了起来，夏日的时光被悄无声息地拉长，同样被拉长的还有夏日午后的美好回忆。淡淡时光，淡淡心情，这是一种无法言语的幸福。

1.27 七绝：2019 年 7 月 20 日读唐诗有感。

写小诗一首抒发感想，以隶书书写。

雄浑飘逸颂唐诗

潇洒优雅赞宋词

婉转清丽歌元曲

中华瑰宝永恒时

创作背景：唐诗宋词元曲是中国古典诗歌发展的最高境界。是博大精深的中华文化的典型代表。唐诗的风格在于严谨规矩，诗句押韵上口。宋词的风格更为潇洒优雅。元曲则清丽婉转上口，利于民间的传唱。以唐诗为例，其特点注重于音韵格调，例如近体诗的绝句和律诗，在一首诗中，诗的句数有限定（绝句四句，律诗八句），每句诗中用字的平仄声，也有一定的规律和要求（最简单的平仄相对），韵脚不能转换等；在律诗当中，还要求中间四句要形成对仗。唐诗韵律严谨，自然流畅。唐代涌现出来了许多前无古人、后无来者的诗词大师，和无数流传千古、美妙绝伦的经典诗句。以下为十首儿时熟读、朗朗上口的经典七绝唐诗。

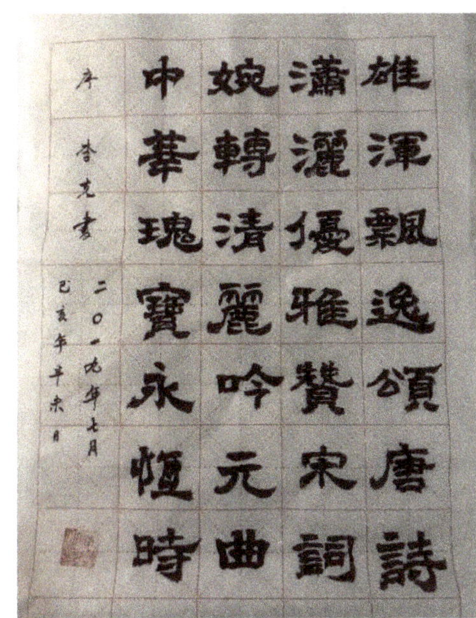
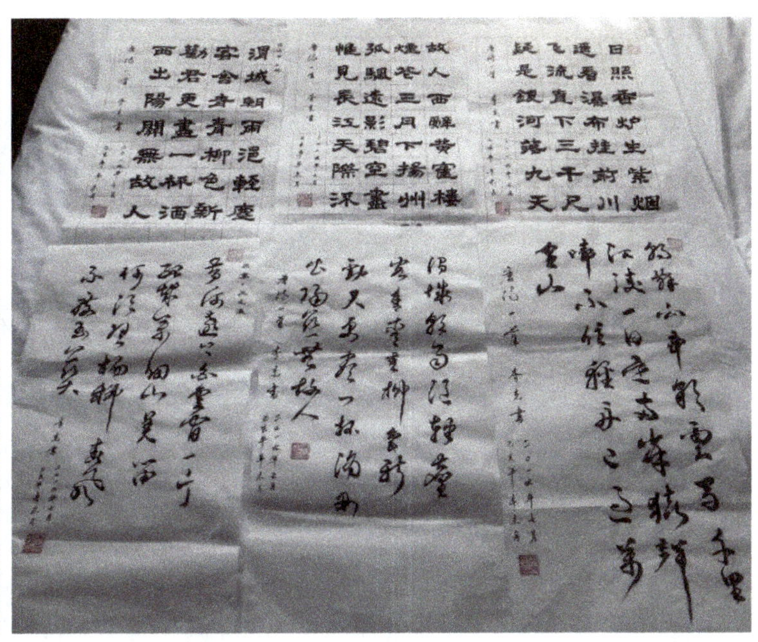

书法临摹中华瑰宝：唐诗、宋词、元曲

王之涣《凉州词》
黄河远上白云间，一片孤城万仞山，羌笛何须怨杨柳，春风不度玉门关

李白《早发白帝城》
朝辞白帝彩云间，千里江陵一日还。两岸猿声啼不住，轻舟已过万重山

王维《送元二使安西》
渭城朝雨浥轻尘，客舍青青柳色新。劝君更进一杯酒，西出阳关无故人

李白《黄鹤楼送孟浩然之广陵〉
故人西辞黄鹤楼，烟花三月下扬州。孤帆远影碧空尽，唯见长江天际流。

杜牧《清明》
清明时节雨纷纷，路上行人欲断魂。借问酒家何处有，牧童遥指杏花村。

工昌龄《出塞》
秦时明月汉时关，万里长征人未还。但使龙城飞将在，不教胡马度阴山。

刘禹锡《乌衣巷》
朱雀桥边野草花，乌衣巷口夕阳斜，旧时王谢堂前燕，飞入寻常百姓家。

王翰《凉州词》
葡萄美酒夜光杯，欲饮琵琶马上催。醉卧沙场君莫笑，古来征战几人回。

白居易《大林寺桃花》
人间四月芳菲尽，山寺桃花始盛开。长恨春归无觅处，不知转入此中来。

张继《枫桥夜泊》
月落乌啼霜满天，江枫渔火对愁眠。姑苏城外寒山寺，夜半钟声到客船。

杜甫《绝句四首》
两个黄鹂鸣翠柳，一行白鹭上青天。窗含西岭千秋雪，门泊东吴万里船。

李商隐《夜雨寄北》
君问归期未有期，巴山夜雨涨秋池。何当共剪西窗烛，却话巴山夜雨时。

元稹《离思》
曾经沧海难为水，除却巫山不是云。取次花丛懒回顾，半缘修道半缘君。

诗与词常被人合称为诗词，其实诗与词是有明显区别的。从风格来看，诗与词的最大区别，就是诗言志而词言情。诗重视其思想内涵，体现诗文的伦理道德价值。从隋唐开始，中国出现了一种新兴的音乐，词就是配合这些新兴音乐的曲调来歌唱的歌词。词就是歌词的意思。所以词就更加体现歌曲的委婉动听的内涵。

我们再来看两首词，感觉一下词的婉约与豪放诗词的区别。

李煜的《虞美人》
春花秋月何时了？往事知多少。小楼昨夜又东风，故国不堪回首月明中。雕栏玉砌应犹在，只是朱颜改。问君能有几多愁？恰似一江春水向东流。

岳飞的《满江红》

怒发冲冠，凭阑处、潇潇雨歇。抬望眼、仰天长啸，壮怀激烈。三十功名尘与土，八千里路云和月。莫等闲，白了少年头，空悲切。靖康耻，犹未雪，臣子恨，何时灭。驾长车，踏破贺兰山缺。壮志饥餐胡虏肉，笑谈渴饮匈奴血。待从头、收拾旧山河，朝天阙。

1.28 七绝：2019 年 8 月初周末高山湖环湖徒步旅行。

湖光山色明珠嵌

碧水蓝天泛小舟

幽径林间通美景

健身赏景获丰收

周末来到高原上一个小湖。沿小湖徒步旅行。盛夏平原地区气温异常高。但平原气温却凉爽舒适。非常适合户外活动。我们一行十几个徒步旅行（Hiking）爱好者穿梭于高原森林之中。享受大自然森林中新鲜空气。即欣赏美丽风景，又锻炼了身体。我们围绕一个天然高原湖徒步旅行。那个高原湖就像一颗镶嵌的钻石，在高原闪闪发光。湖中碧波荡漾，小船点缀在湖泊中。给大自然美景增辉。蜿蜒曲折的林间小道，通往森林深处的美景。曲径通幽处，美景尽收眼底。

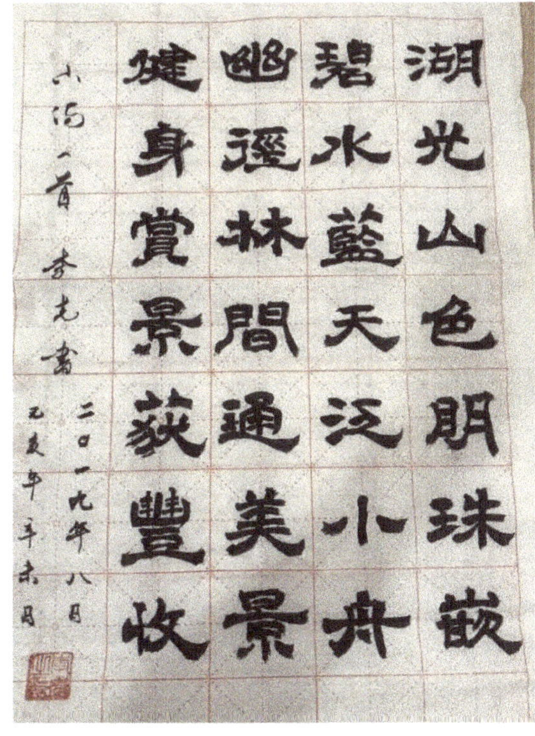

高山湖区瀑布

1.29 七绝：2019 年 8 月 夏日观荷花盛开有感小诗。夏日荷花颂之一

晨雾阳光入夏塘

林中百鸟梦它乡

披星戴月持枪炮

只为荷花分外香

创作背景：周末一清早来到小城一荷花盛开的池塘。趁太阳还没有露出地平线。和好友就来到荷花池塘边。8 月仲夏清晨太阳渐渐的露出地平线，阳光射入池塘。林中小鸟还在梦乡之中。一幅安详宁静的晨景。我们披星戴月赶到拍摄现场，就是为了拍到清晨到日出，荷花开放景色的全过程。感受到荷花开放的芬香。果不其然，太阳刚刚升起，荷花渐渐开启，荷花莲子蓬隐约可见。待到太阳升起，荷花绽放盛开。日出前拍照还看不见淡黄色的莲子蓬，但日出以后再拍淡黄色荷花莲子蓬，她已经展开了美丽的面容。荷花就是这样年复一年日复一日的向人们展示着她不同时期、美丽迷人的花卉魅力。

夏日观荷花盛开

晚风收暑，小池塘荷净。独倚胡床酒初醒。起徘徊、时有香气吹来，云藻乱，叶底游鱼动影。

1.30 七绝：2019 年 8 月，夏日观荷花盛开有感小诗之二。

夏风习习吹晨雾

岁岁年年荷景池

人们都言天上好

怎如塘里最佳时

创作背景：周末一清早来到小城一荷花盛开的池塘。仲夏之晨，微风轻轻吹散晨雾。荷塘呈现荷花的魅力。每年夏季这个时候是这个荷塘最美的时刻。大家都说只有天上的天堂最美，但是天堂的美怎比的上这一时刻的荷塘晨色的此情此景。正是"此景只应此处有，天上能见几回闻"。附杜甫的赠花卿"锦城丝管日纷纷，半入江风半入云。此曲只应天上有，人间能得几回闻"

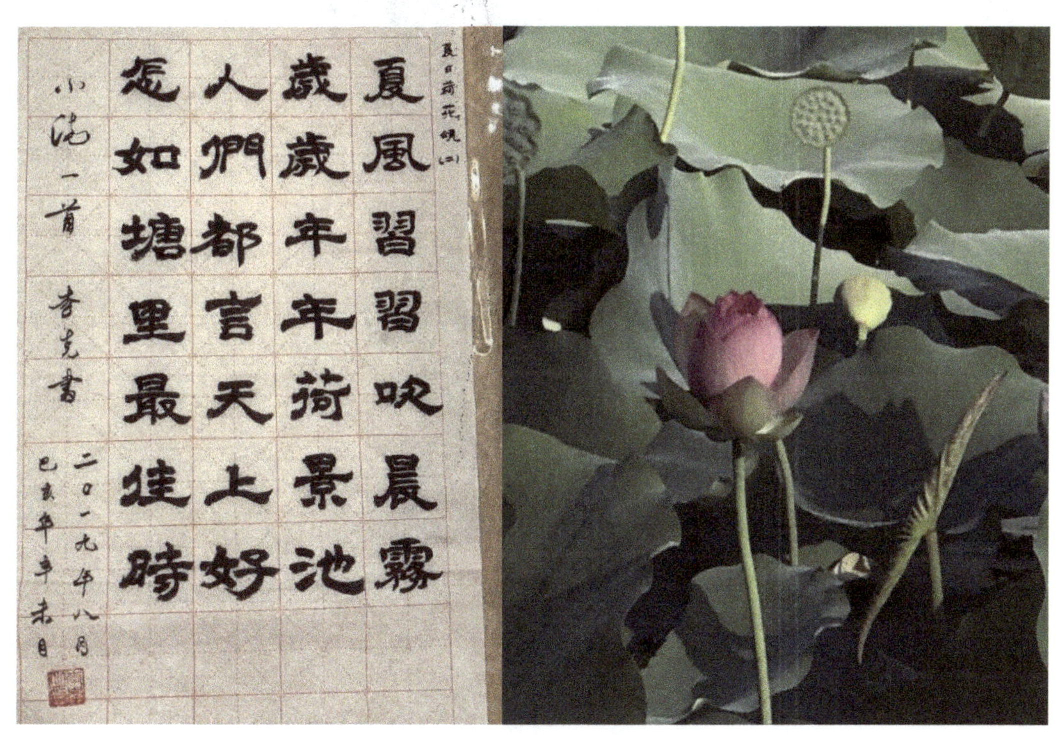

1.31 七绝：2019 年 8 月，夏日观荷花盛开有感小诗之三。

鸳鸯戏水漂塘影

飞舞黄蜂采蜜时

李克

倒影静湖荷柏映
明年再照此花池

创作背景：前几天写了两首赞赏荷花的小诗。今天又完成一首。终于完成荷花颂三部曲。荷花是花卉种类里最美丽迷人的花卉之一。清晨漫步荷花池塘边。一群鸭子在荷塘里像鸳鸯戏水般的游玩。冉冉升起的太阳、漫游荷塘的鸭子、绽放盛开的荷花，匆忙采蜜的小蜜蜂、湖中倒影的松柏。构成一幅美丽迷人的仲夏水墨风光画卷。美丽的小城、美丽的清晨、美丽的夏季。

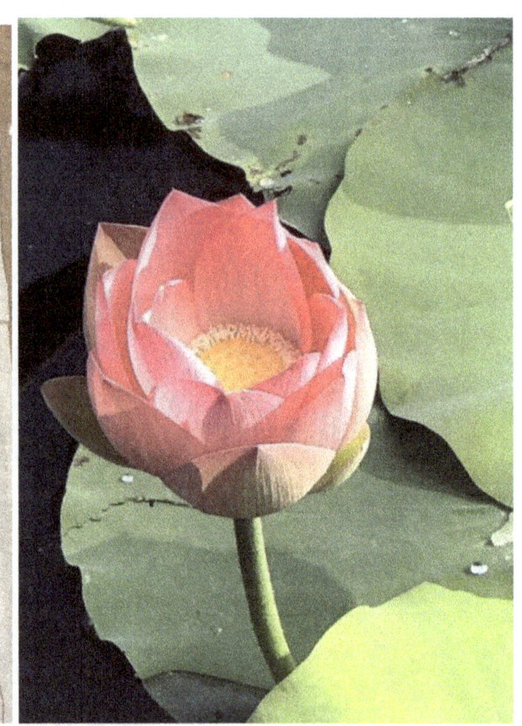

夏日观荷花盛开

1.32 七绝：2019 年 8 月，夏日高山湖单板滑水有感。

写作小诗一首。

天高雲淡水中鶯
一葉輕舟畫景情
追浪逐波穿單板
明年再待浪中行

创作背景：夏天是水上运动的最佳时间。做为一个水上运动的爱好者，每年都来到湖里划水。我们这里地理环境优越，高山湖泊星罗棋布，非常适于水上运动。夏日周末天高云淡，湖面上不时飞过各种不同的莺鸟。和好友一家驾驶一艘快艇，穿梭于湖泊水浪之中。小艇快速行驶，艇后掀起白色的波浪。我脚踩单板滑水板，手拉划水绳，一会儿在波浪之上，一会儿滑行于波浪之下。轻松滑行于波浪之间。小女儿传承了老爸的体育细胞，小小年纪，划水，滑雪，游泳，一学就会，样样精通。大有青出于蓝胜于蓝，长江后浪推前浪之势。她也脚踩划水板，由快艇快速的拖着，追波逐浪，轻松自如。孩子们最喜欢几个人扒在一个巨大的橡皮救生圈上，然后快艇拖着救生圈快速飞奔。快艇在水浪中蜿蜒曲折快速行驶。孩子们在水中享受着上下颠簸、左右摇摆的惊险刺激的快乐。一会儿就有一个掉到水里。然后再爬上救生圈，继续玩耍。这种运动是孩子们的无限乐园。我们这个年纪就需要悠着点了。看看孩子们的喜悦，不禁想起我的童年少年都玩些什么，快艇划船，想都不用想，见都没有见过。时代变迁，今非昔比。当年胡同踢球、八一湖游泳、北海滑冰、颐和园昆明湖划船、斗蛐蛐、弹弓，弹球，等等数不尽的都是基本无费用游玩。虽然是穷玩，但也都乐得其所。现在再也找不到不花钱的游玩项目了，动辄成百上千上万。这个夏日周末，渡过一个美好愉快一天。期待明年再来。

夏日高山湖单板滑水，追波逐浪

1.33 七绝：2019 年 8 月仲夏英仙座流星雨观感

星斗满天云和月

英仙流雨掠穹空

牛郎织女桥边约

浩瀚长空怎辩东

创作背景：每年仲夏 8 月是英仙座流星雨光顾地球的日子。英仙座流星是我们肉眼可以看见的最灿烂的流星雨。每次又正好是夏天。比较适合于户外观察天象。所以她最吸引众多天文爱好者的追捧。今年在家的后院的躺椅上仰望，每几分钟就可以看到一颗流星划过繁星点点的夜空。牛郎织女星在银河系两边隔河相望，盼望鹊桥相约会，满天星斗，星也有约。茫茫的夜空，星光闪烁。如何识别东西南北呢？答案是：北斗星。夜空中所有的星星的位置都在变动。北斗星是亿万星星中唯一位置不变的星星。今晚看了不少英仙座流星划过夜空，但拍下来非常困难。

1.34 七绝：2019 年 8 月夏末游加州太浩湖有感七绝一

茫茫山色青松绿

漫漫天池现滢晶

散步湖边听浪韵

涛声依旧唤群莺

创作背景：发表一首今年创作的夏天的旧诗。周末来到附近的太浩湖（Lake Tahoe）避暑。它位于美国加州与内华达州之间的高山湖泊。是北美最大的高山湖泊，湖面海拔近 1900 米。周围山峰海拔超过 10000 英尺。由于地处高原，即使在炎热的夏天，也非常凉爽舒适，同时可以看到高山上的终年积雪。非常的深，最深处超过 1500 英尺，是美国第二深的湖泊。太浩湖四周由山峰环抱，湖水澄净湛蓝，同蔚蓝的天空连成一片。漫步在静静的太浩湖边，听着湖水拍岸的涛声。如美妙的音乐在播放。湖水的涛声引来一群一群的长莺。火红的夕阳慢慢的消失在西方的远山深处。夕阳，远山，碧水，红云，松柏，白帆，燕莺，傍晚，这一切的一切构成一幅奇妙的大自然风景画卷。今夜无眠。

1.35 七绝：2019 年 8 月夏末游加州太浩湖有感七绝二

岁岁年年游太浩
秋冬春夏景不同
沧桑岁月人间变
依旧苍山夕阳红

诗词七绝二：发表一首今年夏末创作的诗。每年都来太浩湖（Lake Tahoe）游玩赏景，年年岁岁、春夏秋冬四季的景色都不一样，各季有各季的美景。人间世道、朝代政权年年都在更迭变化。而太浩湖的湖光山色、远山夕阳，年复一年、日复一日、循环往复的永远重复着她那美丽的景色。正可谓永恒的江山，流水的朝代。

加州著名旅游胜地太浩湖（Lake Tahoe）美景

太浩湖四周由山峰环抱，湖水澄净湛蓝，同蔚蓝的天空连成一片。漫步在静静的太浩湖边，听着湖水拍岸的涛声。如美妙的音乐在播放。湖水的涛声引来一群一群的长莺。火红的夕阳慢慢的消失在西方的远山深处。夕阳，远山，碧水，红云，松柏，白帆，燕莺，傍晚，这一切的一切构成一幅奇妙的大自然风景画卷。今夜无眠。

梳理一下我曾经去过中国及世界各地的可以与之媲美湖泊。新疆天山天池，也称瑶池，有天山明珠之称。湖面海拔 1910 米，面积 7 平方公里，最深处 103 米。云南滇池湖面海拔 1886 米，面积 330 平方公里。有高原明珠之称。平均水深 5 米，最深 8 米。西藏納木措湖，面积 1920 多平方公里。湖面海拔 4718 米，为世界上海拔最高的大型湖泊。湖水平均深度 33 米。

欧洲瑞士 Lake Lucerne（卢塞恩湖）是瑞士最美的湖泊。欧洲最美的湖泊之一。澳洲新西兰 Milford Sound（米尔福德峡湾）。峡湾水面与山崖垂直相交，冰川被切割成 V 字形断面。电影 Lord of Ring（指环王）在此取景。北美洲加拿大 Lake Louise（露易丝湖）是加拿大 Banff（班芙）国家公园内最富盛名的湖泊。

1.36 七绝：2019 年 9 月 17 日高尔夫球场风景

昨天秋后的第一场暴雨。告别了晚秋炎热的秋老虎，迎来了秋高气爽的艳阳天。初秋雨后的天空蓝天与奇云构成一幅美丽的画卷。喜欢它的潇洒与随意。喜欢它留下的最为清凉的气息。真可谓："空山新雨后，天气晚来秋，水光潋艳晴方好，山色空蒙雨亦奇。渭城朝雨浥轻尘，客舍青青柳色新"

挥杆高尔夫

解读晚唐大诗人李商隐的《锦瑟》"沧海月明珠有泪，蓝田日暖玉生烟。此情可待成追忆，只是当时已惘然"。晚唐著名诗人李商隐的诗词意境深邃、优美动人，广为传诵。最具代表性的《乐游原》中的千古绝句"夕阳无限好，只是近黄昏"。《夜雨寄北》中的"却话巴山夜雨时"，等等。但这首《锦瑟》却非常难以理解，伤感迷茫，隐晦迷离，难于索解。每个人的理解都不同。当明月照耀，苍茫的大海中，已分不清那究竟是晶莹的珍珠或眼中的泪水。暖日间蓝田因为有美玉蕴藏。地面升起阵阵轻烟。所有的情感。不管再怎么美好，只怕都将成为记忆罢。心头浮现往日情事的时候，一片惆怅，惘然。静坐在晚秋的时光里，聆听秋风与流年的对白。那些轻轻流转的风，一直在吹。纵使红尘熙攘，也早已习惯了微笑着领略岁月变幻的美。为了那一份淡雅与素净，还有那一份来自心底深处的宁静安详。

1.37 七绝：2019 年 11 月参加音乐学院的秋季音乐演奏会。

为今年感恩节增加节日气氛。为此创作一首七绝诗词以作纪念。

李克

提琴悠美声天籁

巴赫神音韵律同

莫道夕阳桑榆晚

勇于现场比孩童

创作背景：我目前参加小提琴班的音乐学院举办一场秋季音乐会。各种乐器，包括小提琴悠扬的旋律在小镇 Harris Art Center（哈里斯艺术中心）音乐大厅回荡。这是我学习小提琴后第二次登场演出。这次上场表演德国著名古典作曲家巴赫的小步舞曲。德国大师的优美的音乐旋律就像中国诗词韵律一样美妙悠扬。文学艺术音乐诗词都是相符相通的。这次表演的巴赫小步舞曲比上场登场表演曲目难度提高了不少。而且还需要背下来。经过不懈的努力，终于到达老师的要求。但上台一紧张，还是拉错了几个音符。真是台上一分钟，台下十年功呀。一分汗水，一分收获。盼望今后学习好小提琴。演奏出更美妙的小提琴旋律。现场表演的大多数是十岁上下的孩童，我和其他几位年纪相仿的成年演奏者凤毛麟角，算是极少数。夕阳无限好，世上无难事，只要肯登攀。一个是早上八、九点钟的太阳，一个是晚间霞光万道的夕阳，我们和他们同场献艺比赛，感到年轻了许多，受益匪浅。

第一次参加音乐学院汇报演出，登台演出小提琴

1.38 七绝：2019 年 12 月 12 日。饮酒小诗。

同好友饮酒畅谈人生理想。

酒逢挚友千杯少
阔侃高谈论地天
唐宋明清英美法
江河湖海问宗先

八仙桌案兄情叙
举酒相邀好友当
川普呼来不肖顾
琼浆玉液是杜康

与好友饮酒、畅谈人生

杜普《酒中八仙》"李白一斗诗百篇，长安市上酒家眠。天子呼来不上船，自称臣是酒中仙。张旭三杯草圣传，脱帽露顶王公前，挥毫落纸如云烟"

王维《渭城曲》
渭城朝雨浥轻尘，客舍青青柳色新。劝君更尽一杯酒，西出阳关无故人。

王翰《凉州词》
葡萄美酒夜光杯，欲饮琵琶马上催。醉卧沙场君莫笑，古来征战几人回？

明代大诗人杨慎《临江仙》
一壶浊酒喜相逢。古今多少事，都付笑谈中。

杜甫《闻官军收河南河北》
白日放歌须纵酒，青春作伴好还乡。即从巴峡穿巫峡，便下襄阳向洛阳。

1.39 七绝：2019 年 11 月 16 日。今天晨雾中观沙丘鹤有感，

随手书写一首七绝小诗以作纪念。

池塘隐显沙丘鹤

水中天边任宇翔

旭日东升西空月

掠过晨雾向何方

创作背景：周末清晨同好友一起来到附近一个小镇观看沙丘鹤 。今天清晨有薄雾，在薄雾中沙丘鹤时隐时现，如中国水彩画中的美景。大约有上万只沙秋鹤时而在池塘中跳跃，时而在天空中飞翔。清晨万鹤齐鸣。景象异常壮观。今晨还出现天气奇观，东方旭日已经东升。但西方的天空上还挂着一轮半月。呈现日月同辉的气象奇观。美丽的沙秋鹤排成各种各样的队形，在队长带领下掠过天空的半月，不知她们飞向何方。

北加州沙丘鹤、大雁南飞、晨景

沙丘鹤每年沿太平洋从西伯利亚和阿拉斯加到加利福尼亚的中央谷地的大面积淡水沼泽，草原池塘栖息。这个小镇为了吸引沙丘鹤，并给她们一个安全的栖息地，每年这个时候向稻田放水。吸引了大批的沙丘鹤在这里栖息游戏。小镇为此每年十一月初还特意举办沙丘鹤节。以吸引了大批游客参观、摄影爱好者拍照。今天清晨在薄雾中观看沙丘鹤，别有一番风味。

1.40 七绝：2019 年 12 月 23 日。冬至户外观景有感。

七绝诗一首。用隶书书写

绿草茵茵桐树间

秋高气爽蔚蓝天

斜阳雨后登丘处

极目遥望远岭前

冬至刚刚过去。虽然冬季已到，但是深秋的美景依然沥沥皆目。最近一段时间忙碌于世界日报的新闻报道。诗意的灵感渐渐失去。但在今天大自然的美景中，久已失去的诗意灵感在奇妙的美景中慢慢找回。几天的大雨过后，在小镇附近的小山丘上漫步，山丘上远望夕阳一片火红。绿草梧桐树、蔚蓝的天空、洁白的云彩。登上小山丘远望，夕阳落日的深秋美景激发出附诗的灵感。深秋初冬，景色迷人，美不胜收。一首小诗萌发腹稿、一气呵成。

北加州的美丽秋色、落日晚霞

1.41 七绝：2019 年 12 月 22 日。立冬滑雪

年底立冬日到加州太浩湖 Lake Tahoe 滑雪。今年滑雪季是我第一次滑雪。天气阴天不冷不热，是个滑雪的好时机。雪场是在大约 7000 英尺的高山。一早驱车前往高山。白雪皑皑，银装素裹。穿上单板滑雪撬在茫茫的林海雪原中自由的穿梭上下。想当年刚刚到美国就钟爱上了滑雪运动。凭着在北京一定的滑冰功底，很快就上了路。在多年的滑雪运动中，脚踝，肩膀，手指都受过伤，但对滑雪的钟爱引领着我勇往直前、坚持不懈。并一直遵循我的这句

座右铭："Do what you like, like what you do"。也就是"做你钟爱的事，钟爱你做的事"。只有这样你才能有动力去坚持不懈，永不放弃。滑雪滑：我冬季最爱的运动。引用我去年滑雪写的小诗稍做修改。

立冬伊始登川谷

林海雪原单板穿

黑道跳台任我行

明朝重现白山缘

另外据报道加州太浩湖的滑雪场已经超越美国最著名的科罗拉多州的雪场成为在美国集滑雪娱乐为一体的最为吸引滑雪爱好者的滑雪圣地。到了太浩湖除了滑雪，人们还可以到附近的著名高山天然湖游玩、还可以去附近赌场一试身手，试试运气。

高山滑雪场单板滑雪

1.42 七绝：2019 年 10 月新疆游记

来到新疆天山天池，领略美丽的塞外风光。看到这么迷人的风景在世上能领略几回。茫茫的沙漠如镜子班的天池、火焰山戈壁滩，这些景色是留卜了在新疆最美、最好的回忆。

儿时就耳濡目染的歌曲"我们新疆好地方，天山南北好牧场"。"吐鲁番的葡萄熟了，阿娜尔汗的心儿碎了"。一直梦想踏上新疆这块遥远，又陌生又熟悉的土地。陌生的是从来没有来过，熟悉的是歌唱新疆的歌声经常在耳边回荡。2019 年末终于有机会实现梦想。来到广阔无际的中国大西北新疆。十几年前去过西藏并来到令人震撼的珠峰大本营。留下一生永远难忘的记忆。从此对中国古老又神秘的西域疆土产生了浓厚的兴趣。这次来到西域新疆，给旅行罩上了一层神秘的面纱。首先来到乌鲁木齐市。准格尔蒙语意为：优美的牧场。乌鲁木齐地处天山北麓，南北疆交通要道，是古丝绸之路上的重镇，开放、热情、豪迈是他的特点，是中亚地区最具活力的城市。来到这块土地，油然而生一首赞美新疆的七绝小诗。

天池天路好风光
美景人间世几双
沙漠明湖戈壁现
追风最忆是新疆

来到新疆天山天池，领略美丽的塞外风光。看到这么迷人的风景在世上能领略几回。茫茫的沙漠如镜子班的天池、火焰山戈壁滩，这些景色是留下了在新疆最美、最好的回忆。

天山天池
乘车从乌鲁木齐市出发来到新疆著名景点天山天池。天池的海拔是 1928 米，南北长 3.5 公里。天池景区内自然风光和生态环境地域突变强烈，在这块不大的高原上，包括了高山冰川、湿地草甸、森林峡谷、湖泊山岳和戈壁沙滩等自然景观，形成完整的植物景观。为国内外罕见。眼前的高山湖，远处的茫茫雪山，构成一幅美丽的画卷。似加拿大落基（Rockies）山脉的路易斯(Lake Louise)湖，又像美国加州的太浩湖（Lake Tahoe）。天山天池以远古瑶池神话及宗教和民族风情为文化内涵的人文景观，其独特的神采，是景区珍贵的文化遗产。来到天山，碰上昨天晚上下了一场小雪。美丽的天山"千里冰封，万里雪飘，银装素裹，分外妖娆"。爬山期间还抓拍到了一个天山山峰帽子云的奇景。唐代大诗人王维的五言律诗《使至塞上》中名句真实描绘了塞外黄昏雄奇壮观的景象。"大漠孤烟直，长河落日圆"。

新疆天山、天池美景

2020 年作品

1.43 七绝：2020 年 2 月 8 日。滑雪有感

蓝天白雪青松岭
云海茫茫似璞玉
单板穿林彤树间
速降驰骋两廊绿

创作背景：滑雪场蓝天白云，是一个难得的滑雪好天气。穿上单板滑雪板，从滑雪道飞驰而下，两边绿树成荫。今天一清早驱车一个半小时来到著名的太浩湖滑雪场。这几天打开电视看手机都是新型病毒肺炎的消息。今天来到远离城市的滑雪场。不看电视不看手机。享受了一天滑雪的乐趣。

高山滑雪场滑雪

1.44 七绝：2020 年 2 月 12 日。众志成城战胜新型冠状病毒肺炎。

创作小诗一首。隶书书写。

中原大地传瘟疫
南山无奈冠毒何
待到山花烂漫时
重来华夏换江河

创作背景：自从 2019 年年底在武汉发现新型冠状病毒肺炎，这个致命的病毒目前已经使中华大地近 6 万多人感染，截止今天 1364 人死亡。目前还在蔓延，没有减弱的势头。17 年前

在 SARS 非典疫情中一战成名的名医钟南山院士，这次以 82 岁的高龄依然竭尽全力奋斗在疫情的第一线，但也无奈病毒的肆虐蔓延。解铃还须系铃人。由于目前大自然的环境适合此病毒的生长及蔓延。还要等待这个大环境的改变，比如天气转暖等，病毒就会不战而败，自行消亡。人类也会不费吹灰之力、不战而胜。就像当年美国加州山火和澳大利亚山火，上万消防人员全力奋战。也是车水杯薪、无济于事。反而老天爷的一场大雨，山火就变得无影无踪，自行消灭。

我们对这个从来没有遇见过的新型冠状病毒根本就不了解，根据目前的医学知识来预测未知的病毒增长的拐点都是不准确的、不科学的。衷心希望这个大的自然环境的改变尽快来到。这样这个病毒就没有它生长、传播的环境了。就会自然消失殆尽。到那时候拥有五千年文明历史的中华民族。就会恢复她以前的生机和活力。

中国高铁的快速发展，虽然给大家带来了许多方便、便利。但对这次疫情的传播起了很大的推波助澜。有了高铁，疫情传播就更加迅速、更加广泛。所以任何事情发展都具有两面性。高铁的发展也是一把双刃剑。它不但高速送行旅客，也高速传播传染病毒。

最后这次疫情的爆发也让我们看到了许多我们平时看不到的一些人的人性的另一面，充分感受到了人性是复杂性和多面性。

1.45 七绝：2020 年 2 月 22 日游览新疆天山天池有感

高原明珠现天池

条条雪道似天路

白云朵朵映蓝天

日照金山云飞渡

中国西域新疆游之二　火焰山

儿时爸爸就经常讲《西游记》中火焰山的故事。这个故事已经倒背如流。西游记中孙悟空护送师徒四人西天取经，在火焰山借铁扇公主芭蕉扇、钻进铁扇公主肚子里。最后借到芭蕉扇，扇灭火焰山。师徒四人得以顺利通过火焰山去西天取经。在火焰山的雕塑中，描绘了唐僧师徒四人西天取经的路过火焰山的情景，悟空在前面探路。借到了可以扇灭火焰山的芭蕉扇。这里还有世界最大的温度计，按照孙悟空的金箍棒设计。

火焰山位于新疆吐鲁番盆地之中，由于海拔较低，空气流通不畅，干旱少雨，夏季气温极高。如同冒火的山峰。来到火焰山下，放眼望去，火焰山犹如一条条火龙从山上奔腾而下。明代小说家吴承恩写的中国四大名著之一《西游记》中的孙悟空借铁扇公主芭蕉扇过火焰山的故事，一个在中国男女老少妇孺皆知的故事。更使这里的火焰山名声大噪。它连绵数百里，火焰冲天，热浪袭人，如烤肉的铁板。唐朝大诗人岑参写的诗句。"火山突兀赤亭口。

火山三月火云厚。火云满山凝未开，飞鸟千里不敢来"。把火焰山的酷热和寸草不生的景象
描绘的淋漓尽至，活灵活现。

我这次来到火焰山，也乘性对诗一首

连绵火焰三千里

悟空当年智取扇

今日翻过山上岭

何需再取芭蕉扇

创作背景：来到新疆著名的火焰山。放眼望去赤红的山峰如同小说西游记描绘的火焰山一
样，一片红彤彤的世界，热浪扑面而来。脑海回想起孙悟空智斗铁扇公主的故事。今天来到
火焰山，铁扇公主早已不知去向。那么我过火焰山还需要芭蕉扇吗？可以到哪里去取芭蕉
扇？

新疆火焰山

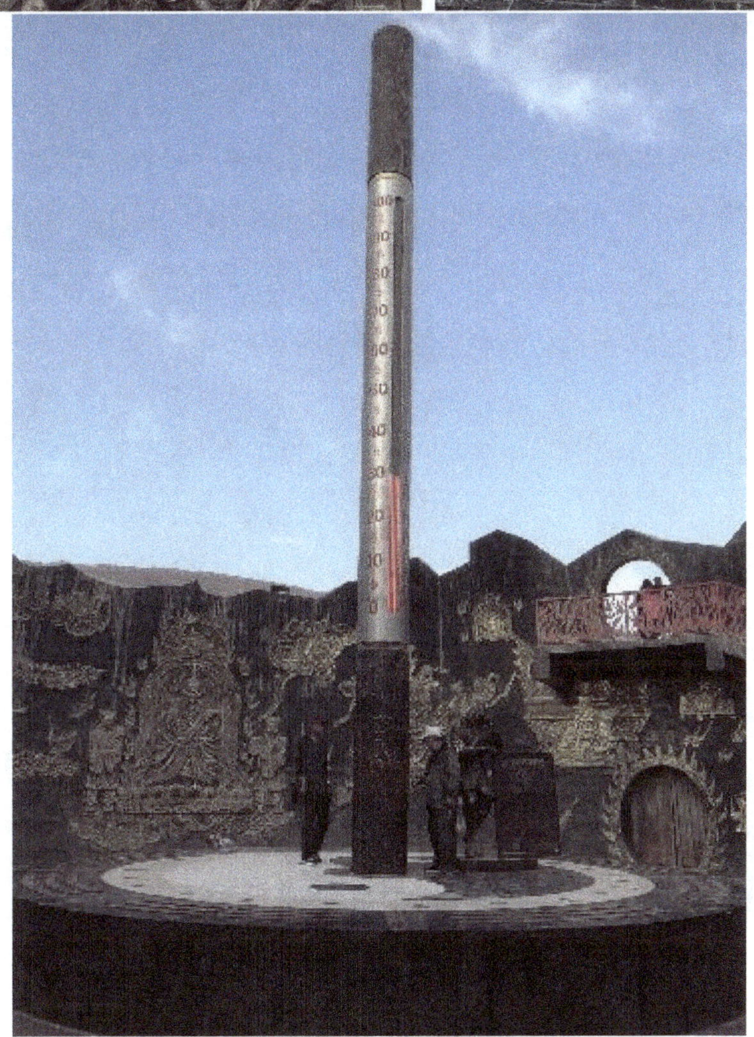

来到新疆火焰山，金箍棒

中国西域新疆游之三 新疆坎儿井

出门旅游不光是游山玩水，欣赏大自然美景，品尝美食。同时又是一次亲自了解当地民风民俗，风土人情第一手资料的绝佳机会。这次是去年 10 月份来到新疆参观了一个叫坎儿井的民俗园。坎儿井是古代新疆人创造的地下水利灌溉工程，由于西北地区地质干旱、水源较少，因此坎儿井这项工程的创造变成了荒漠地区的生命之源。水在地下流淌，减少了在地表流淌的蒸发。保存了沙漠地区宝贵的水源。形成地下纵横交错、布局合理、覆盖新疆的巨大的水利工程。

新疆地区的坎儿井总数有 1700 多条，全长约 5000 多公里。坎儿井的结构，大体上是由竖井、地下渠道、地面渠道和蓄水池四部分组成。天山有丰富充足的雪山水源，古人建造地下暗渠把天山的水最大限度，最小损失的巧妙的送到人类居住的地方。利用山的坡度，巧妙地创造了坎儿井，同时也引地下潜流灌溉农田。坎儿井不会因为炎热、狂风等天气状况而使水分大量蒸发，因而流量稳定，保证了自流灌溉。这次到了新疆才明白为什么新疆这么干旱缺水，还能生产出新鲜水灵的蔬菜水果。新疆吐鲁番盆地的坎儿井与中华万里长城、京杭大运河、都江堰并称为中国古代四大工程。这次来到新疆吐鲁番并参观坎儿井，亲身体验到了这个工程的伟大及高瞻远瞩，为古人的聪明智慧，勤劳勇敢点赞。

参观新疆著名吐鲁番葡萄种植园

1.46 七绝：2020 年 4 月 28 日观春天玫瑰花绽放有感。

灵感忽来、赋诗七绝一首。以隶书书写。

姹紫嫣红满院春

争奇斗艳榭庭深

花开花落何时了

香馥玫瑰比菲芬

创作背景：现在春意盎然。前花园后庭院各色玫瑰争奇斗艳、竞相绽放。微香扑鼻。晨曦的露水，蔚蓝的天空，遥望远处高山，夕阳落日的余晖，忽然一阵春风吹来，几片玫瑰花悄然飘落、无声无息的落入树下的泥土地。美妙的大自然就是这样一年四季，往而复始的变化。展示着她美丽的风景。

大自然永远有她两方面。一方面是她美丽的一面，另一方面又展示着她残酷的一面现在新冠肺炎疫情在全世界蔓延肆虐，超过 3 百万人感染，夺取了 20 多万人的生命。残酷的现实。但愿新冠肺炎疫情也是大自然的现象之一。有来有去。如果把疫情比喻成花开花落。现在正是"疫情之花"盛开的时候，但愿疫情这只"无情之花"尽早凋谢。人类重新回归正常生活。

1.47 七绝：2020 年 5 月 5 日立夏有感。

居家生活学习制作各种中餐西餐美食。美食美景。赋诗七绝一首。以隶书书写。

中华厨艺现光芒

美食西餐展辉煌

绽放玫瑰圆落日

春离夏至月方长

自己动手烹制中华名菜鱼头泡饼、滑溜鱼片

自家庭院玫瑰开放

1.48 七绝：2020 年 6 月 10 日，最近练习书法行书有感

灵感来到，附下七绝小诗有感。以隶书书写。

> 翰墨春秋论汉字
>
> 仓颉远古启华书
>
> 篆隶行草揩天下
>
> 书法传承待复苏

创作背景：中华书法源远流长。文房四宝纸墨笔砚。中国文字是如何产生的，历史悠久，无从考证。但有一个中国古代神话传说，仓颉造字。黄帝时期有一个史官叫仓颉，他观察鸟兽的足迹并从而受到启发，创造了文字。据记载仓颉生于公元前 4200 年，陕西白水。至今白水县还有流传许多关于仓颉的故事，并传承保留记念仓颉的仪式。文字创立后历经甲骨文、金文演变而为大篆、小篆、隶书，至东汉、魏、晋的草书、楷书、行书诸体，书法一直散发着独特的艺术魅力。书法发展到现代，楷书成为目前官方标准汉字字体，一统天下。行书作为一种比较规范的字体，不像楷书那样规范标准古板，又不像草书那样不容易看懂。行书具有了艺术的魅力。自从计算机问世以来，用汉字表达就更加简便易行。但对于书法书法的发展起了很严重的负面影响。没有人再练习书法了。所以作者在诗的最后一句表达希望中华书法能够代代相传。发扬光大。

从夏商周，经过春秋战国，到秦汉王朝，二千多年的历史地发展也带动了书法艺术地发展。这个时期内各种书法体相续出现。甲骨文是中国最早的文字，中国有许多学者研究甲骨文。我没想到曾经是中国科学院院长郭沫若还是位甲骨文的大家。人称甲骨文四堂之一。后来出现篆书、隶书、草书、行书、楷书五种字体。天下第一行书为王羲之的《兰亭序》。行书是介于楷书与草书之间的一种书体，大约出现于东汉末年。

最近临摹元代书法家赵孟頫的苏东坡大名鼎鼎的前后赤壁赋。希望通过好好学习，能够天天向上。赵孟頫为楷书四大家欧颜柳赵（欧阳询、颜真卿、柳公权、赵孟頫）之一。赵孟頫博学多才，能诗善文，工书法，精绘艺。特别是书法和绘画成就最高，开创元代新画风。他也善篆、隶、真、行、草书，尤以楷、行书著称于世。

元赵孟頫前后赤壁赋为赵孟頫于 14 世纪初创作的书法作品。《前后赤壁赋》是苏轼被贬黄州时期创作的名篇。现收藏于中国台北故宫博物院。赵孟頫所书之《前后赤壁赋》为行书长卷，其用笔娴熟精湛。在笔法上直承王羲之。流丽挺健，线条温润凝练。用笔圆润遒劲，神彩飘逸。《前后赤壁赋》为广大行书书法爱好者所推崇，是当代热门法帖，被誉为中华十大传世名帖之一。

临摹元书法家赵孟頫的苏东坡名作《赤壁赋》

1.49 七绝：2020 年 6 月 22 日，夏至户外烤肉。

写下七绝小诗一首。以隶书书写。

烈日炎炎烤肉忙
晚风袭袭味飘香
逍遥仲夏云飞渡
美酒佳肴入大堂

创作背景：这个过去的周末是夏至也是父亲节，白日最长。这天超过华氏 100 度的高温。也没有挡住大家 BBQ 烤肉的热情。仲夏之夜傍晚，晚霞无限好，彩云飞渡，晚风袭袭，带走了白天酷暑的炎热。我备齐烤肉工具，腌制好大虾，排骨，牛肉，羊肉，柿子椒等美味佳肴。放上烤炉的烤肉篦子上。立刻肉香扑鼻，香飘至后花园及左邻右舍。浓浓肉香，渗人心肺，是食客们挡不住的诱惑。烤肉虽然是一种粗旷的饮食文化，但也渐渐进入高雅饮食的殿堂。夏季是美国传统的户外烤肉季节。美国户外烧烤成为大众化是第二次世界大战的结束。当时，数以百万计的退役军人回到家乡。市郊新建大量社区房屋，每栋房子的后院都设计有适合家人户外用餐。每家必备烤肉火炉。烤肉的飘香传到左邻右舍。主人一吆喝，朋友邻居就聚在一起吃烤肉，饮啤酒。侃山聊天。不亦乐乎。形成典型的美国家庭烤肉文化。后来传到韩国，又形成了韩国烧烤。

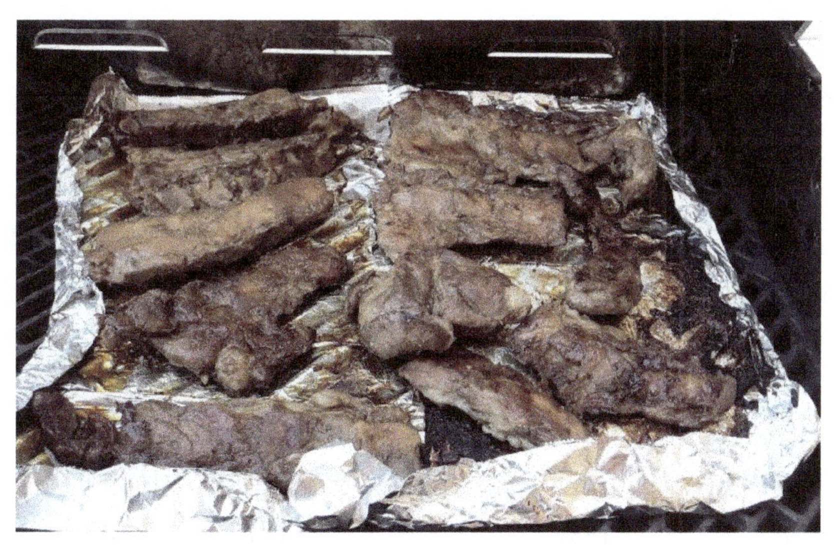

户外烤肉

夏至户外烤制加州烤肉

1.50 七绝：2020 年 7 月 12 日，夏日观荷花绽放有感。

附七绝小诗一首。以隶书书写。

荷塘夏色晨曦间
年复一年映九天
冠疫蔓延关不住
芬芳依旧百花鲜

创作背景：仲夏清晨来到附近的一池美丽的荷塘。荷花池荷花绽放。小野鸭悠然自得的游弋。最近我每年夏季都来这里赏荷花。空气清新、心旷神怡。荷花年复一年、日复一日不断绽放光彩。光彩夺目。有的鲜花怒放，有的含苞欲放。光鲜亮丽颜映九重天。古人九天寓意第九重天，就是天最高的地方。九天中的九字是因为它是数字单数中最大的数字，所以有极限之意。唐代大诗人李白《望庐山瀑布》诗："疑是银河落九天"句就引征此典。虽然现在新冠病毒在美蔓延。威胁人类的生命安全。疫情严重但关不住荷花盛开的时节。她逆势而上，魅力绽放，菲芳依旧。在百花中显示她的光鲜靓丽。

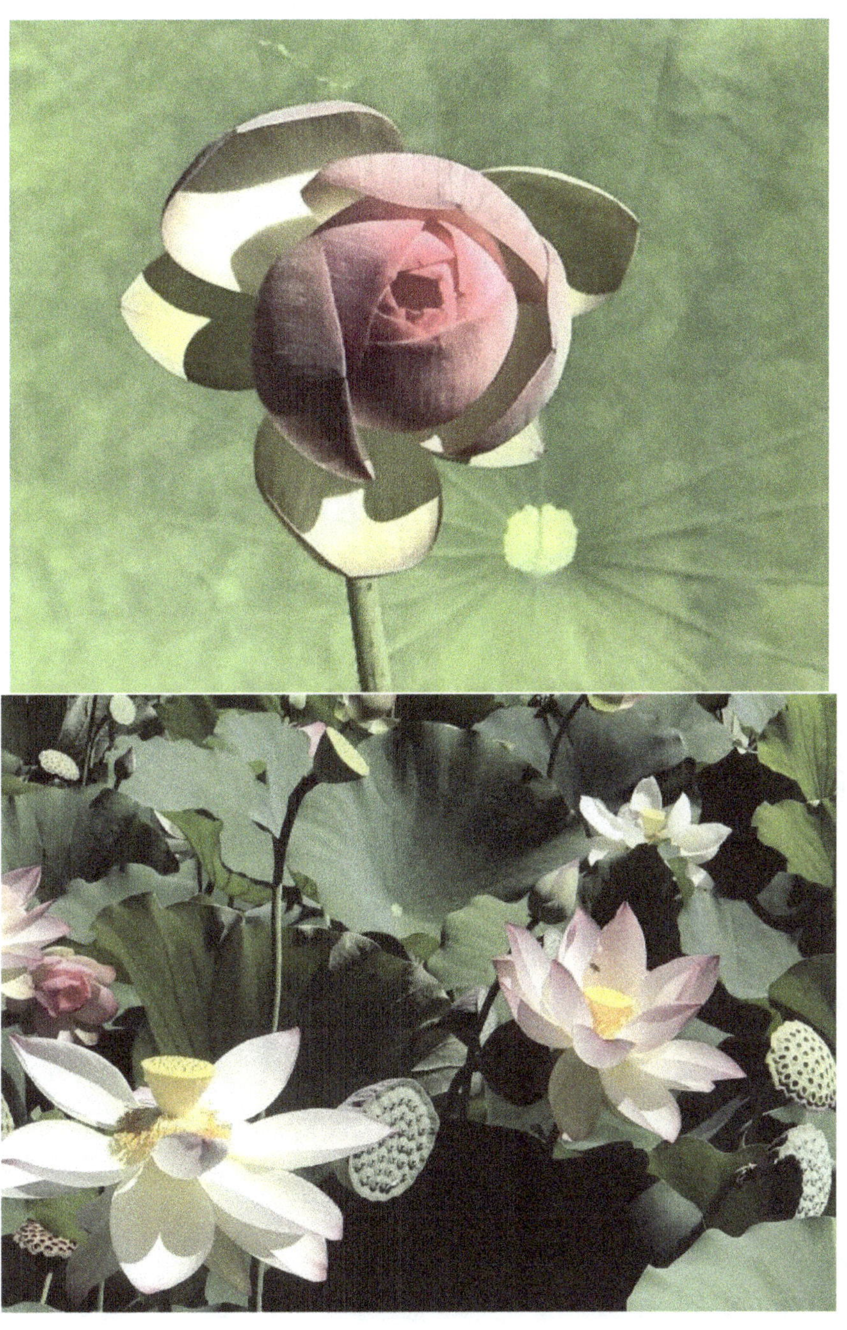

夏日荷花池荷花绽放

1.51 七绝：2020 年 7 月 19 日，观荷花夏日池塘中偶见蜻蜓与荷花。

灵感附七绝小诗一首。以隶书书写。

蜻蜓嬉水荷花中
羽翼轻轻相映红
游弋野鸭塘中乐
湖光潋滟衬青松

创作背景：仲夏清晨的池塘蜻蜓落在荷花尖上。青色、红色的小蜻蜓点缀在粉红色的夏日荷花中。小鸭子在池塘中无忧无虑自由自在的嬉戏玩耍。绿色的湖水呈现松柏苍翠青松的倒影。游客们似乎忘记了疫情的存在，尽情享受大自然，夏日美景尽收眼底。

绽放的荷花

夏日池塘中偶见蜻蜓与荷花

2020 年 7 月 20 日，延续上周的观荷花。再感夏日池塘中蜻蜓与荷花。附上两首描写荷花的著名诗词。南宋大詩人楊萬里 900 年前写下《小池》"泉眼无声惜细流，树阴照水爱晴柔。小荷才露尖尖角，早有蜻蜓立上头?"的这首描写荷花蜻蜓的美景，不是就在眼前吗？《晓出净慈寺送林子方》"毕竟西湖六月中，风光不与四时同。接天莲叶无穷碧，映日荷花别样红"。杨万里遣词造句看似简单，但绝非随意。六月里西湖的风光景色到底和其他时节的不一样。那密密层层的荷叶铺展开去，与蓝天相连接，一片无边无际的青翠碧绿、亭亭玉立的荷花绽蕾盛开。在阳光辉映下，显得格外的鲜艳娇红。

1.52 七绝：2020 年 7 月 26 日，仲夏周末玩激浪漂流有感。

附七绝小诗一首。

青峰绿水白云间

几页轻舟浪里钻

潇洒河中行一趟

不冤美景万重山

创作灵感来自唐朝大诗人李白流传千古、最著名的诗句《早发白帝城》"朝辞白帝彩云间，千里江陵一日还。两岸猿声啼不住，轻舟已过万重山"。

创作背景：仲夏周末，家住的小城华氏温度已经达到近 100 度高温。清晨去郊外避暑。驱车一小时来到高原河流。仲夏周末玩激流漂流（white water rafting）。来到高原大山，气候凉爽、舒适宜人。高原河水清澈见底，在青山绿水白云之间蜿蜒曲折流淌。我们几个漂流小舟在白浪中上下穿梭，刺激又好玩。白浪中胜似闲庭信步，潇洒自如走一回。一天紧张的漂流虽然有些疲乏，但青山绿水、蓝天白云的美景，刺激好玩的水上运动，疲劳一扫而尽。一天不须此行。正如诗中所描述，清晨还在高原的蓝天白云间，转眼间十几里漂流一日还。到傍晚时分，轻舟已过万重山。快乐放松的一天。

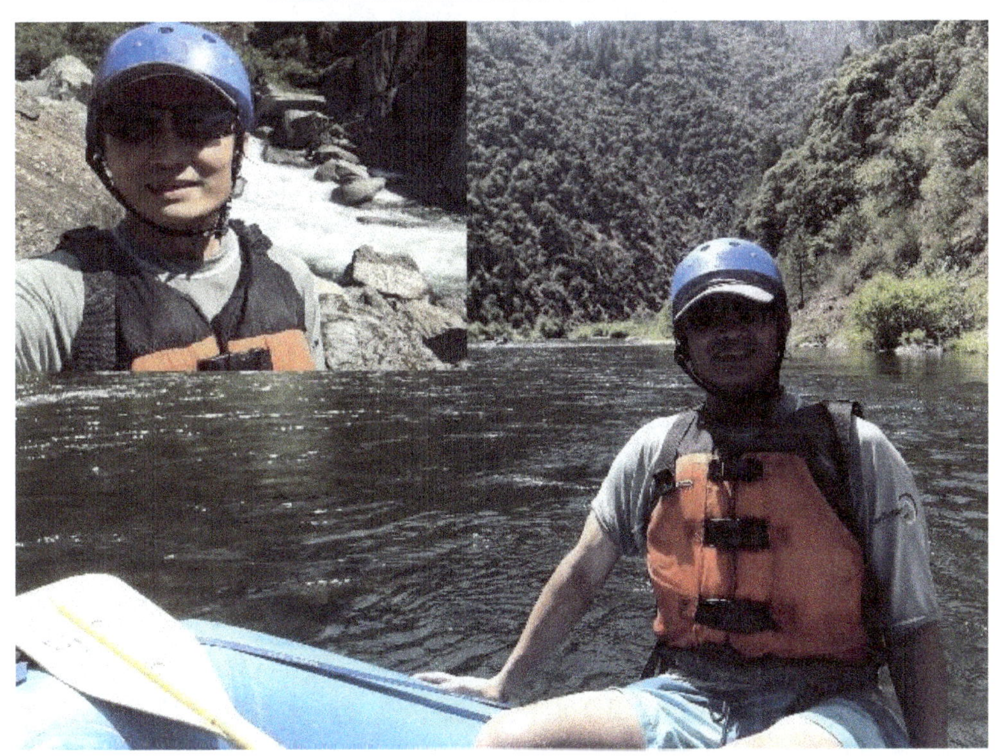

仲夏周末玩激浪漂流（white water rafting）

1.53 七绝：2020 年 8 月 8 日，欧冠足球重开战有感。
附七绝小诗一首。以作纪念。

精彩欧冠来重现

远程球友志不休

曼城皇马英豪骋

巴萨尤文比最优

创作背景：由于疫情影响，欧冠比赛中断 140 天后，这个周末重新开踢。足球是世界上最普及的体育运动。四年一度的世界杯像奥运会一样，吸引着上亿观众。我从小就喜欢踢球，从北京的胡同里到大学到现在，没有中断过踢足球。除了喜欢踢球，而且还是一个超级球迷。欧冠、欧洲杯、世界杯是世界上最吸引观众的三大足球比赛。这周末是八分之一决赛。

由于受疫情影响，欧冠足球场上没有观众。球迷们只能在网上、电视机前观看。曼彻斯特城、皇家马德里、巴塞罗纳、尤文图斯、拜仁慕尼黑这 5 只最优秀的球队进入八分之一决赛比赛。但皇马尤文惨遭淘汰。剩余的欧冠比赛中将看不到 C 罗的身影了。非常遗憾。有一只来自意大利的球队亚特兰大队具有非常犀利的攻击力，很有可能成为一匹问鼎冠军的黑马。巴塞罗那的梅西、尤文图斯的 C 罗是目前世界上最优秀的球星。虽然都已经超过 30 的老将，但宝刀不老，生姜还是老的辣。仍然是目前世界足球场上最耀眼的球星。其它球员还没有与之相比。我预测巴塞罗那将过关斩将最后夺冠。期望梅西在这次欧冠中有上佳表现。率领巴萨夺得欧冠冠军。

1.54 七绝：2020 年 8 月 15 日，高山湖泊玩滑水（wakeboarding）有感

仲夏周末驱车来到太浩湖风景区的一个高山湖泊玩单板滑水（wavveboarding）有感。附七绝小诗一首。

天高云淡南飞燕

快艇穿梭碧水中

追浪逐波何所惧

风光无限现青峰

创作背景：这个周末居住小镇超过华氏 100 度高温，烈日炎炎。为了避暑来到太浩湖景区的一个高山湖泊玩起单板滑水运动。这里由于是高原，气候凉爽，风景宜人。游艇在湖里飞快

的行驶。我踩在单板上湖面滑水，在水中追波逐浪，穿梭于浪底浪峰之中，左右跳跃，上下翻飞，运动自如，好不暇意。无限风光呈现在远方湖边的山峰中。渡过一个愉快的周末。

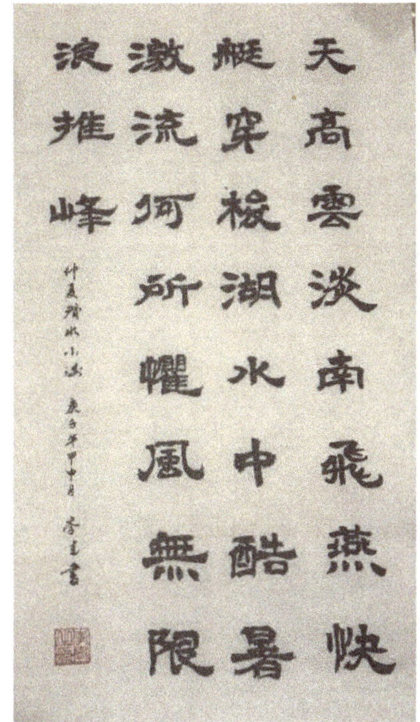

高山湖泊玩滑水（waveboarding）

1.55 七绝：2020 年 8 月 23 日，祝贺拜仁慕尼黑勇夺欧洲杯冠军。

附七绝小诗一首。

拜仁勇取欧冠鼎
足场英豪六称王
过关斩将终领奖
来年再战现辉煌

创作背景：今天拜仁慕尼黑队，如我昨天预测的一样，如愿以偿夺得欧洲杯冠军。一场精彩的比赛。这是拜仁慕尼黑足球俱乐部第六次夺得欧洲杯冠军，一路过关斩将，战果辉煌。终于站到了欧洲冠军杯的领奖台上。也希望拜仁慕尼黑再接再厉，继续在足球场呈现辉煌的业绩。

李克

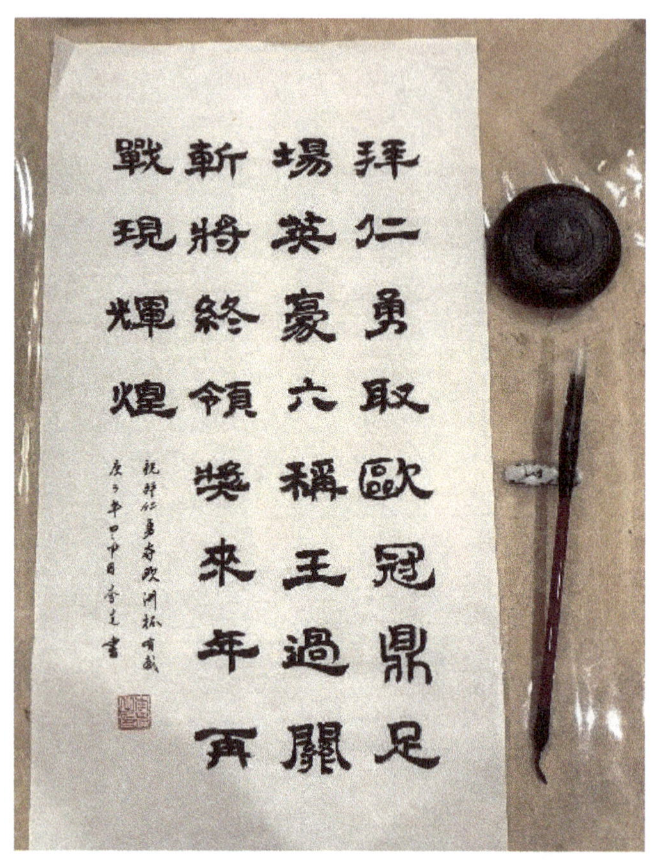

祝贺拜仁慕尼黑勇夺 2020 欧冠冠军

一轮红日当空照
满目星辰炫五洲
起伏山峦镶夜晚
举杯邀月庆中秋

创作背景：由于最近加州山火的缘故，白天的太阳如一轮红日，别有一番景色。到了晚上想象着山火被扑灭，天空的星辰照耀着五洲大地。远处的山峦重叠起伏，伴随着夕阳夜晚。中国传统中秋佳节即将来临，品尝月饼，共举酒杯在圆月下欢庆中秋佳节。

1.57 七绝：2020 年 10 月 1 日。中秋佳节。写小诗庆祝传统佳节。

花好月明秋十五
普天同庆盼团圆
一年此刻思亲景
望空星云听韵弦

创作背景：一年一度中秋八月十五日佳节到来了。全球华人普天同庆中秋佳节，中秋之夜吃月饼赏圆月是传统习俗。每年此刻同时也是亲朋好友团圆的日子。仰望遥远的星空明月，拉起美妙悠扬的琴声。中秋佳节美景美食相伴。此时此刻，唐朝大诗人张九龄最著名的诗句《海上生明月，天涯共此时》，完美的表达了作者的心情。附上一首美妙的《爱在深秋》小提琴曲。描绘金色秋天的美好记忆。空中回荡一曲旋律悠扬的动人乐章。

https://m.youtube.com/watch?feature=share&from=singlemessage&isappinstalled=0&v=D_zH5dH865g

纪念中秋节，海上生明月，天涯共此时

1.58 七绝：2020 年 10 月 15 日。学习临摹东晋大书法家王羲之《兰亭序》

附旧作小诗一首，隶书行书书写。

灯明盏亮檀香案
泼墨挥毫神笔间
流水行云兰亭序
帖碑书法永登攀

创作背景：静悄悄的夜晚，书房里灯光明亮。书桌前铺开宣纸，研好墨汁。专心致志、平心静气地挥毫临摹兰亭序。《兰亭序》其行书工笔如天上行云，若地下流水。章法自然，气韵生动。临摹好《兰亭序》是每一个书法爱好者一生梦寐以求的追求目标。贴学派、碑学派是书法界的两大流派。碑学以石刻拓本为主，还包括一些摩崖、墓志等刻在石头上的汉字的拓本。帖学就是以手札、书信为主。两大流派各有特点。

书法中有三大行书。《兰亭序》被公认为天下第一行书。公元 353 年，即晋穆帝永和九年，王羲之与一群文人雅士会于绍兴兰亭，饮酒赋诗中趁兴写下《兰亭序》。全序二十八行，共 324 字。用笔十分精到，讲究提按分明，收起得当。唐太宗李世民视《兰亭序》为至宝，命人摹临了许多副本分赐给大臣，原本最后成了他的殉葬品。目前世上只有摹本。最好的摹本是唐冯承素的双钩摹本《兰亭集序神龙本》。钩摹较能保持真实面目。该本现藏于北京故宫博物院。其他大书法家如欧阳询、虞世南、褚遂良也有非常优秀的临本。

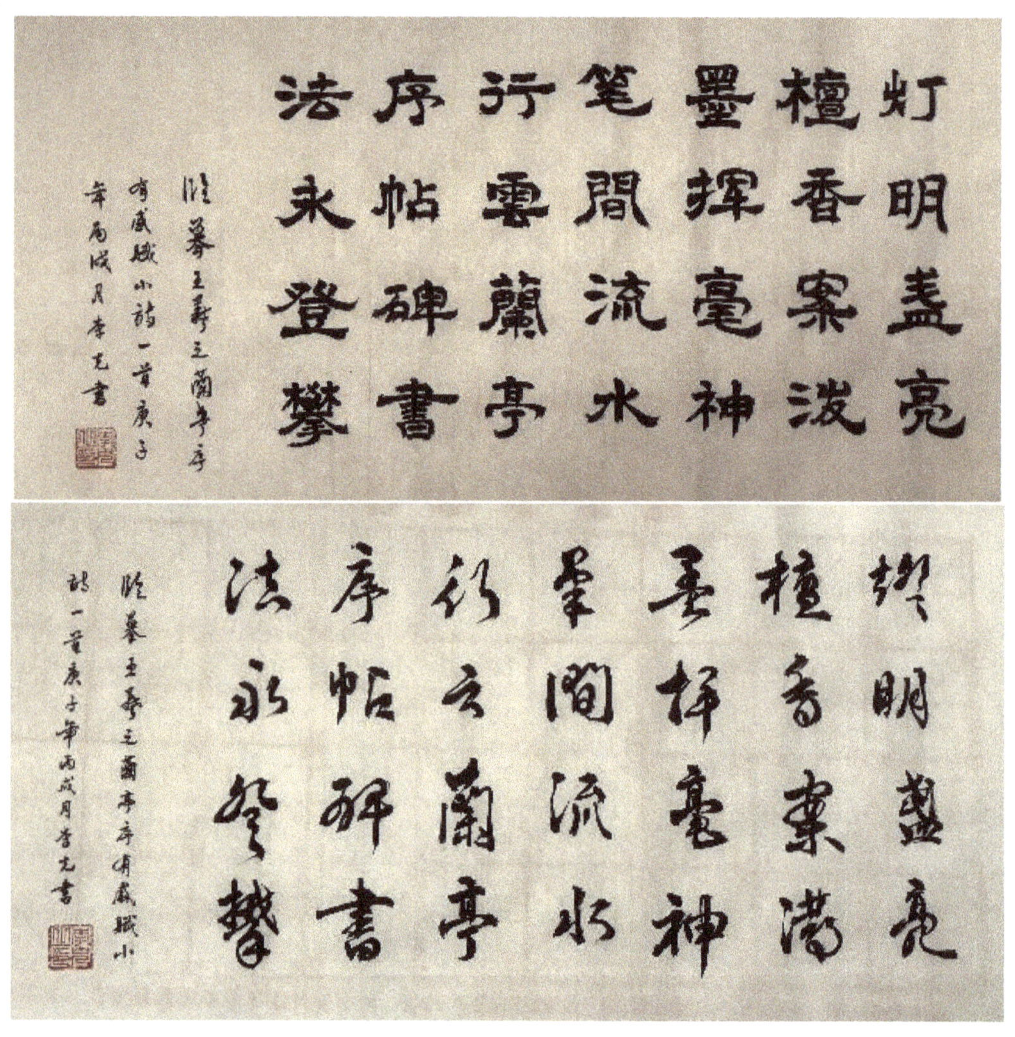

写七绝小诗临摹《兰亭序》

1.59 七绝：2020 年 10 月 20 日。高山湖环湖徒步旅行 Hiking。

高原湖边徒步旅行小诗一首.

高原湖静一明珠
运动休息可看书
依旧疫情何所惧
闲庭信步彩云出

创作背景：高原湖边徒步旅行。清澈的湖水就像一颗镶嵌在高原的明珠闪闪发光。虽然已经深秋，平原地区气温依然高。但高原气温却凉爽舒适。非常适合户外活动。疫情虽然依在，也没有必要惧怕。当然还需适当防疫措施。疫情挡不住户外运动爱好者的热情，大家徒步旅行（Hiking）穿梭于高原森林之中。享受大自然森林中新鲜空气。胜似闲庭信步。即欣赏美丽风景，又锻炼了身体。湖中碧波荡漾，小船点缀在湖泊中。小桥流水，彩云朵朵，交相辉映。给大自然美景增辉。蜿蜒曲折的林间小道，通往森林深处的美景。曲径通幽处，美景尽收眼底。

高山湖美景

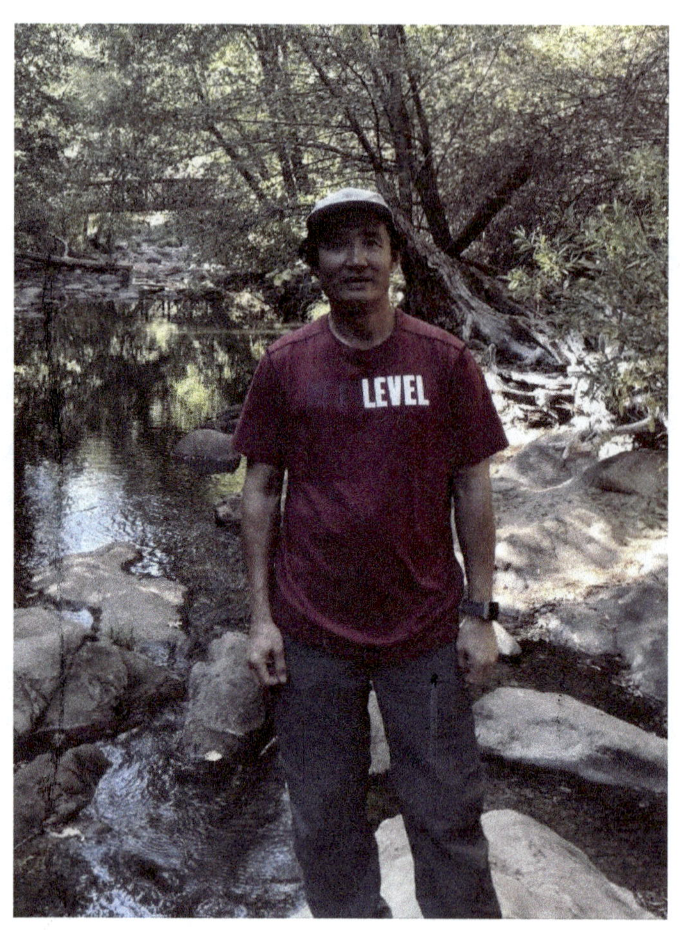

湖边美景留影

1.60 七绝：2020 年 10 月 31 日，西方万圣节有感。

附小诗一首。

> 西方万圣妖魔怪
> 华夏聊斋鬼骨堆
> 世界清平需好汉
> 人间正道有朝晖

创作背景：每年 10 月的最后一天是美国的万圣节又叫鬼节。西方的万圣节呈现妖魔鬼怪，中国著名小说聊斋，也是讲鬼的故事的传说。清除世界的妖魔鬼怪，还需要英雄好汉的出现。正义必将战胜邪恶。阳光朝晖必将普照天下，降服妖魔。

美国鬼节（Halloween）

夜幕降临。平时安静安详的街道，突然大街小巷到处都是鬼神满街游荡。有南瓜刻的鬼脸，白衣飘飘的鬼神，摇摇欲坠的骷髅，长发披肩的巫婆。布满蜘蛛的鬼屋。恐怖阴森的音乐。构成一幕西方妖魔鬼怪横行的世界。这一切只不过是美国一年一度万圣节的来临。这些满街游荡的鬼神是可爱的孩童化妆扮演到各家各户 Trick or Treat 乞要糖果。

万圣节也引发的东西方文化的差异。古老的东方中国认为妖魔鬼怪是不详之物，要避邪除妖保平安。所以就有了钟馗伏魔降妖，孙悟空金箍棒三打白骨精除妖的传说。更教育小孩魔鬼的可怕，对妖魔应敬而远之。但西方反其道而行之让幼童扮成妖怪魔鬼。难道不怕把小孩子吓着了？但看看这些可爱的孩子个个高高兴兴的化妆扮演妖怪。好像不知道魔鬼的含义。永远的童心。

1.61 七绝：2020 年 11 月 20 日，贺《明湖摄影》创刊号《秋韵》成功发布

附小诗一首。隶书、行书体书写。

明湖作品呈英华
原野深秋落叶黄
万木霜天红烂漫
视频摄影我称王

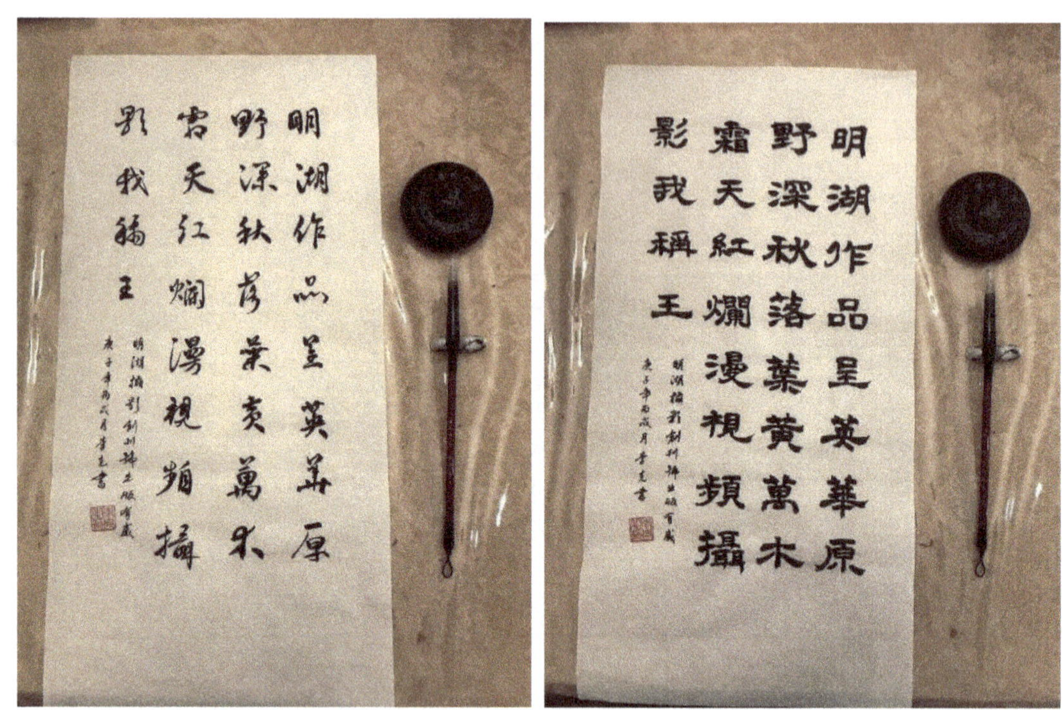

行书、隶书书写庆祝《明湖摄影》创刊号《秋韵》

创作背景：《明湖摄影》昨天出版了创刊号《秋韵》。作为编辑部文字编辑，非常荣幸的参与了编辑发布活动。创刊号呈现给了观众许多优秀摄影作品。深秋的原野铺满了金黄的树叶。我引用了毛泽东诗词中的一句"万木霜天红烂漫"。是对秋天此情此景的非常贴切的描述。《明湖摄影》群虽然人数不多，但其优秀的作品也可以在摄影届称王称霸。

《明湖摄影》主要由加州州府附近的一群摄影爱好者组成的。绝大多数都有自己的专业工作。摄影只是大家的一个业余爱好。但大家创作出不亚于专业摄影师的佳作。非常难能可贵。参加《明湖摄影》编辑部，第一次同编辑部的 5 人创作团队合作。大家都非常敬业。为了创刊号的精益求精，经常工作到深夜。编辑部高效率的运行。一个月的稿件收集，一周的编辑。大家一起合作的非常愉快。创刊号收获了广大摄影爱好者们的精品佳作。幅幅精美照片、帧帧美妙视频描述着大地迷人风光的金秋。美照配备小提琴协奏曲《爱在深秋》使作品更加精彩纷呈。我的两幅作品 23 号《羚羊谷的秋光》、视频类《天路》也荣幸入选创刊号。

2020 年 12 月 3 日。《世界日报》周末版刊登了我撰写的一篇有关《明湖摄影》创刊号《秋韵》的新闻报道。把此消息送到北美千家万户。希望《明湖摄影》今后越办越好。我的两幅摄影作品《羚羊谷的秋光》和《天路》也荣幸的刊登在创刊号中。《世界日报》是海外发行量最大的中文报纸，报道世界，特别是有关华人的新闻。

《秋韵》可以在《美篇》首页搜索"秋韵明湖摄影"或以下链接。

https://www.meipian7.cn/381heugh?share_depth=2&user_id=ohbsluPu8lKkEBMqnj0mV3QCiqrM&sharer_id=ojq1tt50AnQHSIu8RqCPp-r_Ecd4&first_share_to=singlemessage&s_uid=12245416&first_share_uid=5900113&v=5.2.2

1.62 七绝：2020 年 12 月 12 日。圣诞节新年节日临近。

傍晚漫步小城，节日气氛浓厚。

张灯结彩平安夜
火树银花城难眠
美味佳肴添庆酒
喜迎圣诞盼新年

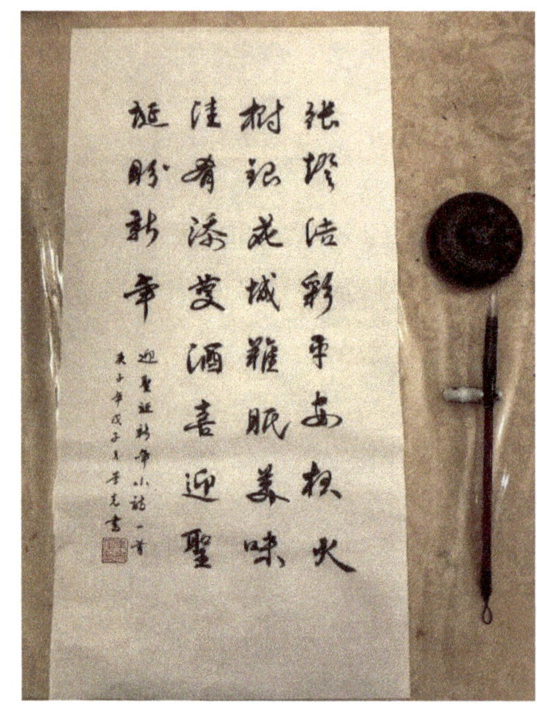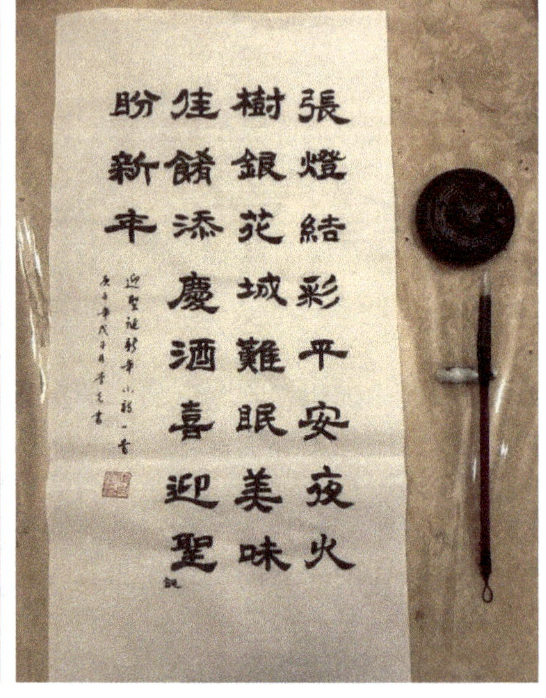

隶书、行书小诗庆祝圣诞节

张灯结彩平安夜

火树银花不夜城

火红的夕阳映透瀑布

火红的夕阳西下

傍晚漫步小城街头，到处张灯结彩平安夜，灯火辉煌不夜城。一派节日气氛。家家准备美味佳肴，举杯畅饮。喜迎圣诞季新年的到来。

1.63 七绝：2020 年 12 月月 13 日。今冬首次滑雪有感。写小诗祝贺。

冬雪风光白世界
银装素裹更妖娆
追风破雾雄心在
林海冰原胆气豪

单板滑雪、障碍跳跃

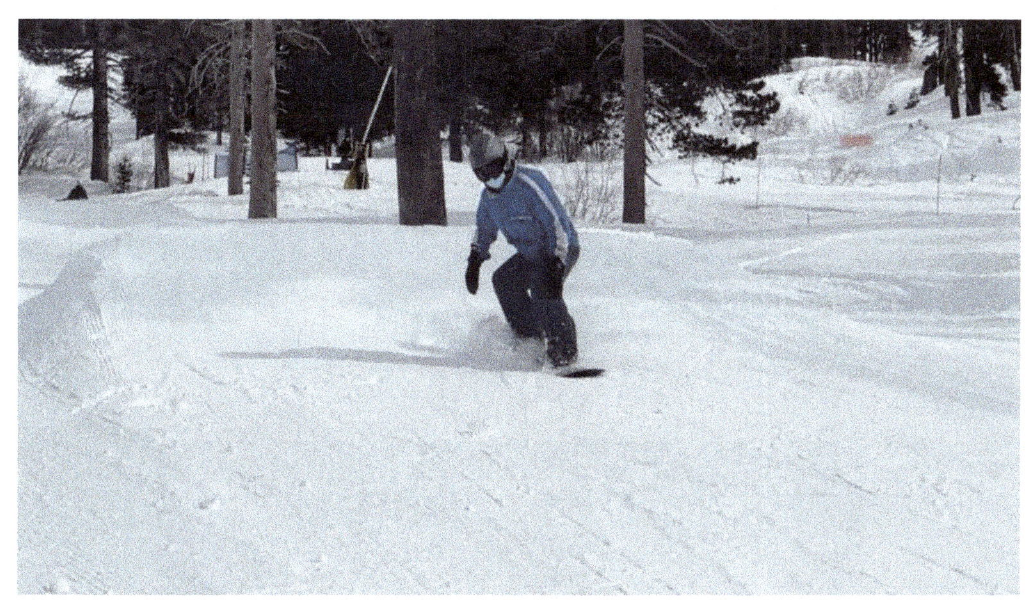

单板跳跃滑雪乐趣

创作背景：周末的太浩湖景区下了今年第一场大雪，厚厚的白雪覆盖着苍松翠柏。雪挂到处可见。滑雪场是新降的白雪。今年第一次来到滑雪场，只见白色的世界银装素裹。穿上单板滑雪，在林海雪原中穿越滑雪道。高原气候气象万千。变幻莫测。刚才站在山顶还是大雾笼罩，能见度不过十米。现在滑到了山脚下已经是晴空万里、蓝天白云。雪景美不胜收。今年也是在疫情下滑雪场第一次开放。滑雪场细致的防疫措施；全部网上购滑雪票、滑雪票机器扫码、佩戴口罩、户外用餐、户外移动式厕所，等等。防疫措施非常到位。使我们这些滑雪爱好者得以安心、放心的享受滑雪运动，

2021 年作品

河清湖碧水接天
曲径幽深踏万山
寒意虽浓人世暖
远飞孤雁在云端

夕阳西下，波光粼粼

蓝天、白云、碧湖、绿树、青草、黄土绘成一幅大自然美轮美奂的景色

河边石头搭起的艺术品

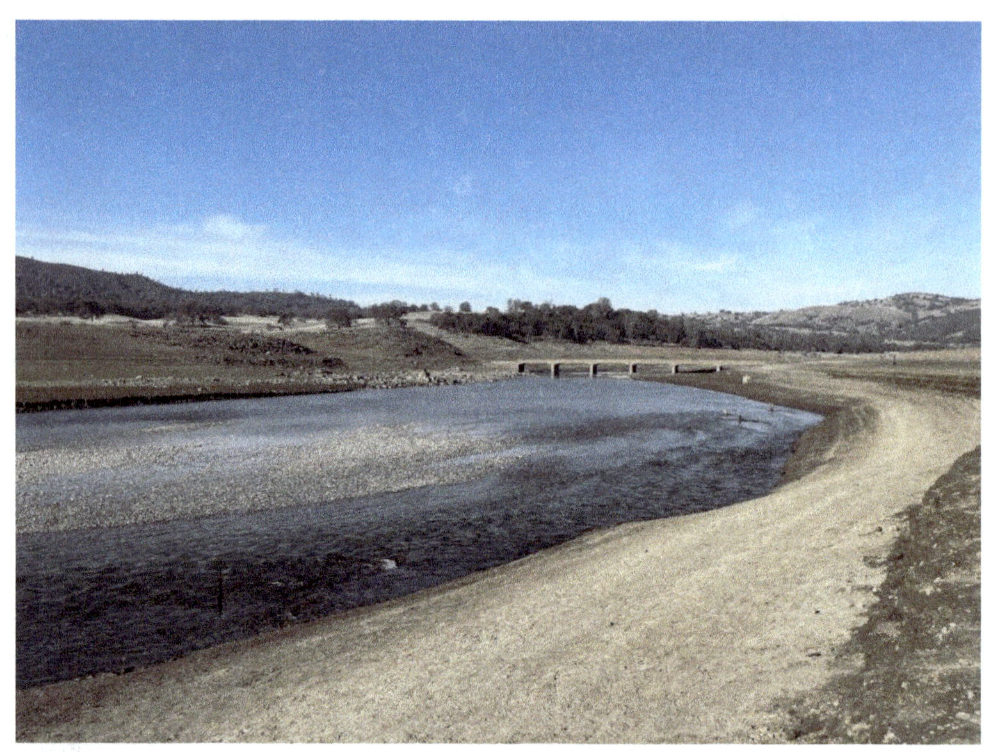

宽旷的河流在大山中流淌

周末来到附近一个湖泊景区去徒步旅行，由于今年雨水较少，湖面的水位很低，可以走到以前的湖底。体验以前看不到的、不一样的景色，湖水清澈碧蓝。映衬着蓝天白云。湖泊的四周高高的森林，树林中的林荫小道非常幽静，山间小道可以走到山里的深处，沿着湖泊周围徒步旅行。现在是隆冬，寒气袭人。在行走的路途中，虽然在疫情中，路中会面，大多数人都戴上口罩，大家还都非常高兴地互相打招呼。体现到人间的温暖。走在路中看着天空远飞在云端的大雁，湖中的野鸭，野鹅戏水游玩。一幅冬季美丽的景色。

1.65 七绝：2021 年 3 月 5 日。望傍晚薄云星空有感而发。

以唐隶书、明文征明行书书写。

暮云遮月垣星空
街静灯明睡未眠
远去雁声随鹤唳
万家盏火伴春寒

彩云追月 － 嫦娥奔月

小区夜景伴月

创作背景：初春的夜晚。散步小街之中。抬头仰望圆月被一片霞云遮掩，撒出一缕晚霞。今夜星空灿烂。小街静悄悄，路灯几明。屋内的人们也许在灯下读书，也许静静的睡眠。偶尔听到远去的雁声伴随着鹤鸣声。家家的灯火伴随着初春的料春寒。作者在此寓意描述小镇初春傍晚的静悄悄美景。

1.66 七绝：2021 年 2 月 9 日。美国国家森林公园冬季踏雪赏景

白雪皑皑松柏抱
小桥流水好风光
云间楼宇奇观现
无限高原宝地方

大雪覆盖的小桥

林海雪原，小溪在冰雪中流淌

雪的世界·雪与我

创作背景：加州北部山区著名的国家公园景区内最近下了一场暴风雪。暴雪过后，雪过天晴。国家公园内白雪皑皑、银装素裹。来到这里，踏青赏雪。这里人烟稀少，风景秀丽，走过一望无际的白茫茫的雪地，留下一串串回忆的脚印。还有各种各样动物走过的脚印也清晰可见。山涧小溪穿过岩石潺潺流淌。岩石上覆盖着的白雪，宛如刚刚出锅的白面馒头，秀色可餐。来到山顶了望台，看着一望无际的山峦，置身于白茫茫银色的世界。登高远望突然发现天边云层上出现海市蜃楼的气象奇观。云层下方是真实的山峰，云层上方是反射作用出现的虚拟的山峰。真实虚拟山峰清晰可见、交相辉映，极为罕见壮观。这个一般只有在海边出现的气象奇观居然在高原的雪山出现。难得一见，真是不虚此行。

1.67 七绝：2021 年正月十五元宵节有感。

附小诗一首以示庆祝

正月元宵齐喜庆
合家欢聚满堂香
今春疫重屋中会
十五来年日久长

创作背景：中国元宵节又称灯节，每年农历的正月十五是指一元复始大地回春的一天，元指第一个月，宵指夜晚，所以一年中的第一个月圆之夜就是元宵节。今年元宵节因为疫情，没有往年热闹。不过来日方长。节日常在，疫情短存。应友人之邀，做小诗一首。赠友人。以示庆祝。

1.68 七绝：2021 年 3 月 25 日。临摹元代大书法家赵孟頫《真草千字文》

附七绝小诗一首。

中华书法远流长
柳赵欧颜米蔡黄
篆隶草行源史古
来年后代待弘杨

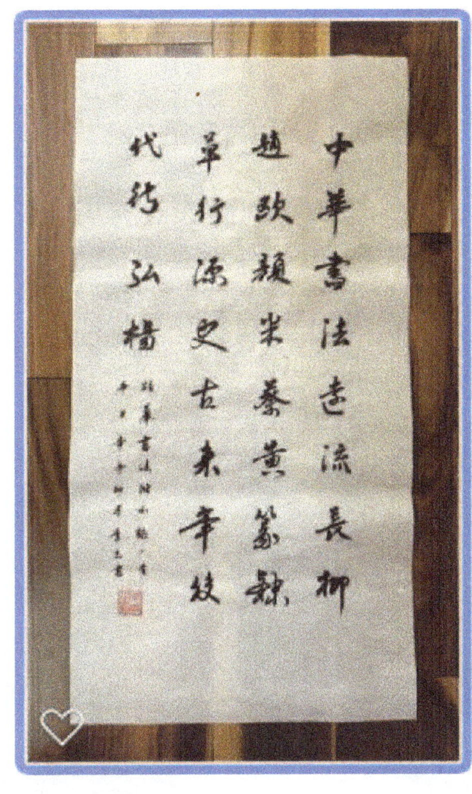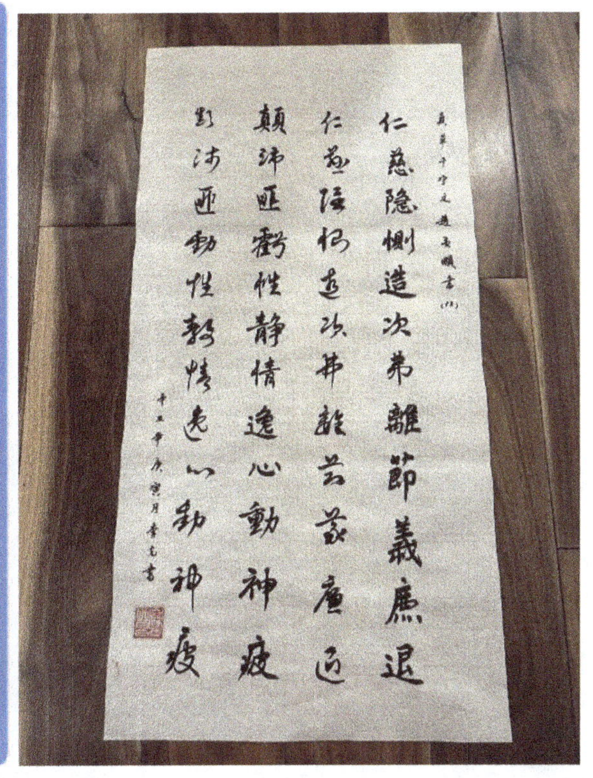

创作背景：最近临摹赵孟頫行草两种字体的《真草千字文》。同时学习临摹行草书法。中华书法源远流长，从甲骨文开始，演变成为篆隶楷行草。宋四家苏黄米蔡是中国北宋时期四位书法家苏轼、黄庭坚、米芾和蔡襄的合称。这四个人大致可以代表宋代的书法风格，而且成就最高，故称"宋四家"。楷书四大家欧颜柳赵为唐朝颜真卿、欧阳询、柳公权、元朝赵孟頫。他们楷书的伟大成就，达到了中国书法楷书登峰造极，无人超越的境界。现代计算机，硬笔的出现，是书法逐步失去她的实用价值，成为一门艺术。大家也很少写毛笔字了。不过笔者还是希望书法这门艺术能在下一代在继续发扬光大。

《千字文》是中国古代流布很广的一种启蒙读物，作品文辞通俗优美，典故运用丰富。历代书法家书写《千字文》着很多，其中年代最早、最著名者是隋朝的智永和尚。据记载，他曾书写《真草千字文》八百余本。这些写本后来也就成为入门学习书法的范本。

赵孟頫临智永真草千字文现留存于世有两件，一卷藏于上海博物馆，另一卷藏于故宫博物院。两件墨迹均无书写年月。观其书用笔极其温润圆劲，点画精到细腻，结字妍美简静。是一本初学者入门的极佳范本。

赵孟頫与欧阳询、颜真卿、柳公权并称"楷书四大家" —— 欧颜柳赵。赵孟頫是继智永之后，书写《千字文》较多且最有名者，自称"二十年来写《千文》以百数"。从现存的七八种作品来看，大致可分成临作和创作两大类。前者书写的年代较早，后者则多作于其一风成熟之岳。此本《千字文》临摹智永的《真草千字文》为范本，艺术上保持了智永作品的典雅和流美。

1.69 七绝：2021 年 3 月 25 日。发表一首一月前酝酿的旧诗。

北加高地风光好
大雪鹅毛漫漫飘
百里冰封千里雪
寻踪追迹踏云霄

白雪蓝天的世界

山谷中蜿蜒小溪在白雪中静静的流淌

创作背景：当时来到北加高原。正好遇上鹅毛大雪。随雪中漫步。但似踏入白云凌霄。别有一番风情。借用诗人毛泽东著名诗词《沁园春·雪》"千里冰封、万里雪飘"。稍加修改。这深山老林里的雪，春天融化成为河流的水源，养育着北加州的广大居民。使这里的人们日复一日、年复一年的生存养息。

1.70 七绝 2021 年 4 月 2 日。白天在高山滑雪飞驰。晚餐品尝鱼头泡饼。

快乐的一天。附七绝小诗一首。

朝辞加府早曦间
单板飞滑一马先
林海雪原潇洒洒
鱼头泡饼赛神仙

滑雪英姿

一览众山小。滑雪雪道起点。远处高山湖。

自己动手、丰衣足食 -- 自治名菜鱼头泡饼

创作背景：清晨从加州首府小镇出发。来到附近著名景区太浩湖（Lake Tahoe）的滑雪胜地。单板滑雪，一马当先，潇潇洒洒的飞在滑雪道上。滑雪道隐蔽在林海雪原的崇山峻岭之中。空气清新自然。滑完一天雪后，回到家里。亲自下厨房，烹饪美食鱼头泡饼。由于已经烹饪多次，这次轻车熟路，做好一盘美味可口的鱼头泡饼。一天高山滑雪、鱼头泡饼两不误。快乐的一天。

我的七绝词创作灵感来源于唐代大诗人李白家喻户晓，妇孺皆知的著名七绝诗《早发白帝城》。"朝辞白帝彩云间，千里江陵一日还。两岸猿声啼不住，轻舟已过万重山"。李白早发今重庆奉节县白帝山，傍晚到达今湖北荆州。约一千里长江上游河段。诗词描写了诗人乘船一日顺流而下，游览三峡秀丽风景愉快的心情。不知李白到达江陵后完成这首流传千古的诗句后，是否品尝了美味的重庆水煮鱼火锅和湖北武昌鱼的美味佳肴。

1.71 七绝：2021 年 4 月 11 日：春季四月滑雪感言

人间四月芳菲尽，
峰雪白冰始化开。
不识春冬缘旷野，
明年再盼远山来。

单板滑雪英姿

创作背景：现在四月满山遍野的花都已经盛开，但在高原的山峰积雪和冰才刚刚开始融化，来到高山滑雪场，虽然平原天气已经有点夏天的感觉，来到高山旷野依然白雪皑皑、银装素裹。因为是在高山旷野，也不知是冬天还是春天。滑雪场依然开放，这次滑雪是今年滑雪的挂靴之旅。滑雪场过几天也要关闭了。盼望明年再次来到远山的滑雪场，重新享受滑雪的乐趣。另外今天第一次学会花样滑雪。从雪山小坡向上空中飞行到一块金属平板上滑行一段距离后再下坡滑行。非常有趣、惊险刺激。当然还有小心谨慎。试验了好几次，胆子才放开一些。滑雪——冬季最好的户外运动。疫情期间也适用，滑雪中绝对能够保持社交距离。

创作灵感来源于唐代大诗人白居易的著名诗句《大林寺桃花》"人间四月芳菲尽，山寺桃花始盛开。长恨春归无觅处，不知转入此中来"。

在人间四月里百花凋零已尽，高山古寺中的桃花才刚刚盛开。作者常为春光逝去无处寻觅而怅恨。却不知它已经转到这里来。

1.72 七绝：2021 年 4 月 17 日。春游观漫山遍野紫色小花有感。

万紫千红铺大地
夕阳落日显余晖
人间仙境花如海
湖水粼粼彩蝶飞

鲁冰花的紫色世界与大自然的蓝天白云

美丽的紫色鲁冰花

创作背景：居家小镇附近的湖边最近开了一大片紫色的小花。漫山遍野，紫色花海，一望无际，景色怡人。给美丽春天的调色板增添了一抹亮丽的紫色。据说叫鲁冰花。很像薰衣草。夕阳西下伴随着落日余晖。湖光山色伴随着紫色大地。花的海洋伴随着波光粼粼的湖面，宛如人间仙境。一幅美丽动人、春意盎然的风景画卷。不知道为什么鲁冰花在这片土地生长的这么茂盛。也许是"一方水土养一方花"。这就是大自然的魅力。永远的美丽。

1.73 七绝：2021 年 4 月 24 日。春天的故事

小溪边黄色小花，漫山遍野鲁冰花。

毕竟小城春月间
柳垂飘絮艳成千
接天鲁冰无穷尽
映日黄花别样鲜

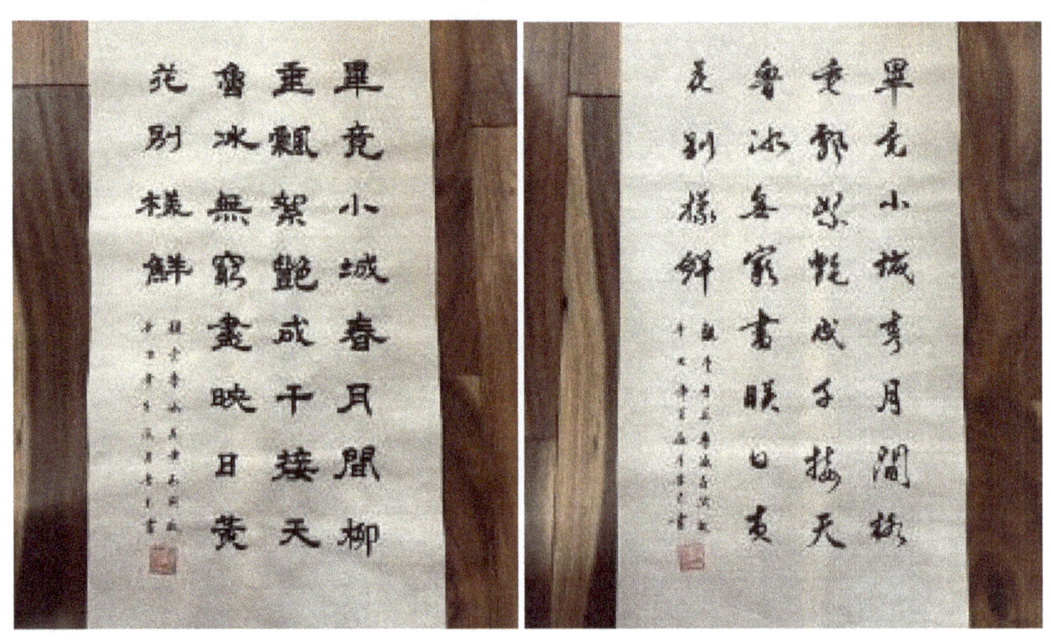

小诗一首赞美大自然美景

沿小溪长满黄色小花

春天万花筒的大地原野

创作背景：最近出游发现原野中的一条溪流，蜿蜒曲折，小溪两岸长满不知名的小黄花，多彩多姿、缤纷绚丽。徒步数里，发现河床两边出现比上次春游更大的一片紫色鲁冰花，接天连日，景色异常壮观、绚烂多彩。创作灵感来自宋代杨万里描写杭州西湖的著名诗句，有感而发创作这首小诗。描写原野春意盎然的美景。宋杨万里《晓出净慈寺送林子方》"毕竟西湖六月中，风光不与四时同，接天莲叶无穷碧，映日荷花别样红"

2021 年 5 月 17 日。居家临摹书圣王羲之《兰亭集序》。冯承素双沟临摹本。

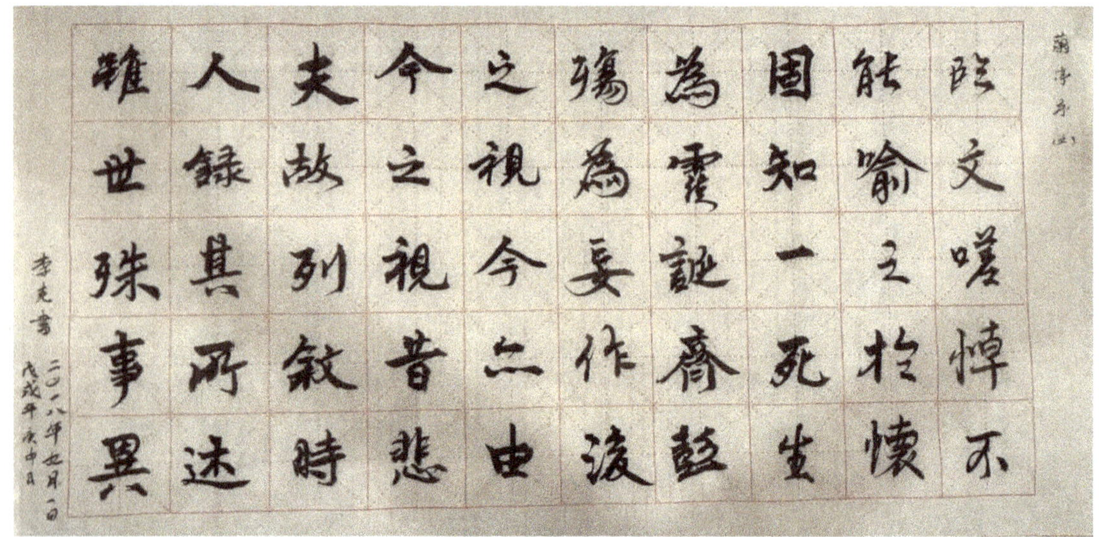

临摹大书法家传世之作王羲之《兰亭序》- 天下第一行书

《兰亭序》由东晋伟大的书法家"书圣"王羲之所作。被称为"天下第一行书"。晋朝永和9 年（公元 353 年）王羲之和友人雅士会聚浙江绍兴兰亭。饮酒附诗中趁兴写下传世杰作《兰亭序》。记述当时聚会盛事。其书法从容娴和，自成一体。当时王羲之已半醉，下笔如有神。一气呵成。《兰亭序》全文 28 行、324 字，通篇遒媚飘逸，字字精妙，有如神助。唐太宗李世民酷爱《兰亭序》。历尽千辛万苦，终得到真迹原作。从此视兰亭序为至宝。命人临摹许多副本。赐给大臣。由于李世民太爱《兰亭序》，真迹最后随唐太宗埋入昭陵。原本从此从世间消失。现存的《兰亭序》都是摹本。最好的摹本是大书法家冯承素的双沟临摹本，称为神龙摹本。其摹本摹临结合，自然生动，在传世摹本中为最精美、最接近原迹的唐朝摹本。现存北京故宫博物院。

1.74 七绝：2021 年 5 月 24 日。观太浩湖高原小溪河流瀑布有感。

小溪碧绿入河流

曲折蜿蜒过岭丘

淌过镜湖呈瀑布

终归大海永不休

创作背景：加州内华达州边界的太浩湖（Lake Tahoe）国家公园是一个由北向南的高原群山脉。山顶终年积雪。到了春天积雪融化以后。形成了一条条小溪，湛清碧绿，清澈见底，慢慢汇成河流，遇到陡峭险峻的峡谷，会形成高山瀑布，遇到平原，会变成高原湖泊。穿过崇山峻岭，向西流淌流入太平洋。年复一年，永远不变。

1.75 七绝：2021 年 6 月 15 日。观波特兰市国际玫瑰体验园有感而发。

缤纷多彩牡丹夸

异域风情月季花

两色玫瑰惊世界

英王公主此一家

波特兰市国际玫瑰园中各种玫瑰花竞相开放、争奇斗艳

（Double Delight 双色玫瑰，English Princess 英国公主）

国际玫瑰园玫瑰花品种繁多、数不胜数

创作背景：疫情后首次出远门。来到俄勒冈州（Portland ，Oregon）。波特兰市的玫瑰花园。据称是日本本土以外面积最大，品种最多的玫瑰花园。1917 年建立，占地 4.5 公顷。园中玫瑰花超过六百个品种、一万株玫瑰花在园中竞相绽放。每年从参选者中选出玫瑰冠军。园中以 Double Delight 双色玫瑰，English Princess 英国公主最为著名，曾经获得玫瑰冠军。另外 wedding party, sunny days, sunshine daydream, rainbow sorbet, 也是玫瑰花中的佼佼者。在出玫瑰花园观赏到世界最特色魅力的玫瑰，不虚此行。

1.76 七绝：2021 年 6 月 6 日。继续俄勒冈（Oregon）州之旅之一。

观瀑布群有感而发一首七绝小诗。

瀑布十条九里行

蓝天参树碧空晴

桃园仙境珠帘洞

涉水爬山步不停

俄勒冈州之最著名瀑布之一 Multnomah 瀑布，由两层瀑布叠加而成

畅饮瀑布水

瀑布后的栈道，犹如西游记花果山中的水帘洞

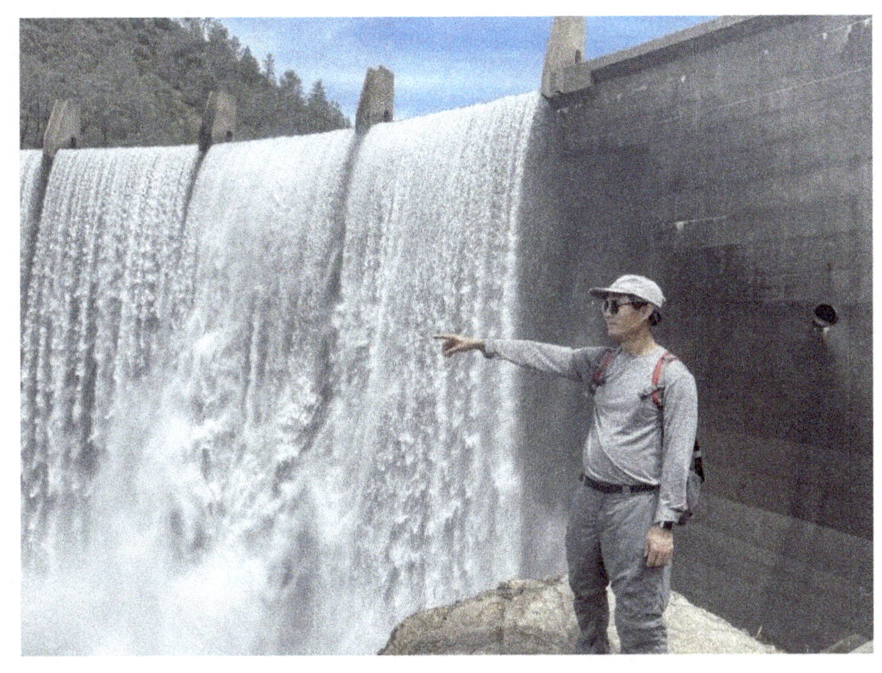

一处水坝的人工瀑布

俄勒冈州以瀑布多而著名。银瀑布（silver falls）公园是俄勒冈州最大的州立公园，占地9000 英亩。也是美国最著名的瀑布公园之一。 在这个近 9 英里的徒步小道上有十几个、大大小小、形态各异、魅力无限的瀑布。这条十瀑布徒步小道（Trail of Ten Falls）有1100 英尺上下起伏。每个瀑布都用自己的特色。平均每步行一英里就可以看到一个瀑布。每个瀑布都非常漂亮。再现了唐大诗人李白的"飞流直下三千尺，疑是银河落九天"的壮观景象。很多瀑布还修了瀑布后边的栈道，这样游客可以步行到瀑布后边观看瀑布的壮观场面，如同进入西游记孙悟空的花果山的水珠帘洞。其中一个 180 英尺高的南瀑布最为著名。这条徒步小径（hiking trail）沿着蜿蜒曲折的小溪、岩石峡谷途径一系列令人叹为观止的瀑布。一天的徒步瀑布群主题旅游，犹如进入了世外桃源的人间仙境。

1.77 七绝：2021 年 6 月 7 日。继续俄勒冈（Oregon)州之旅之二。
再观瀑布有感而发一首七绝小诗。

飞流直下入前潭
横跨一桥左右岩
游客如织观瀑布
人间奇迹不平凡

李克

俄勒冈（Oregon）州瀑布美景

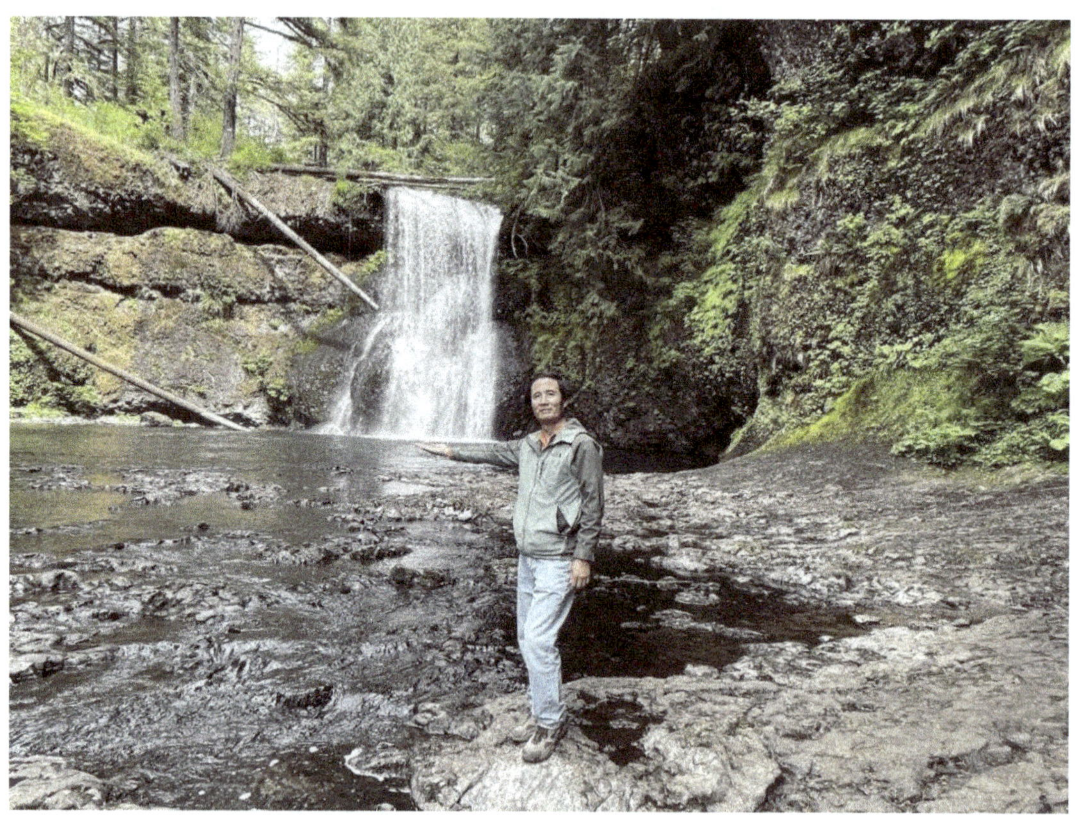

手托瀑布

2021 年 6 月 7 日。继续俄勒冈（Oregon）州之旅。Multnomah 瀑布是俄勒冈州波特兰市附近的美景。位于波特兰市以东 30 英里处。由两层瀑布组成。是俄勒冈州最高，最著名的瀑布。瀑布全长 620 英尺。沿着历史悠久的哥伦比亚河。壮观的瀑布吸引了众多游客。瀑布来自在雨水和融雪，并源源不断的全年流淌。瀑布有时会在冬季部分结冰。沿着一条徒步旅行小道，还可以看到上游的另外几个瀑布。给 hiking 增加了不少惊喜。灵感来自大诗人李白《望庐山瀑布》"日照香炉生紫烟，遥看瀑布挂前川。飞流直下三千尺，疑是银河落九天。"

1.78 七绝：2021 年 6 月 8 日。继续俄勒冈（Oregon）州之旅之三。

观火山湖（Crater Lake）有感而发一首七绝小诗。以隶书行书字体书写

高原峻岭一明珠
千万年前火焰出
镶嵌雪山蓝宝石
奇湖美景永留书

七月盛夏火山湖，湖中岛雪景

火山湖（Crater Lake）美景

创作背景：到俄勒冈州旅游，火山湖（Crater Lake）是必去的景点。她是俄勒冈州最著名，最独特的旅游景点。火山湖坐落于俄勒冈州南部，她宛如高山峻岭、茫茫雪山群中的一颗璀璨夺目的明珠蓝宝石。7700 年前的一次火山大喷发后形成。她深达近 2000 英尺（600 米）。是美国最深的湖泊，也是最美丽的湖泊之一。 由于阳光光线照射及湖水的深度和纯度，形成了魅力无限的纯深蓝色的火山湖。火山湖四周是悬崖峭壁，湖水完全靠雨雪补给。科学家称火山口湖是世界上最干净、最清澈的湖水。火山口湖位于一座休眠火山的腹地。这座火山曾经高达近 4000 米，后来的火山爆发坍塌形成了火山湖。

Rim Drive 环湖公路是一条环绕湖泊的道路。驾车可以欣赏到公园火山岩层的美丽景色。已经是 6 月初。山下穿的是短裤、短袖的夏装。到了山上，湖边还积满白雪。气温在零度左右，穿上羽绒服还可以感到寒意。行走于公园的众多小径，可欣赏到火山湖中梦幻小岛的美丽景色。夏天有去湖中梦幻岛的旅游摆渡船，游客可以乘摆渡船登上梦幻岛体验小的美景。火山湖奇特美丽的风景名胜永远记录在地理历史教科书中。

1.79 七绝：2021 年 6 月 9 日。继续俄勒冈（Oregon）州之旅之四。

游览红杉林国家公园（Red Wood National Park）有感而发一首七绝小诗。以隶书行书字体书写

红杉古木树连绵
郁郁葱葱映九天
步道徒行穿旷野
旅游之路再扬帆

美丽的湖水连接着蔚蓝都天空

参天红杉树

创作背景：来到位于加州北部的红杉林国家公园（Red Wood National Park）红杉树是目前世界现存树种类最高的树，平均 200 英尺，最高的达 380 英尺（110 多米）。相当于 40 层楼高。这里的成片的红杉树连绵不断，走进徒步小道，郁郁葱葱的茂密的红杉树原始森林映天蔽日。Boy Scott 红杉树是这个公园最著名的一颗红杉树，是由一个童子军小组发现并命名的。树高 72 米、宽 7 米。红树林的美景给这次的旅行又增添迷人的色彩。巨大的红杉树足以让一辆车轻松的穿树而过。

红树林国家公园由 Jedediah Smith 、Prairie Creek 红树林国家公园等 4 个公园组成。前一个公园以探险家 Jedediah Smith 的名字命名，1826 年他是第一个从密西西比河到来到并发现这片红杉林区域。在 19 世纪 50 年代，古老的红杉林覆盖了加利福尼亚海岸超过 2 百万英亩（8 千多平方公里）的土地。 该地区的北部最初居住着美洲原住民，淘金者和伐木者来到这里后，将他们赶出了他们的家园。巨大的红杉吸引了大批木材采伐者来到这里砍伐，以满足加利福尼亚北部地区的淘金热及旧金山和西海岸人口的迅速增长的需求。 经过几十年的无限制砍伐，红树林遭到巨大的破坏，森林面积大量减少。人们开始意识到保护森林。到 1920 年代成立了 Jedediah Smith 等其他 3 座红杉州立公园。当时近 90% 原始红杉树已被砍伐。1994 年美国国家公园管理局将红杉树国家公园与三个毗邻的红杉林州立公园合并以更好保护红杉树森林资源。

1.80 七绝：2021 年 6 月 10 日。结束难忘的俄勒冈（Oregon)州之旅之五

写一首七绝小诗留作纪念。以隶书行书字体书寫

小杯为证纪郊游
美景风光路不休
瀑布碧湖红木树
跋山涉水乐悠悠

历次世界各地旅游收藏当地的旅游纪念小酒杯

创作背景：结束俄勒冈旅游。满载而归。每次旅游都有一个习惯。旅游每到一处收藏一个当地景点销售的小酒杯，一是给我的旅游纪念留下一个纪念，二是给当地景点增加一些收入。一路上美丽的风光，好像有走不完的路。望挂前川瀑布、游碧绿火山湖、看入云红山树林。一路乐悠悠。迷人的瀑布，蔚蓝深邃的火山湖、高大挺拔的红杉树林，美丽的美国西海岸。著名的十里十瀑布徒步栈道。俄勒冈州最高的瀑布。以及世界上最高的红杉树。都在这次旅行中见到。俄勒冈州美丽的自然风光给我留下了深刻的印象。别了！俄勒冈州，我以后还会再来。

1.81 七绝：2021 年 7 月 24 日。户外高原宿营

观林中篝火、望银河星空，品烤肉美食。有感而发。写一首七绝小诗留作纪念。以隶书行书字体书寫

李克

林中篝火放红光
烤肉鲜汤分外香
昨夜星辰观宇宙
宿营野地梦它乡

野外宿营的篝火

野营外一条小溪中奋臂击水

创作背景：平原已超过华氏 100 度高温。来到高原大山中凉爽避暑。搭上帐篷，体验野外生活的乐趣。夜晚点上篝火，吃上味道鲜美可口的烤肉。由于远离尘嚣的城市，没有灯光。夜晚的天空星光灿烂闪耀，宇宙中的银河清晰可见。野外宿营别有一番风味。来到一处瀑布，由于今年缺水，宽大的瀑布变成一条细细的溪流。瀑布上游原本来宽宽的河流变成一个小小的溪流。小溪流水中，日积月累的冲刷，小溪流过的地方，形成一各个圆圆的天然水洞，这是由于溪水和沙子在洞里旋转慢慢冲刷而形成的。不尽佩服大自然鬼斧神工，日积月累的巨大的神力。在一处天然游泳池驻足游泳，刚刚入水，水温仍冰冷刺骨，但游了一段时间，慢慢适应，感到非常舒适。在凉爽的天然游泳池中奋臂畅游。一个避暑的好地方。

1.82 七绝：2021 年 7 月 30 日。高山湖中快艇单板滑水

单板滑水潇洒走一回，有感而发。写一首七绝小诗留作纪念。以隶书行书字体书写

碧水青松映九天

轻舟一叶绕群山

逐波踏浪仍潇洒

无限风光在水湾

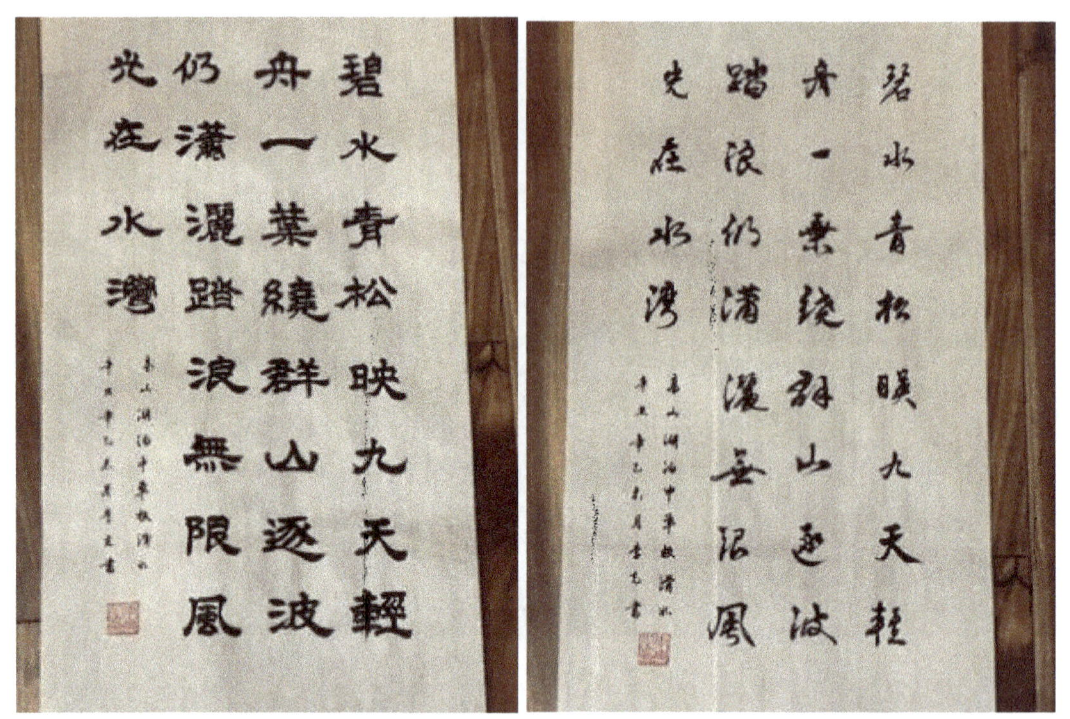

隶书，行书书法描写单板滑水的乐趣

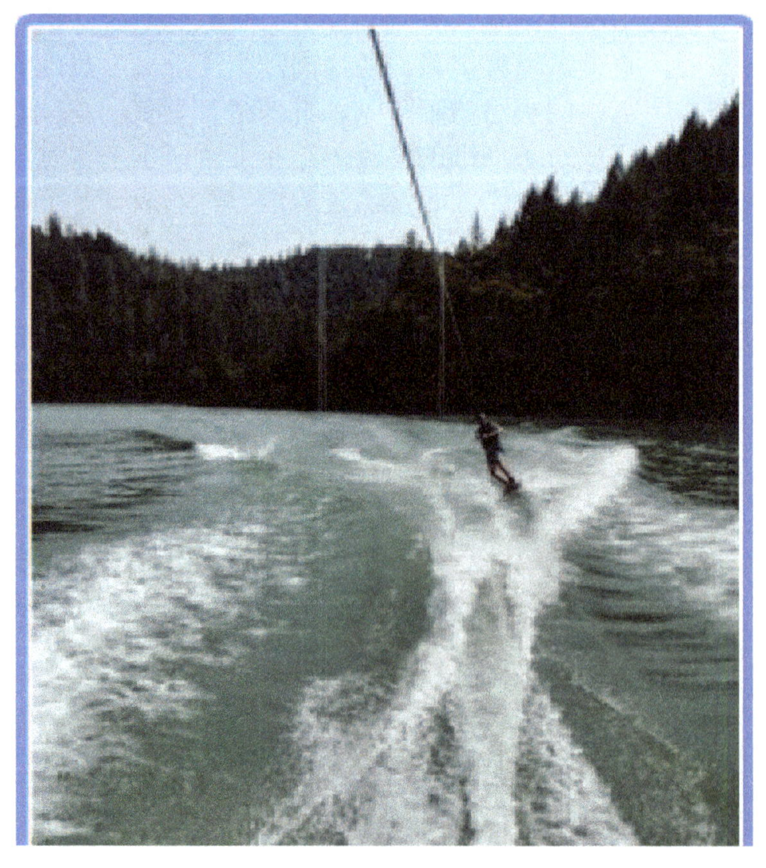

我是水上运动爱好者，高山湖单板滑水

创作背景：北加州著名太浩湖风景区内有大大小小、星罗棋布的很多高山湖泊。这些自然形成由冬天高山积雪融化形成的湖泊，风景如画，江山多娇。每年夏天吸引大量游客来到这里避暑游玩。最近来到一个高山湖泊，单板滑水、潇潇洒洒水上走一回。但见湖泊碧水，高山青松映衬着蔚蓝的天空。湖中一叶轻舟载着我及几个好友在水中沿群山中环绕。在河流流入湖泊的河湾里风平浪静，是理想的滑水湖面。我踏上单板滑水板，逐波踏浪在湖中滑翔。单板滑水的技术关键就是如何从水里站起，一旦掌握了站立的技巧，有水中快艇的高速牵引，滑水就应对自如了。就可以享受滑水的乐趣。大自然无限风光的美丽，展现在湖泊的河湾中。

1.83 七绝：2021 年 8 月 8 日。乘一叶小舟高原河白浪漂流，

沿高山小河顺流而下，白浪漂流。有感而发。写一首七绝小诗留作纪念。以隶书行书字体书写

漂流小艇下平川
碧水翻腾白浪间
乘驾轻舟观日落
中河美景伴高山

创作背景：炎热夏天，乘一叶皮阀小舟，沿高山河流顺流而下，一路漂流来到平原。人和小舟时而在浪尖、时而在浪底、时而又被白浪淹没。惊险万分。漂流的乐趣和惊险并存。傍晚乘小舟观日落，一路河水白浪翻腾。河流两侧大山高耸入云。漂流美景尽收眼底。加州北部和内华达州交界处高山山脉连绵。由于高山有大量积雪，丰沛雨水形成了大大小小的许多河流。这些河流从高山顺流而下，流入加州内陆平原，最后流入太平洋。这些河水落差大，形成了非常理想的激流漂流运动场地。美国河（America River）是北加州一条著名的河流，其上游分为北、中，南三条大河。我这次去的是中河。它是美国西部最佳的激流漂流河流之一。漂流运动一般分为两大类。一类是在较平缓的水面漂流，一般看不到白色的浪花，比较容易。还有一类是在高山溪流中漂流，漂流在翻腾的白浪中进行，这种叫激流漂流（white water rafting）。激流漂流分为 1 至 6 级。1 到 4 级是业余爱好者。5-6 级是专业运动员。我这次参加的是业余最高级 4+级。激流漂流既有娱乐也有健身。一个非常刺激好玩的运动。我们一船六人，其它同船人，包括掌船人都是年轻大学生，大家边漂流边聊天，他们充满年轻人的青春活力，同他们比我是 senior。但同他们一起，顿时感觉年轻许多。参加漂流运动，充满了青春的活力。健身锻炼又欣赏美景。

创作灵感来自唐代大诗人李白流传千古，妇孺皆知的著名诗句《早发白帝城》。"朝辞白帝彩云间，千里江陵一日还， 两岸猿声啼不住， 轻舟已过万重山。"

1.84 七绝：2021 年 8 月 18 日。观仲夏夜空英仙流星雨

英仙流星雨（Perseid Meteor Shower）划过天际。有感而发。写一首七绝小诗留作纪念。以隶书行书字体书写

初秋夜空现英仙

织女牛郎在眼前

闪烁流星新月伴

千年传说似云烟

创作背景：一年一度的英仙座流星雨（Perseids Meteor Shower）如期到来，它是一年中最令人印象深刻的流星雨。 每年都会准时的发生在八月中旬在北半球出现。今年的英仙座流星雨于 7 月 17 日开始，至 8 月 26 日结束，在 8 月 11 日至 12 日晚上达到顶峰，据报道那时肉眼平均每分钟就可以看到一颗流星雨。因为是新月，今年的观察情况接近完美。从午夜直到黎明天空基本没有月光，是观看流星雨的最佳时间。但今年的最佳观察日 11 日 12 日，由于薄雾及山火烟灰的影响，天空不是很晴朗，所以没有看到几个流星。几天后，虽然不是最佳观星日。但由于一场大风，驱散云烟。天空骤然变得晴朗了很多。体会到了什么叫真正的拨开云雾见日月。午夜时分终于看到了盼望已久英仙流星雨。一颗颗流星带着闪烁的尾巴、

伴随着新月，在漆黑的夜空一闪而过，给迷人的夜空增加了无限的魅力。中国古老神话故事中的牛郎星织女星（Altair, Vega）在夜空清晰看见。西方把夏日夜空中的三颗星 Altair, Vega, Deneb 叫夏日三角星（The Summer Triangle）。中国神话中的牛郎星织女星，在静静的夜空好像诉说着那个美丽的传说。但流传千古神话传说毕竟是传说，在这浩瀚无垠的天空中如飘过的云烟，消散而过。永远给人们留下了一个美好的回忆。

1.85 七绝：2021 年 9 月 16 日。临摹明董其昌行书范仲淹岳阳楼记。

有感而发。写一首七绝小诗留作纪念。以隶书行书字体书写

岳阳楼记赋当年

浩海烟云碧空蓝

忧世忧民为己任

悠悠往事楚苍天

创作背景：最近临摹董其昌的行书《岳阳楼记》。又重读了宋范仲淹的《岳阳楼记》。仿佛回到了童年朗朗读书的时光。如同再现几年前站在岳阳楼上，放眼望去，洞庭湖一览江水之美、浩海无边、烟云渺渺、碧水蓝天。心胸顿然开朗、心旷神怡。记得学龄时就熟读范仲淹的传世名著《岳阳楼记》。其流传千古的名言"先天下之忧而忧，后天下之乐而乐"，其忧国忧民、以天下为己任的思想，对后世影响巨大而深远。《岳阳楼记》中的"不以物喜，不以己悲"，"居庙堂之高则忧其民，处江湖之远则忧其君"。也成为后人的座右铭。

明·董其昌（1555 年—1636 年）松江华亭（今上海市）人。明朝后期大臣、书画家。董其昌的书法成就也很高，董的书法以行草书造诣最高。他的岳阳楼记写于 1609 年，他当时 55 岁。该书笔法遒劲流畅。通篇数百字一气呵成。显出深厚功力。为董其昌行书的精妙之笔。董其昌书画成就极高，流传至今的也很多，其存世作品有《岩居图》《秋兴八景图》《白居易琵琶行》等。董其昌真迹的收藏在故宫、上海博物馆、吉林省博物馆，南京博物院等处。以故宫博物院最多。

宋·范仲淹（989 年-1052 年），苏州人士。北宋朝时期著名政治家、文学家。范仲淹的著名作品有《岳阳楼记》、《阅古堂诗》、《上汉谣》等。以《岳阳楼记》最为著名。成为流传千古、妇孺皆知的绝世佳作。

岳阳楼记全文如下。

庆历四年春，滕子京谪守巴陵郡。越明年，政通人和，百废具兴，乃重修岳阳楼，增其旧制，刻唐贤今人诗赋于其上，属予作文以记之。予观夫巴陵胜状，在洞庭一湖。衔远山，吞长江，浩浩汤汤，横无际涯，朝晖夕阴，气象万千，此则岳阳楼之大观也，前人之述备矣。然则北通巫峡，南极潇湘，迁客骚人，多会于此，览物之情，得无异乎？若夫淫雨霏霏，连月不开，阴风怒号，浊浪排空，日星隐曜，山岳潜形，商旅不行，樯倾楫摧，薄暮冥冥，虎啸猿啼。登斯楼也，则有去国怀乡，忧谗畏讥，满目萧然，感极而悲者矣。至若春和景明，波澜不惊，上下天光，一碧万顷，沙鸥翔集，锦鳞游泳，岸芷汀兰，郁郁青青。而或长烟一空，皓月千里，浮光跃金，静影沉璧，渔歌互答，此乐何极！登斯楼也，则有心旷神怡，宠辱偕忘，把酒临风，其喜洋洋者矣。嗟夫！予尝求古仁人之心，或异二者之为，何哉？不以物喜，不以己悲，居庙堂之高则忧其民，处江湖之远则忧其君。是进亦忧，退亦忧。然则何时而乐耶？其必曰"先天下之忧而忧，后天下之乐而乐"乎！噫！微斯人，吾谁与归？时六年九月十五日。

1.86 七绝：2021 年 10 月 3 日。世界日报报道中学实习生颁奖仪式

笔者（李克）为北美最大中文报纸《世界日报》写报道

作为加州中谷地区业余中文新闻记者，报道加州首府附近福森（Folsom）小镇高中生暑期义务实习颁奖仪式。有感而发。附七绝小诗一首。以隶书行书书写。

意气风发日日忙

除虫铺草看朝阳

暑期志愿学生任

服务民区公益场

创作背景。自从去年疫情爆发以来，社区活动减少了很多。这次报道是我自疫情爆发以来第一次为《世界日报》做新闻报导。在美国高中生大家都利用暑期时间做一些公益活动，比如在动物园儿帮助工作、给树枝减树枝、在公园铺路，等等。这些活动是高中生们从课堂走到了社会，为今后融入社会打下良好的基础。获奖的高中生们在颁奖仪式上发表演讲，表明在美国社会这个大课堂中学到了许多东西。感谢社区服务人员给予他们的无私帮助，大力关怀。决心今后为社区提供更多的公益服务。

对比我年轻时的中学的时代，我还清楚的记得中学的时候。在中国也参加类似的义务劳动，在中国叫学工、学农、学军。学农是到北京郊区农村顺义县一个叫亮果场的农村大队。深入农村家庭，同农民同吃同住同劳动。早上天不亮就到麦场去割麦子，然后晒麦子。记得当时在农村吃到当年的白面。比在城里吃的陈年白面白多了、新鲜多了。大开眼界，吃到了真正的白面馒头。也知道了什么是真正的白面馒头。学工去一个在北京著名的糖果点心制作厂，伊利食品厂。帮助工厂工人做糖果点心。从那时就了解到了制作糖果的工艺流程。学军是去驻京附近部队，同战士们早上一起出操。在那里也学会了用步枪射击训练打把。初中上学时还获得了北京市西城区小口径气步枪比赛第一名的好成绩。这些在年轻时候亲身体验的社会工作，为以后真正的进入社会也打下良好的基础。七绝诗创作灵感来自当代政治家、诗人毛泽东 1960 年 5 月创作的七绝·为女民兵题照。"飒爽英姿五尺枪，曙光初照演兵场。中华儿女多奇志，不爱红装爱武装。"

1.87 七绝：2021 年 10 月 2 日 参加社区管弦乐队演奏世界古典名曲一

2021 年 10 月 2 日。做为业余小提琴手参加管弦乐队演奏世界名曲。并且做为一名业余记者，为《世界日报》投稿，报道了这一活动。突发有感，附七绝小诗一首。

佳节之际人人喜

交响情歌献美曲

号鼓提琴齐奏乐

花香鸟语展秋菊

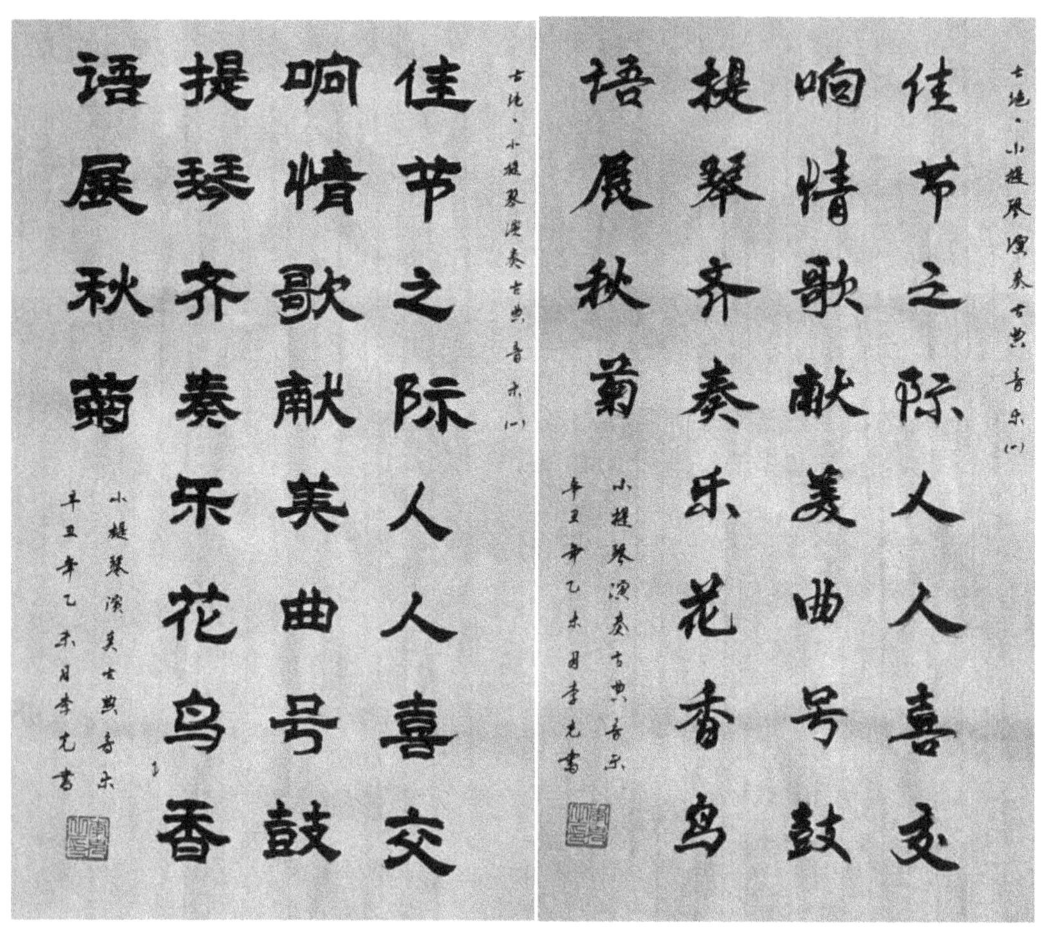

隶书、行书书写庆祝管弦乐队演出成功

创作背景。一年一度卢米斯镇茄子节（Loomis Eggplant Festival）热热闹闹、红红火火的在小镇隆重举行。由于疫情，去年的茄子节停止举办。今年大家都出来参加茄子节，在节日中小镇摆出了各种各样的摊位，可以欣赏音乐、购买食品、参加公益活动。

最近我参加的社区 MTCO（Mclaughlin Orchestra）管弦乐队在这个茄子节演出，演奏世界古典名曲。疫情虽然依然严峻，但大家好像都已经自我放松了，我是乐队里唯一戴口罩的队员。这个著名的 Mclaughlin Studio 麦克劳克林工作室主任是社区大学音乐艺术系主任。在地区音乐界大名鼎鼎，我参加了他工作室的管弦乐队。作为第二组小提琴手演出。参加这个管弦乐队，经过了严格的考试。我非常幸运的被录取。这个社区管弦乐队队员中，很多都是大学音乐系老师教授。我在这里还是小学生。从队员们那里学到了许多音乐知识。在大师们的带动下，自我感觉我的小提琴水平也有不小的进步。希望今后在这个乐队里好好学习，更上一层楼。

简单介绍一下管弦乐队。管弦乐队是由弦乐器、管乐器和打击乐器组成的大、中、小型器乐合奏乐队。弦乐组是整个管弦乐队的基础，所以一般席位排在舞台的前面。木管组乐器种类较多，音色突出，所以需要分门别类的将其排列在弦乐组之后，乐队的中间部位。管弦乐队在演奏时包括了很多不同类别的乐器，并且它们都有着各自不同的特色，在演出时对它们的席位排列也需要考虑外表的美观，以及它们在演奏音乐时的配合与色彩协调。管弦乐队每个乐器单独演奏出来效果一般。但这样整个乐队演奏时就会演奏优美动人的旋律。大型管弦乐团称之为交响乐队。

做为《世界日报》加州中谷地区兼职记者，我对这次节日盛况及我们管弦乐队的精彩演出也进行了报道。《世界日报》加州首府新聞版刊登了这一新闻。

http://ep.worldjournal.com/SF/2021-10-10/B05

1.88 七绝：2021 年 10 月 2 日 参加社区管弦乐队演奏世界古典名曲二

小城节日搭前台
琴号悠扬展艺才
多瑙河流蓝色画
人间美乐又重来

图中（前排左 3）拉小提琴为笔者。中间戴口罩演奏者）

创作背景，一年一度芦米斯茄子节热热闹闹、红红火火的在北加州小镇芦米斯（**Loomis**）举行。由于疫情去年的茄子节停止举办。今年大家都出来参加茄子节，在节日中小镇摆出了各种各样的摊位，可以欣赏音乐、购买食品、参加公益活动。

2021 年 10 月 2 日。做为业余小提琴手参加管弦乐队演奏世界名曲。并且做为一名业余记者，为《世界日报》投稿，报道了这一活动。突发有感，附七绝小诗一首。

> 佳节之际人人喜
> 交响情歌献美曲
> 号鼓提琴齐奏乐
> 花香鸟语展秋菊

1.89 七绝：2021 年 10 月 8 日。观看新上映 007 电影《No Time to Die》附一首小诗以示纪念。以隶书、行书书写

> 英雄虎胆弹无虚
> 现代飞车展射击
> 拯救世人独我闯
> 神奇电影数零七

电影精彩片段视频

https://youtu.be/ewTdYp96hJw

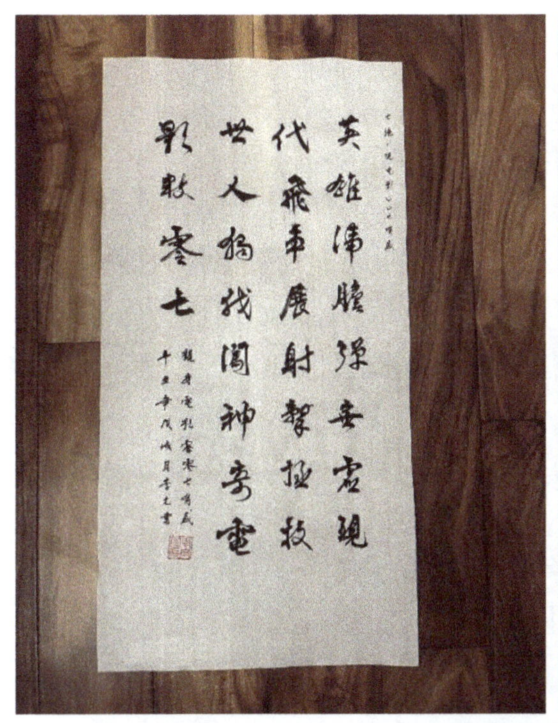
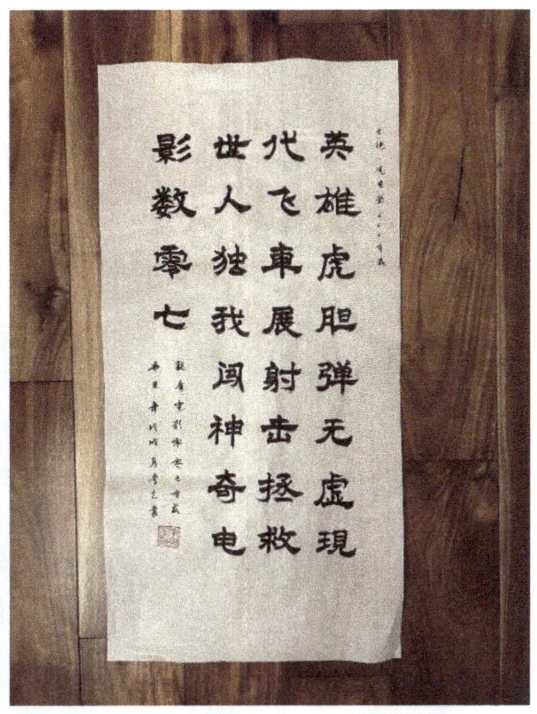

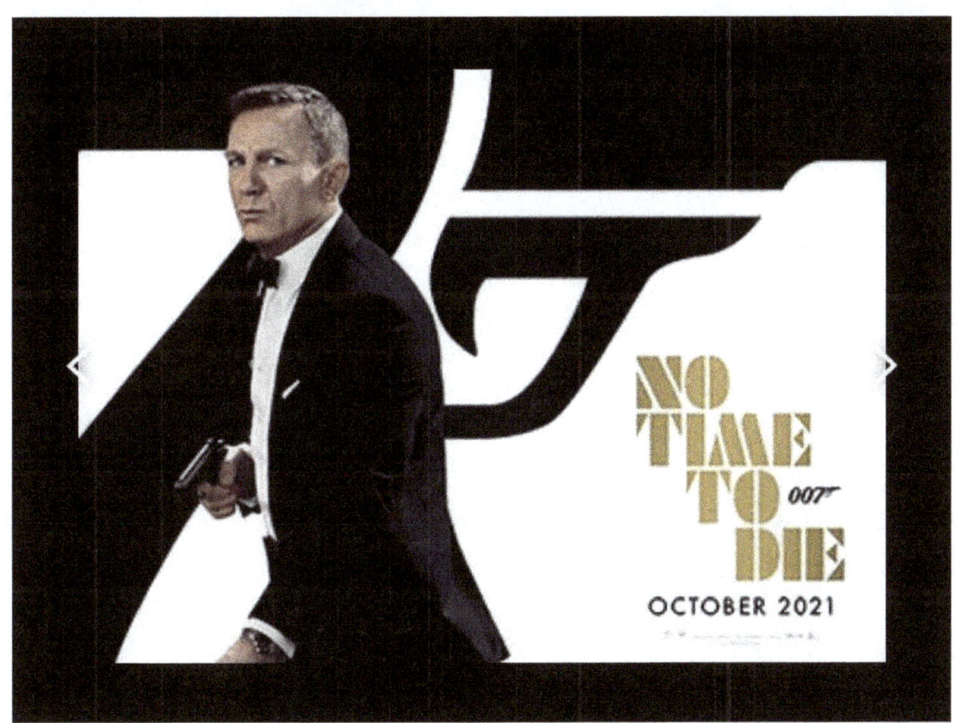

《No Time to Die》电影剧照

自从疫情爆发之后至今一年半多，这个周末还是第一次来到电影院观看电影。由于疫情依然严峻，电影院要求戴口罩。观众也都很自觉的戴口罩。最新卜映的 007 系列电影叫《No Time to Die》。目前还不清楚电影的中文译名。电影吸引了大批观众，大多数观众都像我一样，为 007 铁杆粉丝。电影院所有小剧场每隔半小时就开一场放映。剧场内座无虚席。这又是一部英雄拯救世界的典型詹姆斯·邦德 007 电影。电影充满惊险、刺激。同时又有美女相伴、爱情穿插、美景伴随。精彩纷呈的 007 电影呈现给广大观众。这也是现任 007 邦德扮演者 Daniel Craig 的最后一部 007 电影。所以导演以 007 邦德在片尾最终英勇牺牲来结束这部电影。大家都在期盼新的 007 詹姆斯·邦德由哪位演员来扮演。

1.90 七绝：2021 年 10 月 18 日，怀念挚友刘云仁

挚友刘云仁因病不幸去世。心情十分难过、沉重。写小诗纪念云仁兄。愿他一路走好，天堂安息。

亦师亦友云仁忆

电力专家创业多

海外思乡情故土

学生天下永传说

刘云仁博士是我们电力行业的老前辈、老专家。电力市场的开拓者。笔者同他一起共事十几年，对他的人品学识十分敬重、敬佩。投稿《世界日报》，在上周日和今天连续两周以读者投稿方式撰文连载，纪念好友老刘。上周还参加了刘云仁家属举办的小型下葬仪式，最后送云仁兄一程。愿他一路走好，天堂安息。

连载纪念文章

2021 年 10 月 18 日电力行业德高望重的刘云仁（Yenren Liu）先生因病医治无效，离开了我们。

沙加缅度讯/中谷新闻记者李克

刘云仁先生是美国加州电力行业的老专家，老前辈。是加州电力市场辅助服务功能的开拓者之一。他率先开发并在实际系统中应用的"理性买家算法"，"Rational Buyer's Algorithm"，大大提高了加州电力辅助市场的效率。使加州整个电力市场运行的更加有效完善。此种算法及应用在美国电力行业最高学术期刊 IEEE 上发表。

刘云仁先生生于风景秀丽的春城昆明。1968 年毕业于重庆大学电气工程专业并获得了学士学位。1982 年，1987 年在美国威斯康星大学麦迪逊分校分别获得电子电气学硕士及博士学位。刘先生在 ABB 系统控制公司工作了 10 年，担任首席研发工程师。刘先生自 1997 年 11 月以来一直在位于加州首府 CAISO 公司工作。他是负责开发、测试的首席市场设计工程师，直到 2011 年退休。

笔者同刘云仁先生一起共事十几年。对他精益求精的工作态度及严谨细致的学术作风印象非常深刻。刘先生作为中国改革开放后最早期的出国留学生于 1982 年就来到美国。在一个完全陌生的国度通过自己的努力奋斗、求学、工作。成为电力行业资深专家。特别是 90 年代末美国电力行业从行业垄断走向开放，逐步建立市场经济。在加州成立了全世界第一个完善的电力市场（CAISO）。刘博士从 CAISO 成立的的第一天就参与了加州电力市场从电力危机到逐步走向成熟的全过程。成为电力市场上美国首屈一指的专家。刘博士在电力行业最高的学术期刊 IEEE 上发表过很多文章。他发表的

Implementing Rational Buyer's Algorithm at California ISO 。《加州电力市场实施的理性买家算法》

https://ieeexplore.ieee.org/document/985224

这篇文章是电力市场辅助服务功能一次突破性的应用。刘博士这篇专业文章是电力辅助系统市场中学术性极高的文章，也是在这个领域从学术研究到市场实际应用的第一篇专业文章。

刘云仁先生不但在美国电力行业是位德高望重的老专家。对中国电力行业的发展也十分关注。90 年代末，美国将市场经济引入传统专业垄断的电力行业。刘先生在 20 世纪初，来到中国把电力市场经济的概念也介绍给中国电力部门的同行。举办专业学术研讨会，同中国同行交流经验，笔者曾经参加过刘先生的学术演讲，对他严谨的学术作风印象非常深刻。刘云仁先生也写了许多文章探讨中国电力发展的方向。并提出许多有益的建议，如《关于广东电力现货市场建设的讨论》，《历经危机重新认识市场，美国第三波电力改革如何演绎？》，《对浙江电力市场规则的思考》，等等。

刘云仁先生对国内电力行业的晚辈也非常支持和爱护。据目前任中国绿色发展基金投研开发部执行董事郑丹丹回忆说"我还在上海交大读书时，当时赴京参加一个专业研讨会。刘老师得知我自费参会后，当即资助我 100 美元。参加这个国际电力研讨会，开阔了我的学术视野。为我今后的发展打下了良好的基础。我以后就时常提醒自己，要懂得感恩，要记着刘老师，要像他那样做一个热心的人。"

据目前任重庆大学电气工程学院副教授张谦回忆说"我和刘老师相识于 2003 年北京举办的一场电力市场研讨会，刘老师作为重庆大学的校友和客座教授，每次回国，都会回到重庆大学，为我院的师生开展学术报告，介绍国内外电力市场的发展。每次来到我们学院，刘老师总是耐心细致的为每一位年轻老师和学生讲解。刘老师一直帮助我在学术研究上不断提升，在去年我承担的电力市场项目开展过程中，刘老师参加了我们每次的项目讨论会，并为我们提出宝贵的意见和建议，帮助我们顺利完成项目"。从在这些点点滴滴的事情中，可以看出刘云仁先生对国内电力事业发展的大力支持和对电力同行的关心帮助。

刘云仁先生不但在美中电力行业是出类拔萃的专家。也非常喜爱去世界各地旅游观光。在他的游记中提到最喜欢美国的国家公园。生前刘先生已去过半数以上。他曾经计划有生之年能够游遍所有的美国国家公园。现在只能希望他在天堂里能完成夙愿。他生命的最后时间段就

是在美国国家公园的旅游中。离世的前一天，还在美国俄勒冈州著名旅游景点火山湖
（Crater Lake)国家公园旅游。人生最后的一些照片就有刘云仁先生和火山湖的合照。

美食也是刘云仁先生情有独钟的爱好。不论是专业讲课还是旅游观光，每到一个地方一定要
品尝当地地道独特的美食。他在日记中提到并品尝阳澄湖大闸蟹，虹烧扁鱼，清蒸白鱼，红
烧鹅，回锅肉，口水鸡，粉蒸牛肉等中国美食。一次笔者同刘先生在中国一起第一次吃河
豚。大家都知道河豚是有毒鱼类，吃河豚需要有勇气。刘先生在事业上，就像美食中品尝河
豚一样，始终勇于探索电力行业最新的、据有挑战力发展领域。

我们永远怀念刘云仁先生。愿他在天堂安息。

在《世界日报》刊登撰写连载文章纪念好友同事刘云仁博士

1.91 七绝：2021 年 10 月 25 日。观罕见美丽双桥彩虹

几天前一场大雨后，在夕阳光线照射下，呈现出了罕见的美丽双桥彩虹。有感而发一首七绝小诗。以隶书、行书书写。

七彩霞虹映夕阳

登高望远白云长

火红日落啼莺伴

秋色苍茫照殿堂

创作背景：前几天今年第一场大雨。雨后的大地在夕阳映衬下呈现出美丽的、非常罕见的双桥彩虹美景。今年加州北方干旱异常。山火肆虐。这场大雨大大缓解了严重的旱情。彻底的扑灭了山火。解铃还须系铃人。大雨过后，登高处眺望远方，火红的夕阳，伴随着缓缓飘动的白云。远处大雁南飞、莺啼鸟语，自由飞翔。美丽的秋色照着普通居民的殿堂。夕阳彩虹、蓝天白云、勾划出大自然的美景。宛如唐朝著名诗人王勃《滕王阁序》中描述的秋色迷人美景；"落霞与孤鹜齐飞，秋水共长天一色"。《滕王阁序》其最后的诗句也精彩异常，流传千古。

李克

滕王高阁临江渚，佩玉鸣鸾罢歌舞。

画栋朝飞南浦云，珠帘暮卷西山雨。

闲云潭影日悠悠，物换星移几度秋。

阁中帝子今何在？槛外长江空自流。

滕王阁位于江西南昌市。因初唐诗人王勃诗句"落霞与孤鹜齐飞，秋水共长天一色"而流芳百世。滕王阁与湖北武汉的黄鹤楼，湖南岳阳楼并称为"江南三大名楼"。

1.92 七绝：2021 年 11 月 1 日。郊游优胜美地（Yosemite）国家公园。

美丽的景色。有感而发附小诗一首。用隶书、行书书写。

枫叶飘飘显大山

层叠瀑布挂前川

寻食小鹿添秋色

天上风光现世间

创作背景：优胜美地国家公园位于加利福尼亚的内华达山脉。它以其巨大的隧道景观（Tunnel View）、高耸的优胜美地瀑布（Yosemite Fall）做为标志性景观，以及 El Capitan 和 Half Dome 的花岗岩悬崖而闻名于世。最近来到优胜美地国家公园。但见白色瀑布飞流、黄色枫叶满地、蓝天飘荡白云、一派天上人间的美景。几只小鹿在路边寻食，我们游客过去，好像他们也不怕游客。悠然自得地吃着路边的青草。给大自然秋色又增添了一道美丽的亮点，往年的秋天，因为不是雨季，一般都看不到瀑布。但这次来到此地，由于前几天下了一场大暴雨，景区所有的瀑布都呈现"飞流直下三千尺"的美丽景色。连国家公园的工作人员也说很少见到秋季瀑布的罕见景色，再加上枫叶遍地、蓝天白云。呈现一幅陶渊明描绘的世外桃源的美景画卷。

飞流直下三千尺

李克

攀岩活动

湖景

优胜美地可爱的小鹿

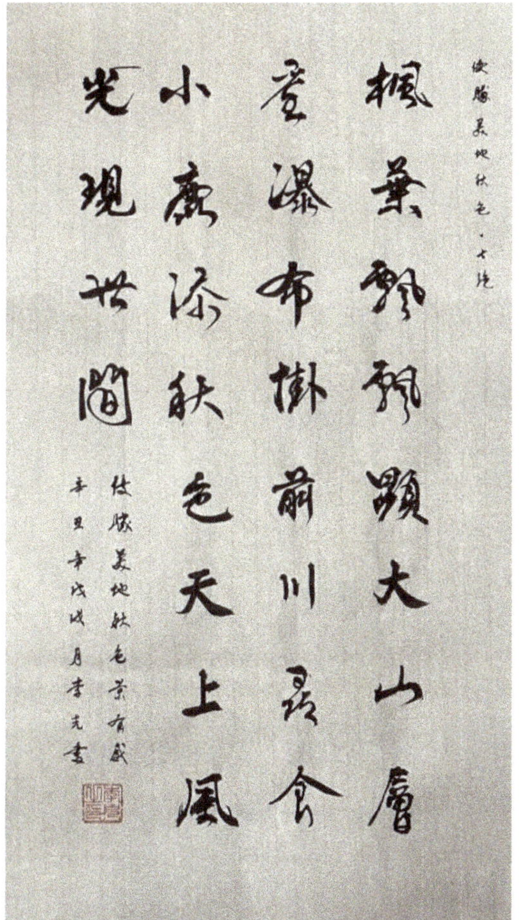

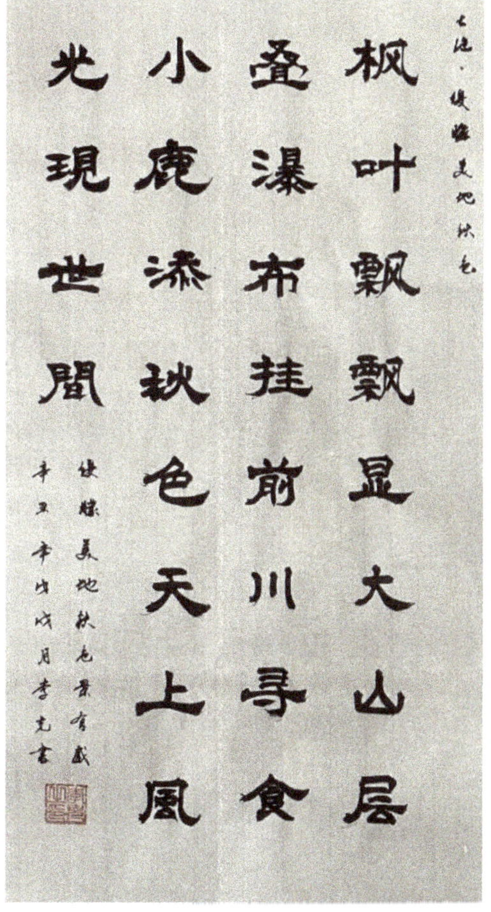

七绝小诗、行书隶书

晋陶渊明·桃花源记

晋太元中，武陵人捕鱼为业。缘溪行，忘路之远近。忽逢桃花林，夹岸数百步，中无杂树，芳草鲜美，落英缤纷。渔人甚异之。复前行，欲穷其林。

林尽水源，便得一山，山有小口，仿佛若有光。便舍船，从口入。初极狭，才通人。复行数十步，豁然开朗。土地平旷，屋舍俨然，有良田美池桑竹之属。阡陌交通，鸡犬相闻。其中往来种作，男女衣着，悉如外人。黄发垂髫，并怡然自乐。

见渔人，乃大惊，问所从来，具答之。便要还家，设酒杀鸡作食。村中闻有此人，咸来问讯。自云先世避秦时乱，率妻子邑人来此绝境，不复出焉，遂与外人间隔。问今是何世，乃不知有汉，无论魏晋。此人一一为具言所闻，皆叹惋。余人各复延至其家，皆出酒食。停数日，辞去。此中人语云："不足为外人道也。"

既出，得其船，便扶向路，处处志之。及郡下，诣太守，说如此。太守即遣人随其往，寻向所志，遂迷，不复得路。

南阳刘子骥，高尚士也，闻之，欣然规往。未果，寻病终，后遂无问津者。

1.93 七绝：2021 年 11 月 1 日。看朋友时装模特表演

附上七绝小诗一首。

时装模特走 T 台
大地蓝天展咏怀
画栋雕梁皆道具
职场走秀是全才

1.94 七绝：2021 年 11 月 13 日。郊游加州纳帕谷（NAPA Valley）酒庄。

美丽的景色。有感而发附七绝小诗一首。用隶书、行书书写。

万山林海一仙境
绿瓦红桥薄雾中
城堡鱼池佳酒酿
蓝天水面映苍穹

创作背景：纳帕谷（NAPA Valley）其特殊的地理位置及气候环境特点，成为世界最顶级葡萄酒产地之一。400 多家酿酒厂散布在纳帕谷肥沃的土地上。漫步在葡萄园中。欣赏山谷的壮丽景色，品尝美味的葡萄酒。探索葡萄酒和美食体验。在纳帕谷茂密的森林中，行驶里十几里，来到隐藏在深山老林中的一座神秘酒庄，酒庄内有一座 19 世纪建造的英式城堡。院内人工瀑布及金鱼池点缀着城堡。酒庄的新主人据说是一位中国富商。使古色古香的酒庄融入了东方文化的丰富内涵。一座人工湖中，建造两个湖心小岛。岛上两座典型中国绿瓦红柱的六角亭，隐藏在清晨的薄雾中。清澈明亮的湖水中，六角小亭、蓝天白云、绿树掩映的倒影清晰可见。湖心小岛由一条红色小桥连接。一群天鹅在湖中自由自在的游弋觅食。俨然一幅陶渊明笔下描绘的世外桃源的美景画卷。

雕梁画栋湖中四角亭

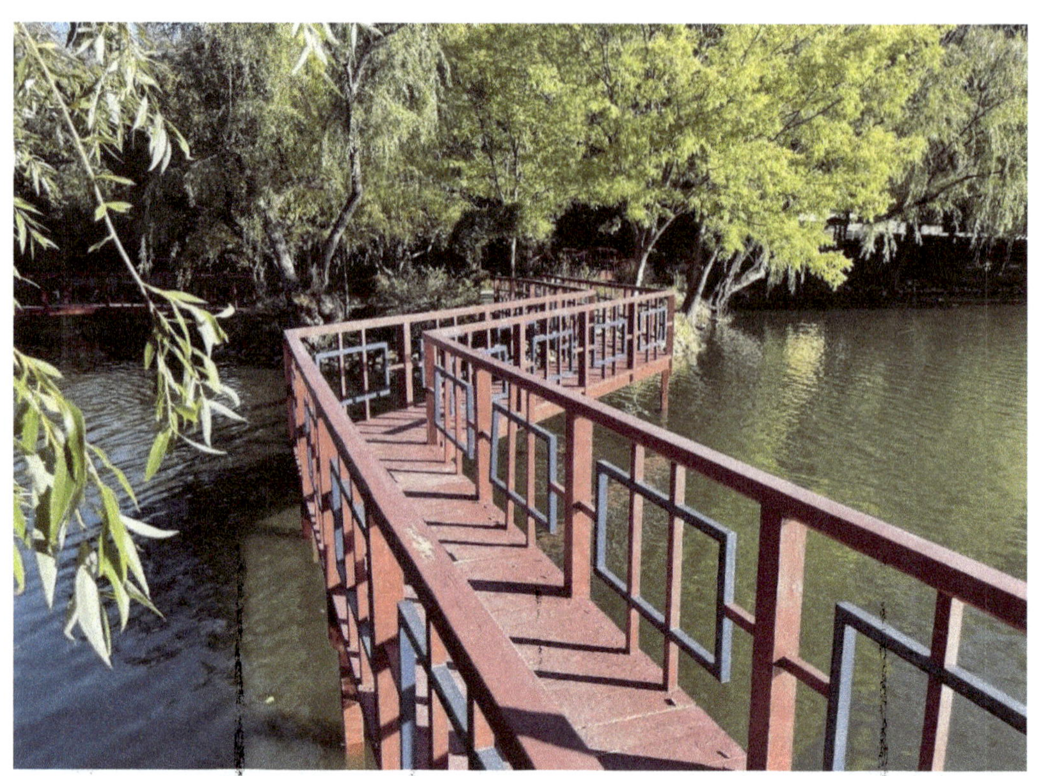

红色小桥通向湖心岛

1.95 七绝：2021 年 12 月 5 日。欢庆圣诞节小诗之一

有感而发附七绝小诗一首。用隶书行书书写。

灯火千家圣诞欢

月星闪烁在云端

东方西域皆迎喜

借问今昔是哪年

创作背景：圣诞节这个像中国春节一样的，每年一年一度美国西方最大的节日马上就要来到了。美国家庭在节日到来以前都挂上各种各样颜色的灯。张灯结彩。傍晚星星月亮闪烁在天边的云端。欢度圣诞节，不论是东方还是西方，大家都在庆祝，都是件非常高兴喜乐的事。西方欢庆圣诞节已经有 2000 多年的历史。虽然圣诞节最初是一个宗教节日，但慢慢演变成西方大家所有人庆祝节日。晚上漫步在居住的小区，家家挂上五彩缤纷的节日灯。欢喜的节日马上就要到了。像中国的春节一样，美国西方的圣诞节也是家聚会的时候。家家准备各种各样的美食。全家一起品尝美味佳肴。在这个喜庆的节日时，优美的音乐响彻在各家各户。诸多文艺团体也表演各式各样的节目，以示庆祝。许多美妙的圣诞音乐经久不衰，妇孺皆知，人人传唱。

1.96 七绝：2021 年 12 月 10 日。欢庆圣诞节小诗之二

前几天写了一首庆祝圣诞节小诗。今天有灵感再附一首。用隶书行书书写。

火树银花夜阑珊
星辰满目挂云天
佳节祝酒齐欢喜
乐美灯明舞翩跹

创作背景：圣诞节即将来临，各家各户张灯结彩灯火夜阑珊。满天的星斗挂在云端全家聚会，共同欢喜。音乐美景灯光明亮，人们翩翩起舞迎接这一每年最大的节日。诗词创作灵感来自宋朝大诗人辛弃疾的著名诗词《青玉案·元夕》

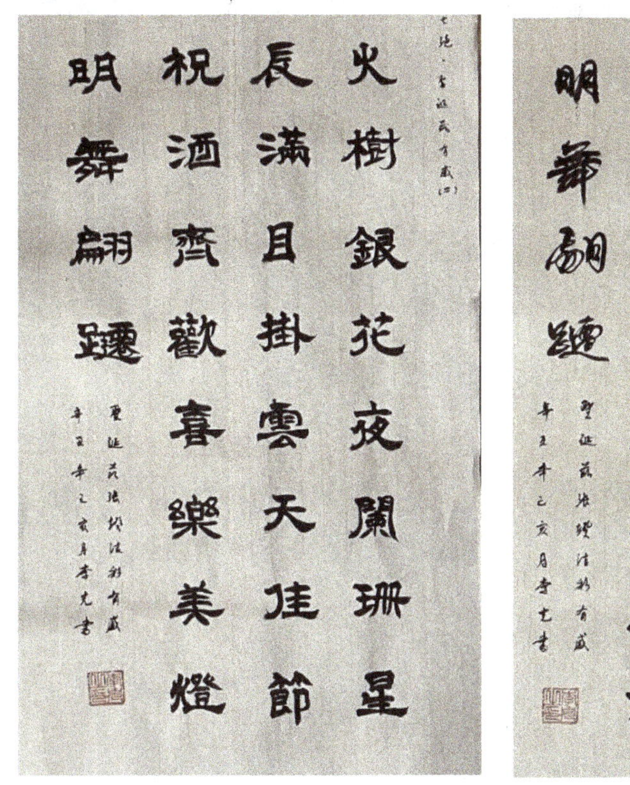
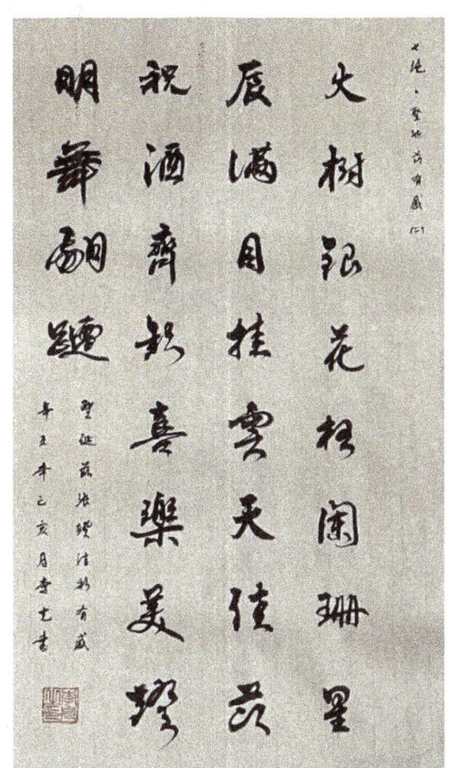

隶书行书描写圣诞节灯火夜阑珊

"东风夜放花千树。更吹落、星如雨。宝马雕车香满路。凤箫声动，玉壶光转，一夜鱼龙舞"。"蛾儿雪柳黄金缕。笑语盈盈暗香去。众里寻他千百度。蓦然回首，那人却在，灯火阑珊处"。

1.97 七绝：2021 年 12 月 15 日。欢庆圣诞节小诗之三

今天再写一首。圣诞节新年七绝小诗三部曲。用隶书行书书写。

除夕圣诞夜明灯
斗艳争奇展采风
傍晚时分星满月
窗前远眺伴钟声

圣诞节火树银花不夜城

圣诞节火树银花不夜城

创作背景：圣诞节即将来临。每家的彩灯都不一样，灯火争奇斗艳。傍晚天空满天星斗伴随着明月。在窗前眺望远处的灯火，还伴随着远远的钟声。一个美好的迷人的夜晚。图中是小镇最漂亮的一处圣诞节夜灯秀。一条小街上万盏明灯装饰着圣诞树，铺满街道两侧。精彩异常。

1.98 七绝：2021 年 12 月 25 日。临摹明书法家文征明行书经典《琵琶行》

文徵明（1470-1559），明代画家、书法家、文学家。江苏苏州人。生于明宪宗成化六年，卒于明世宗嘉靖三十八年，年九十岁，曾官翰林待诏。诗宗白居易、苏轼，在诗文上，与祝允明、唐寅、徐祯卿 并称"吴中四才子 "。在画史上与沈周、唐寅、仇英合称"吴门四家"。文徵明书法篆、隶、楷、行、草各有造诣。尤擅长行书和小楷，法度谨严。具晋唐书法的风致。小楷笔划婉转，节奏缓和，与他的绘画风格谐和。文徵明书法温润秀劲，稳重老成。在尽兴的书写中，往往流露出温文的儒雅之气。

临摹明书法家文征明行书经典《琵琶行》选篇

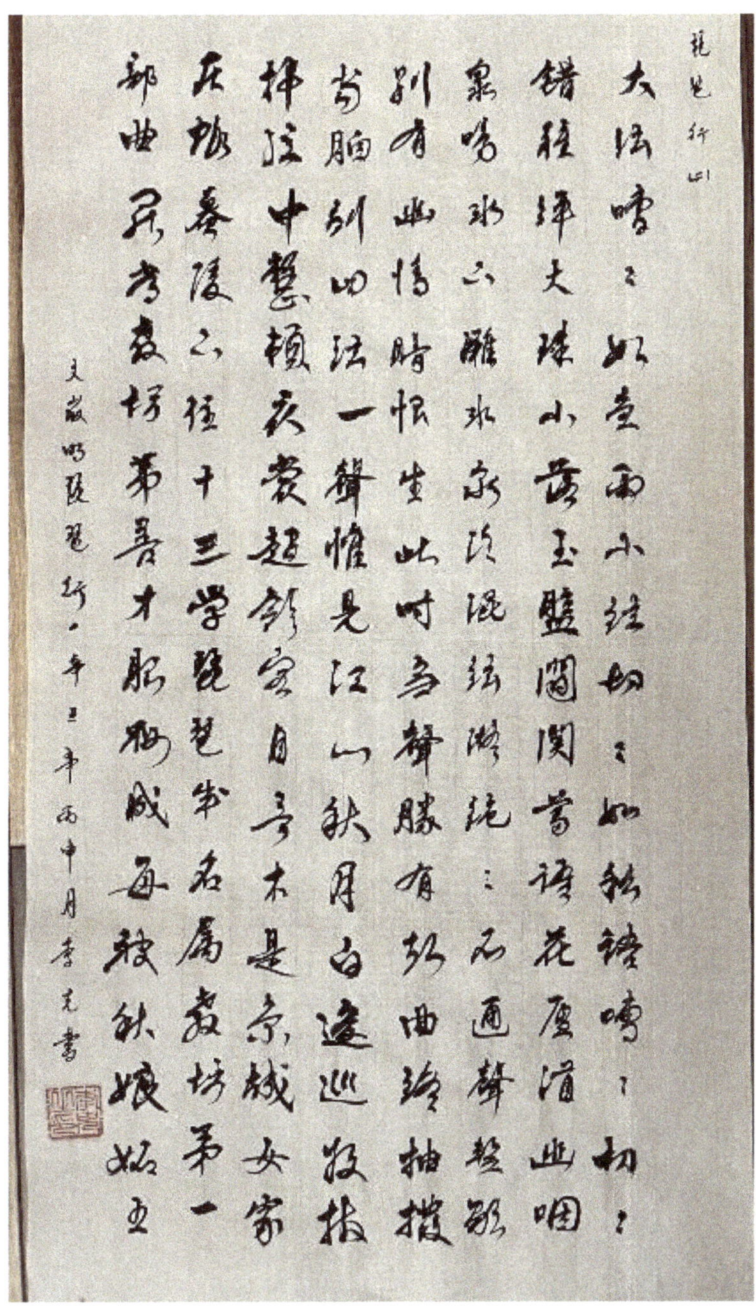

临摹明书法家文征明行书经典《琵琶行》选篇

《琵琶行》源于汉魏乐府，是乐府曲名之一，后来成为古代诗歌中的一种体裁。白居易《琵琶行》创作于元和十一年（公元 816 年），为七言古诗。白居易任谏官时，直言敢谏，同情民间疾苦，写了大量的讽谕诗，触怒了唐宪宗，得罪了权贵。触犯了权贵的利益。被贬为江州刺史。后再贬江州司马。实际上是一种闲散职务，这对白居易来说是一种莫大的嘲弄。他的被贬其实是一桩冤案，他连遭打击，心境凄凉，满怀郁愤。次年（既元和十一年）送客溢浦口，遇到琵琶女，创作出这首传世名篇。

白居易（772 年－846 年），字乐天，号香山居士，又号醉吟先生，祖籍太原，到其曾祖父时迁居下邽，生于河南新郑。是唐代伟大的现实主义诗人，唐代三大诗人之一。白居易与元稹共同倡导新乐府运动，世称"元白"，与刘禹锡并称"刘白"。白居易的诗歌题材广泛，形式多样，语言平易通俗，有"诗魔"和"诗王"之称。官至翰林学士、左赞善大夫。公元846 年，白居易在洛阳逝世，葬于香山。有《白氏长庆集》传世，代表诗作有《长恨歌》、《卖炭翁》、《琵琶行》等。

1.99 七绝：2021 年 12 月 19 日。柴可夫斯基《胡桃夹子》管弦乐队演奏

做为社区 MTCO 管弦乐队成员之一的小提琴手，第一次参与了这一古典舞剧的音乐演奏。身临其境。感到了音乐非凡的魅力。即兴附一首七绝小诗。

胡桃夹子舞旋回
小号提琴大做为
古典艺术融现代
仙童翩若俏芭蕾

创作背景：一年一度的卢米斯（Loomis）假日歌舞剧《胡桃夹子》诙谐剧（Nutcracker Follies）演出于 12 月 17 日至 19 日在北加州小镇卢米斯（Loomis）隆重举行。由社区著名的麦克劳克林（Mclaughlin）工作室（MTCO）音乐舞蹈戏剧艺术学院举办。它是小镇圣诞节期间最重要的社区活动之一。由于最近 Omicron 变异株的出现，演出举办单位严格遵守地区防疫措施，要求观众必须带口罩。

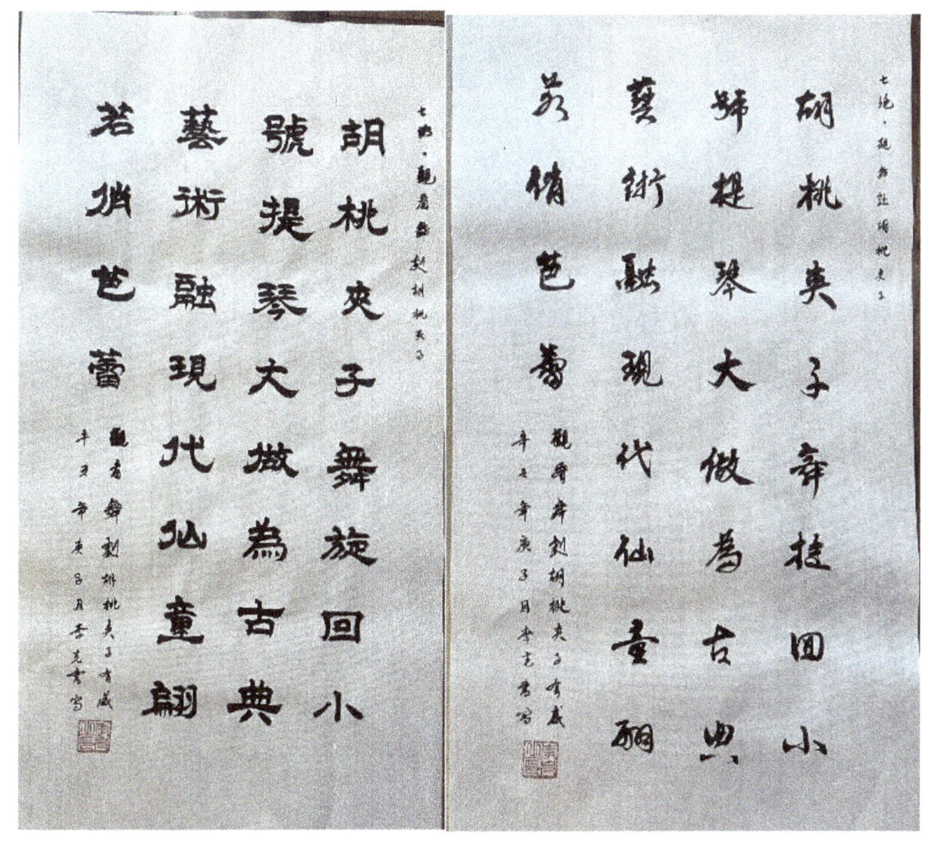

七绝小诗隶书行书描写参加《胡桃夹子》舞剧管弦乐队演奏

MTCO 管弦乐队队员合影

《胡桃夹子》舞剧剧照

《胡桃夹子》是俄国 19 世纪著名作曲家柴可夫斯基作曲的俄罗斯古典芭蕾舞剧。有"圣诞芭蕾"的美誉。是美国圣诞节假期的必演剧目。歌舞剧的演员由麦克劳克林工作室 MTCO 舞蹈学院的学生组成。学员都是小镇的中小学生。这些学员有的怀揣今后成为舞蹈艺术家的梦想，有的作为自己喜爱的一项重要业余活动参加表演。

演出的乐队是 MTCO 舞蹈学院管弦乐团。乐队有专业演员、也有大学音乐系学生、大部分队员是像我一样的音乐业余爱好者。正式职业包括教师、工程师、医生等等。表演是业余爱好。笔者做为乐队小提琴手之一参加了乐队的排练及演出。经过大家的辛勤努力，乐队演出获得圆满成功。

1.100 七绝：2021 年 12 月 30 年终太浩湖雪场单板滑雪

一场大雪开启 2021-2022 年度滑雪季。背上滑雪板冲到雪场。这是我 2021 年的第一次也是最后一次滑雪。突发灵感。附小诗一首。也是 2021 年创作的最后一首诗词作品。以隶书行书书写

漫天飞雪罩青松
银色山峰单板冲
小小疫情何所惧
铮铮豪气展雄风

创作背景：早上驱车上山滑雪。但见松树上已经挂满了白雪。美丽的不多见的树挂风景，清晰可见。大雪使一座座山峰变成一片银色的世界，穿上滑雪板。从山顶高速滑下，享受着滑

雪的快乐。虽然现在疫情依然严峻，但也挡不住滑雪爱好们者的热情。在雪场滑雪爱好者们展示着各自滑雪的雄风。

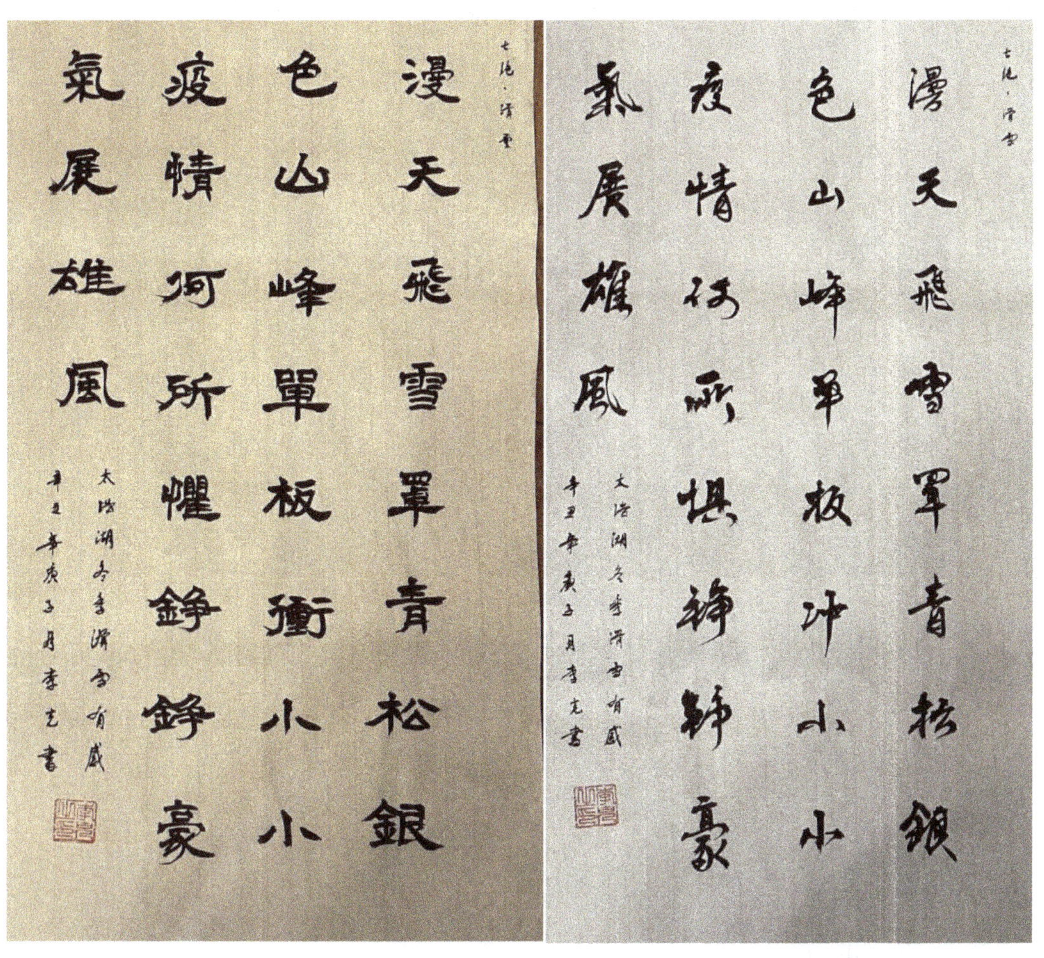

七绝小诗行书隶书描写北加州风景区太浩湖雪场单板滑雪

茫茫白雪路

全副武装带上单板滑雪板

前几天一场 50 年未遇超级暴风雪席卷整个北加州。导致室外气温速降、高速公路全程封路、雪场关闭。下了近 3 米的大雪，超过 1970 年以来 12 月份下雪量的历史最高记录。雪过天晴。昨天还是漫天飞扬的鹅毛大雪，今天已经晴空万里。不得不佩服扫雪部门及工人们的效率。高速公路上已经没有积雪。但高速公路两旁都是几米高的雪墙。每次大雪过后都是滑雪的最佳时机。大量滑雪爱好者涌向高速公路。使平时非常畅通的高速公路也排上了长队。滑雪场的停车场也已经没有停车位。在雪场滑雪爱好者们排上长队，等待缆车上山滑雪。几米厚的新雪给爱好者提供了滑雪大好良机。一整天在雪场，享受到了滑雪的无限乐趣。

2022 年作品

1.101 七绝：2022 年 1 月 4 日。我们管弦乐队演奏《胡桃夹子》

《胡桃夹子》舞剧

前几天给《世界日报》写了一篇报道关于《胡桃夹子》在小镇社区的精彩表演。《世界日报》周末一月二日版报道了歌舞剧《胡桃夹子》诙谐剧（Nutcracker Follies）的隆重演出。该舞蹈剧于 12 月 17 日至 19 日在北加州小镇卢米斯（Loomis）隆重举行。由社区著名的麦克劳克林（Mclaughlin）工作室（MTCO）音乐舞蹈戏剧艺术学院举办。它是小镇圣诞节期间最重要的社区活动之一。做为社区 MTCO 管弦乐队成员之一的小提琴手，我第一次参与了这一古典舞剧的音乐演奏。

目前虽然疫情依旧严峻，由于最近 Omicron 变异株的出现，演出举办单位严格遵守地区防疫措施，要求观众必须带口罩。小镇居民及来自北加州其他城市的观众陆续前来，观看圣诞节节日期间的四场歌舞剧《胡桃夹子》诙谐剧的演出。

卢米斯（Loomis ）是加州北部靠近首府的人口 6 千多人的一个城镇。城镇以农作物为主，早在 19 世纪中叶，随着淘金热的出现，在这里居住的淘金者就建立起了这个小镇。

《胡桃夹子》是俄国 19 世纪著名作曲家柴可夫斯基作曲的俄罗斯古典芭蕾舞剧。有"圣诞芭蕾"的美誉。是美国圣诞节假期的必演剧目。MTCO 舞蹈戏剧艺术学院的艺术总监南希·麦克劳克林（Nancy Mclaughlin）花费了近四年的时间，对该舞剧进行了独特的创作设计。将这一经典剧目成功的改编成为《胡桃夹子》诙谐剧。非常适用青少年及儿童表演。舞剧以一个全新的方式献给观众。使是这一经久不衰的经典剧目有了现代艺术的独特的风格及诙谐的格调。

歌舞剧的演员由麦克劳克林工作室舞蹈学院的学生组成。学员都是小镇的中小学生及幼儿园小朋友组成。这些学员有的怀揣今后成为舞蹈艺术家的梦想，有的作为自己喜爱的一项重要业余活动参加表演，笔者曾经观看过她们表演前的排练。这些孩子们认真刻苦的排练，给笔者留下了深刻的印象。这些小演员虽然都不是专业演员，但她们严格认真的态度及优秀的表演给观众留下了深刻的印象，每场演出都获得了观众们热烈的掌生。舞剧中主要小演员 Clara 扮演者 Abbie Adams，冰雪皇后扮演者 Kristen Kellie 都表示非常喜欢这个特别的舞蹈剧，使她们有机会展示舞蹈艺术。为她们今后向艺术领域发展打好了良好的基础。

演出的乐队是麦克劳克林舞蹈学院管弦乐团。乐队有专业演员、也有大学音乐系学生、大部分是音乐业余爱好者。他们的职业包括教师、工程师、医生等等，表演是业余爱好。笔者做为乐队小提琴手之一参加了乐队的排练及演出。正式演出前乐队队员们进行了刻苦的排练。大家在一起合作的非常愉快。队员们认真的努力及辛勤汗水。也使得舞蹈演出获得了巨大的成功。

周末三天四场的歌舞剧《胡桃夹子》诙谐剧圆满的落下了帷幕。演员们的精彩表演给社区居民带来了一场丰盛的艺术盛宴，给观众们留下了极其深刻的印象。

1.102 七绝：2022 年 1 月 5 日。新年太浩湖雪场单板滑雪

2022 年的第一次，也是滑雪季节第二次来到雪场滑雪。再战高山林海雪原。经过两场特大暴风雪的洗礼，太浩湖(Lake Tahoe)滑雪胜地已经是银装素裹，一片白茫茫银色的世界。又一个绝佳的滑雪天。附滑雪小诗一首。也是 2022 年创作的第一首诗。以示纪念。以隶书、行书书写。

天蓝云淡雾山高
雪场群英展气豪
速降跳台来比武
林间单板再时髦

滑雪场一片茫茫白雪，林海雪原

李克

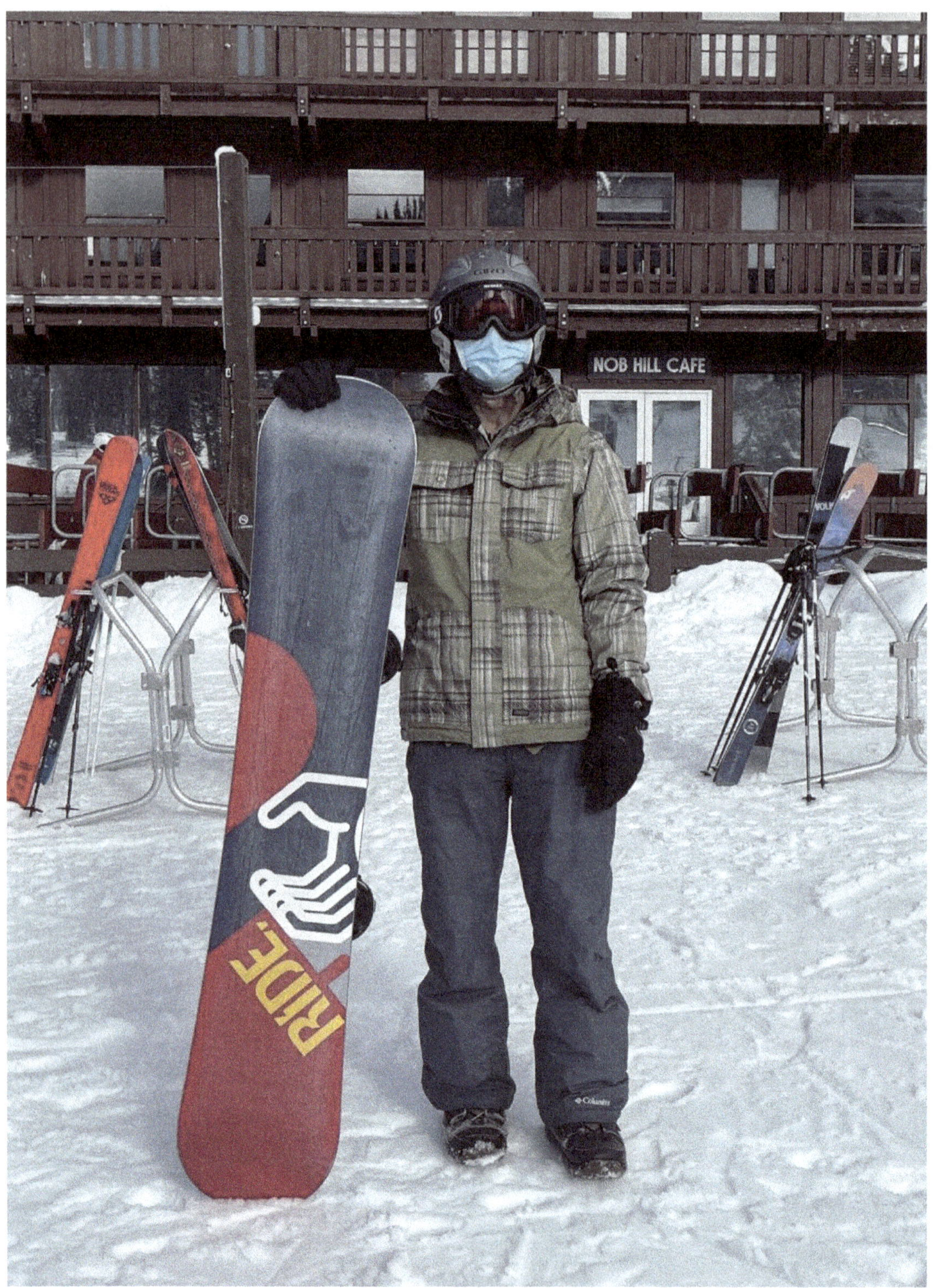

带上单板滑雪板登山滑雪

创作背景：今天一早，但见天高云淡，天清气朗，薄雾笼罩着高原群山山峰。驱车再次来到滑雪场，滑雪爱好者们已经是在滑雪场上展示各自的英姿。有的速降滑雪、有的跳台滑雪，展示着各自独特优雅的滑雪英姿。我也穿上单板滑雪板，加入滑雪队伍，在茫茫的林间雪道穿梭往来，享受着滑雪的乐趣，记得几年前，为了追求不一样的滑雪感觉，赶赶单板滑雪的时髦。从双板滑雪改滑单板滑雪，跌跌绊绊不知摔了多少跟头，在雪山坡上不知滚了多远。终于学会了单板滑雪。潇洒自如的驾驭了单板滑雪板。跟上了当前单板滑雪的时髦潮流。真是"世上无难事，只要肯登攀"。比起双板滑雪，单板滑雪转向灵活、潇洒自在、跳跃腾翻、乐趣无穷。更受年轻人的喜爱。

在滑雪场的人室内室外基本都不带口罩。怪不得昨天美国有一百万人感染新冠。"自由"的理念已经深入到了骨子里，根深蒂固了。正可谓"生命诚可贵，健康价更高，若为自由故，二者皆可抛"。

1.103 七绝：2022 年 1 月 5 日。南加州之旅一。南加州盖蒂艺术博物馆

今天开启南加旅行加州之一(古典艺术之旅)。首先来到洛杉矶市著名的盖蒂（Getty）艺术博物馆参观。附小诗一首。以示纪念。以隶书、行书书写。

文学艺术放光芒
莫奈杰作大殿扬
油画梵高谁敢比
欧洲古典展珍藏

创作背景：洛杉矶市盖蒂（Getty）博物馆收藏了中世纪至 20 世纪欧洲绘画、雕塑、素描、手稿和装饰艺术收藏品。每年吸引 180 万游客。此外博物馆收藏品还包括中央花园中展示的户外雕塑。这座耗资 13 亿美元的中心于 1997 年 12 月 16 日向公众开放。当时成为轰动一时的新闻。该中心坐落在一座小山上，以其美丽的建筑、花园而闻名。在博物馆可以俯瞰整个洛杉矶市。

南加州著名盖蒂（Getty）艺术博物馆镇馆之宝、梵高（Van Gogh）的《鸢尾花》

盖蒂博物馆收藏的四件镇馆艺术珍品、价值连城。包括荷兰 19 世纪著名印象派画家梵高（Van Gogh）的《鸢尾花》，价值 5 千 3 百万美元（1987 年）。19 世纪法国后印象主义画派画家塞尚（Cézanne）的《景物和苹果》，2 千 8 百万美元（1993 年）。19 世纪末 20 世纪初法国印象派代表人物莫奈（Monet）的著名画作《春》，6 千 5 百万美元（2014 年）。19 世纪英国学院派画家代表人物透纳（Turner ），其著名画作《现代罗马疫苗场》，4 千 5 百万美元（2010 年）。四件稀世珍品中以梵高的《鸢尾花》最为著名。这次来到盖蒂博物馆，其中塞尚（Cézanne）的《景物和苹果》和莫奈（Monet）的著名画作《春》没有对公众开放展出。

南加州著名盖蒂（Getty）艺术博物馆

另一幅具有传奇色彩的画作是意大利 19 世纪著名画家多西（Dossi）的《命运的讽喻》。是对两个象征性裸体的精湛描绘的画作。最早的拥有者是在纽约市无人认领财产的仓库清仓中以 1000 美元的价格购买了这幅画。油画尺寸为 6x7 英尺。因为装不下他的货车，所以他用绳子把它绑在货车上面，把它送到了佳士得拍卖行。并告知拍卖行他可以出价$1500 卖掉此画作。佳士得拍卖行于 1989 年将这幅画列入古典大师拍卖，估价为$60 万至$80 万美元。一位伦敦经销商以$400 万美元的价格买下了它。后来著名珍藏家盖蒂（Getty）以未公开的价格从经销商那里购买了这幅名画。成为盖蒂博物馆的稀世珍品。

保罗·盖蒂（Jean Paul Getty，1892－1976）是美国著名石油工业家。1966 年的吉尼斯世界纪录将他评为世界上最富有的私人公民，当时身价估计为 12 亿美元。尽管拥有巨额财富，盖蒂生活非常节俭。全部个人财富投身于艺术品收藏。盖蒂是一位狂热的艺术品和古董收藏家。 他的收藏品收藏于洛杉矶盖蒂（Getty ）博物馆。 盖蒂 Getty 成立的信托基金是世界上最富有的艺术机构。

1.104 七绝：2022 年 1 月 5 日。南加州之旅二，中华美食

南加州旅行之二(中华美食之旅)，烤鸭餐馆吃烤鸭。附小诗一首。以示纪念。以隶书行书书写。

在美国的华人常常说"食在洛杉矶"。来到此地果然名不虚传。城里及华人街到处都是各种美食风味餐馆；北京烤鸭、鼎泰丰包子，海底捞火锅。我已经好久没有吃烤鸭了。到洛杉矶附近一家北京烤鸭店用餐，还需要提前一周预约。可见其火爆程度。到了餐馆，食客慕名而来，满堂高座。坐定后大吃特吃了一顿。烤鸭肉嫩皮酥，味道非常正宗，可以与北京全聚德烤鸭店媲美。仿佛回到在北京吃烤鸭的记忆。

北京烤鸭透馨香
肉嫩皮酥上大堂
甜酱葱丝包小饼
屋中街道展芬芳

在加州洛杉矶品尝正宗北京烤鸭

烤鸭是北京名食，它以色泽红艳，肉质细嫩，味道醇厚，肥而不腻的特色，被誉为"天下美味"而驰名中外。大型宴席必备，丰盛家宴必有。北京烤鸭其特点是外焦里嫩，肥而不腻，在国内外享有盛名。称为北京第一食。现已被公认为国际名菜。

北京烤鸭传统烤制办法是采用明炉（即挂炉）枣木烤制法，烤鸭的最佳燃料为枣木，枣木木质坚硬，火力均匀而且耐烧，燃烧时可以分解出芳香物质，附着在鸭子表面形成特殊清香。一种说法北京烤鸭始于"便宜坊"。北京目前有"便宜坊"烤鸭店。据清代有关文献记载，当时北京城宴会"席中必以全鸭为主菜，著名为便宜坊。便宜坊开业于清乾隆五十年（公元1785 年）。最初在宣武门外米市胡同。最初的烤鸭来自南方的江苏、浙江一带，那时称烧鸭，从业人员也是江南人。后来烤鸭传到北京后，才用北京的鸭子。以北京厨师为主。

1.105 七绝：2022 年 1 月 5 日。南加州之旅三，棕榈泉市及约书亚树公园

参观加州棕榈泉（Palm Spring）市及约书亚树（Joshua Tree）国家公园。附小诗一首。以示纪念。以隶书行书书写。

火红晚日映蓝天
四射光芒美世间
奇树怪枝来点缀
棕榈泉中景三千

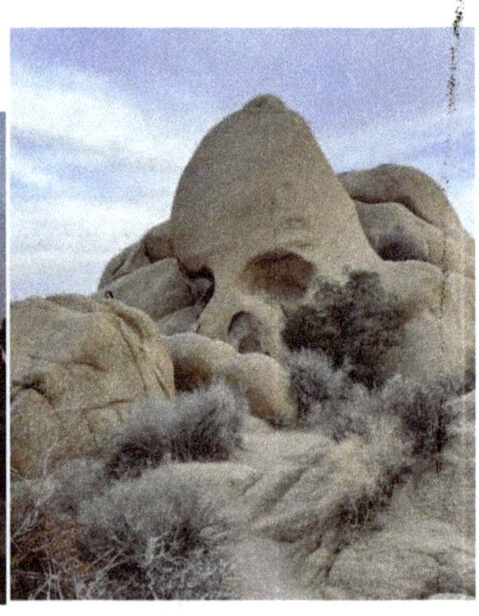

加州莫哈维（Mojave）沙漠约书亚树（Joshua Tree）国家公园

加州棕榈泉（Palm Spring）小镇附近的约书亚树（Joshua Tree）国家公园是南加州的一个广阔的自然保护区。 其特点是崎岖的岩层和荒凉的沙漠景观。 该公园内一大片一大片弯曲的、长着刺的约书亚树，类似仙人掌树。横跨谷地的约书亚树（Joshua Tree）点缀着广阔的沙漠。特殊的地理环境及气候条件，形成了方圆几百公里的特殊的茂密约书亚茂密的树林。走出约书亚树（Joshua Tree）国家公园，就很少见到这种形态奇怪的约书亚树了。

来到著名景点：无敌风景台（Keys View）。俯瞰整个大山谷，她是观看日落晚霞的最佳观看点，日落前来到此地看日落。有些遗憾，天边一抹白云，挡住日落的余晖。幸运的是在另一处观景点看到了血红色的落日彩霞。美丽景色令人叹为观止。

隐藏的峡谷（Hidden Valley）是另一处著名景点，它是由一堆四面环绕的巨石堆形成的小峡谷，早期时没有出入口。进入峡谷的唯一一条小路是当年发现这个小峡谷的开拓者，用炸药炸开形成的。沿谷底步行环绕一周正好一英里，奇特的自然地貌吸引了大量慕名而来的游客。

头骨石（Skull Rock）是另一处令人叹为观止的自然地理景观。 这是大自然鬼斧神工的神笔之作。几百万年前，雨滴积聚像在芝麻大小的、微小的凹陷处并开始侵蚀花岗岩。随着更多的岩石被侵蚀，更多的水积累导致更多的侵蚀，慢慢的随着时间的推移，形成了两个挖空的大眼窝，像类似人类头骨的岩石。

棕榈泉是南加州索诺兰沙漠（Sonoran Desert ）中的一座城市，以其温泉、时尚酒店、高尔夫球场，及许多世纪中叶建筑而闻名。是洛杉矶市的旅游胜地。许多好莱坞明星都在那里置地购房，旅游度假。来到那些昔日超级明星的住地门口去体验了一下。包括性感明显玛丽莲·梦露，摇滚歌星猫王艾尔维思·普雷斯利（Elvis Presley），Bob Hope，等电影电影明星，歌星。不虚此行。

1.106 七绝： 2022 年 1 月 5 日。南加州之旅四，莫哈韦国家保护区

莫哈韦国家保护区(Mojave National Preserve)。莫哈韦沙漠是美国西南部内华达山脉中的干旱沙漠。 它以土著莫哈韦人（Majove）命名，主要位于加利福尼亚州东南部和内华达州西南部，小部分延伸到亚利桑那州和犹他州。

墙上洞（hole in the wall）风景区是莫哈韦国家保护区拥有独特地层地貌。它由一千两百万年前喷发的火山形成的。气体、风和灰烬的混合物在山体上留下了无尽洞穴。远处看像瑞士的奶酪。数千年来，这个地区一直是当地土族莫哈韦人的家园。 在西班牙来的这里之前，莫哈韦人（Majove）曾经是这个地区最大的人口族群。墙上洞风景区是一个独特的细长峡谷，最后走出峡谷的道路非常狭窄。需要手脚并用，并借助已经安好的铁环攀爬而上。

墙上洞（Hole in the Wall）风景区及通天公路

加州莫哈维（Mojave）沙漠通天路

1.107 七绝： 2022 年 1 月 5 日。南加州之旅五，加州死亡谷国家公园

来到加州死亡谷（Death Valley）国家公园。死亡谷主要位于加利福尼亚州。靠近加利福尼亚州和内华达州边界的大盆地。死亡谷以气温高而著称。据说是地球上最热最干燥的地方。由于终年几乎没有降雨，所以死亡谷基本上寸草不生。

死亡谷的 Ubehebe 火山口是一个 600 英尺深、半英里宽的大型火山口。名字起源于火山口西南 24 英里处 5 千多英尺的 Ubehebe 山峰。比起大多数几百万年前形成的火山，Ubehebe 火山相对十分年轻，只有 2100 的历史。相当于中国秦朝时代。火山由从深处升起的热岩浆到达地下水时蒸汽和气体爆炸产生。强烈的热量使水闪蒸成蒸汽，蒸汽膨胀，直到压力以巨大的爆炸形式释放。

加州死亡谷死亡谷 Ubehebe 火山口

加州死亡谷坏水盆地

死亡谷盆地 Badwater Basin 是北美海拔最低点，位于海平面以下 282 英尺（86 m）。在 1913 年美国气象局在死亡谷的 Furnace Creek 记录到 134°F（56.7°C）的高温。这是地表有记录以来的最高环境气温。

来到加州死亡谷（Death Valley）国家公园。来到魔鬼高尔夫球场和天然桥景观。附小诗一首，以示纪念。以隶书行书书写。

魔鬼挥杆高尔夫
奇缘地貌死亡骷
美丽怪异皆成景
晨照东方旭日出

创作背景：驱车前往魔鬼高尔夫球场（Devil Golf Course）因其表面"只有魔鬼才能打的高尔夫球"而得名。是一片色彩斑斓的景观，被风雨侵蚀成美丽的锯齿状尖顶。雕刻的盐层形成了崎岖的地形，自然地理形成的奇特的一个个高尔夫球洞。只有魔鬼才能挥杆击球并准确的打入球洞。远处看去是死亡谷由于极端干旱裂开的土地。这种地质构造的现象也只有在死亡谷国家公园才能看到。

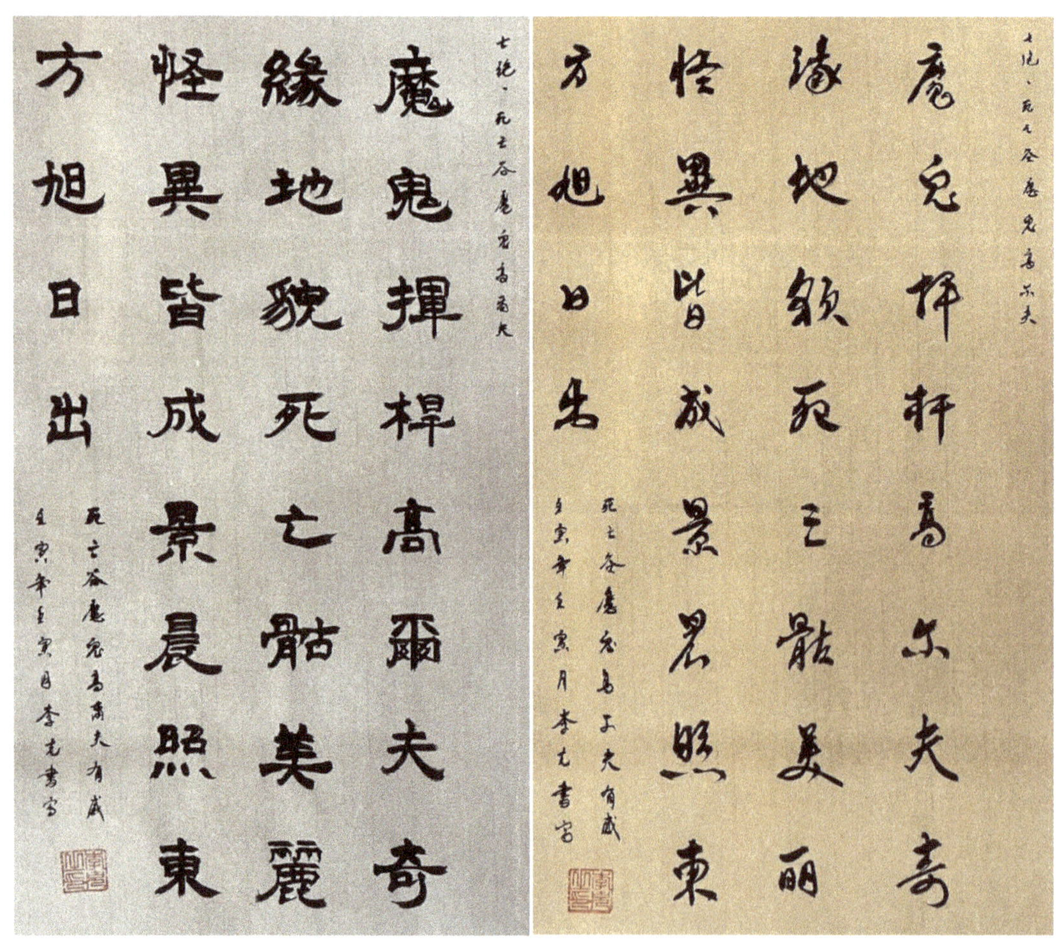

赋七绝小诗一首、隶书行书书写

加州死亡谷魔鬼高尔夫球场（Devil Golf Course）

天然桥（Natural Bridge）是死亡谷峡谷中的另一个令人惊叹的地质构造。经过一段步行，来到这座天然桥。感叹大自然鬼斧神工的杰作。天然桥峡谷位于死亡谷东侧的峡谷中。据地理考察，形成约在 500 万年前左右。天然桥的形成是经过几次巨大的洪水泛滥中完成的。在峡谷壁内还可以看到许多地貌复杂及动态的过程和特征。

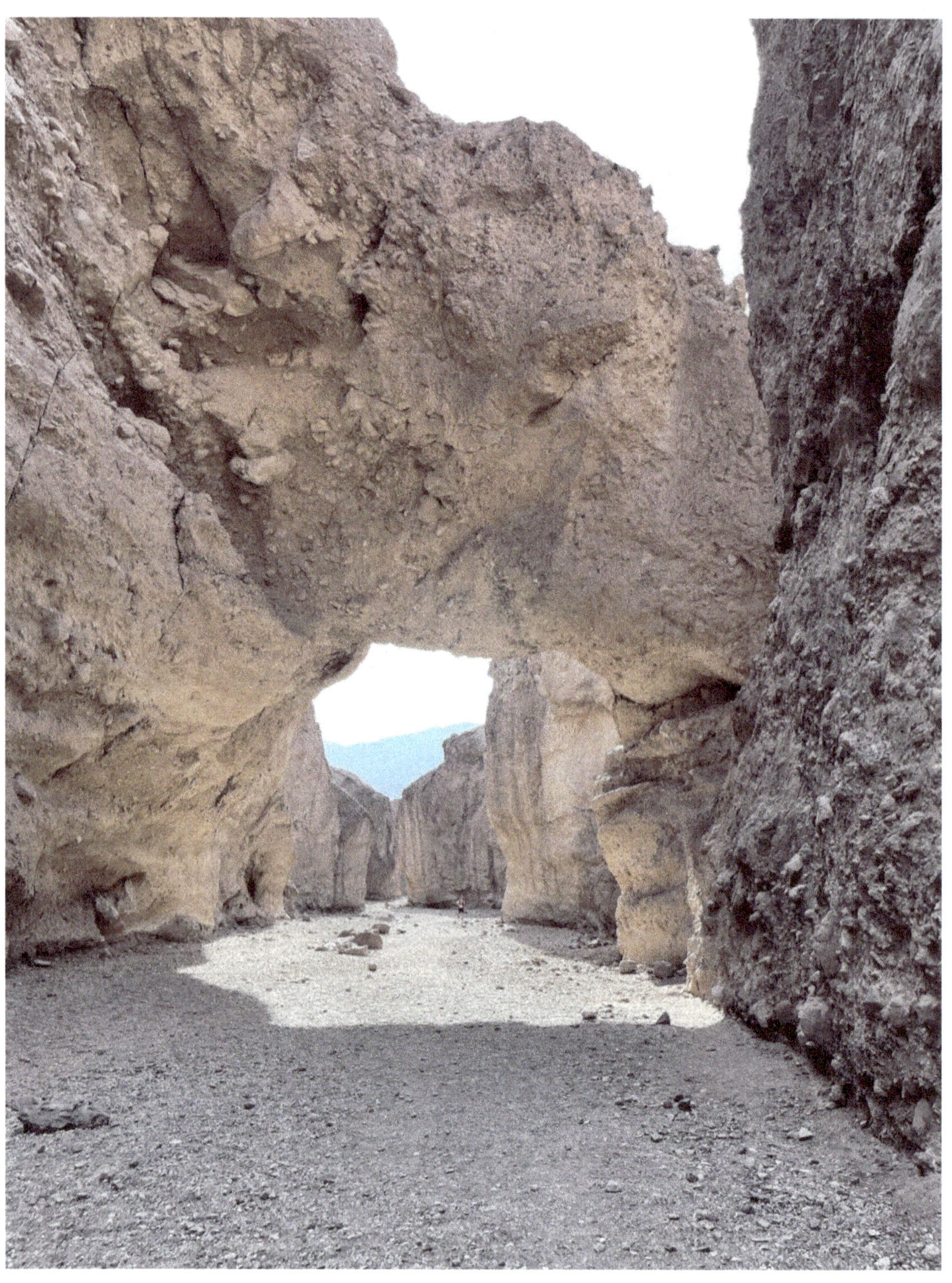

加州死亡谷天然桥

1.109 七绝：2022 年 1 月 14 日。南加州旅游之七。艺术家调色板大道

附小诗一首。以示纪念。以隶书行书书写。

> 色彩斑斓紫绿青
> 艺术大道现清莹
> 谁说山中只秃石
> 人间传奇赋美名

来到艺术家调色板大道（Artist Palette Drive），令人难以置信的多彩多姿、被侵蚀的山丘区域。 山中天然金属沉积物的氧化产生了华丽的绿蓝紫色调，画家的彩色调色板。这些颜色来自富含铁氧化物和绿泥石等化合物的火山沉积物。日出和日落时分来这里会看到不断变化的光线，进一步增强了这个地方的魅力。

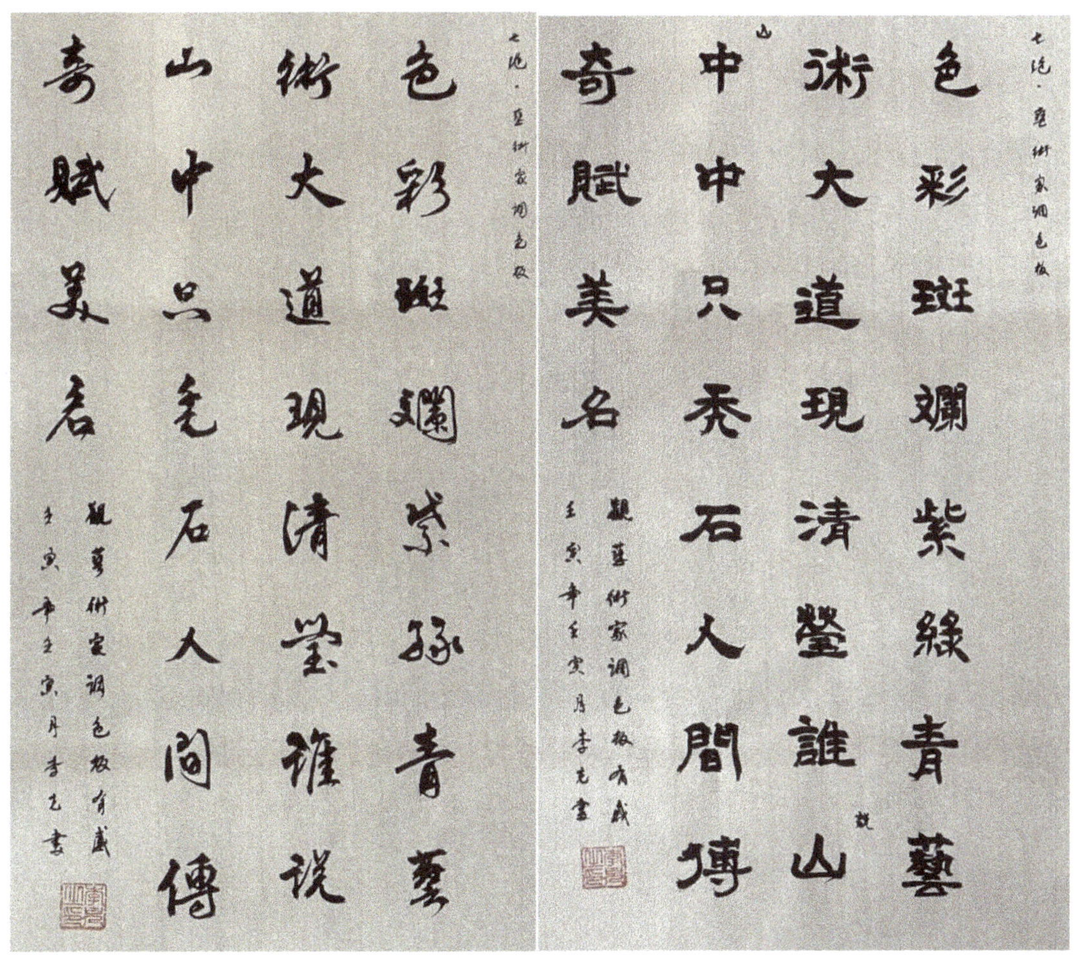

赋七绝小诗一首、隶书行书书写

加州死亡谷艺术家调色板大道

1.110 七绝：2022 年 1 月 14 日。南加州之旅八，Dantes View 观日台

来到加州死亡谷（Death Valley）国家公园。Dantes View 观日台。

Dantes View 高耸于死亡谷盆地上方约 6 千英尺处山脊上，是俯瞰整个死亡谷盆地的最佳观察点。日出和日落在这里特别壮观。Dantes View 的夜空也是绝对令人叹为观止，繁星满天。夜空迷人。由于空气的干燥清洁，能见度非常远。在天气晴朗的夜晚还可以看到几百英里外的赌城拉斯维加斯和加州洛杉矶的灯光。这次来到这里由于落日时天边有些云，看见云后美丽的日落美丽晚霞风景。

加州死亡谷观日台

19 世纪 80 年代在死亡谷发现硼砂（Borax）矿床后，在死亡谷"大规模"开采硼砂。当年也有许多华工来到此地作为矿工勤劳的工作，1880 年当时的工资是每天 1.5 美元。当时的大型运输工具是 20 匹骡子的货车。这些车队将硼砂拖到加州莫哈韦（Majove）附近的铁路再运往硼砂加工厂。

加州死亡谷俯视

南加州旅游之八。来到死亡谷沙丘（Sand Dune）风景名胜区。附小诗一首。以示纪念。以隶书行书书写。

黄沙映日蔚藍天
大漠風情鼓浪翻
頑強樹根生命在
死亡谷中不孤單

死亡谷沙丘（Sand Dune）是死亡谷唯一的沙丘地。沙子、季风和山脉是创造沙丘的必备条件。这里的条件非常适合沙丘的形成。这里的沙丘还为许多动物提供栖息地，包括夜间活动的袋鼠和响尾蛇。沙丘中的波纹和边缘形成鲜明对比。 这里也是观察死亡谷黑暗夜空的好地方。

加州死亡谷沙丘

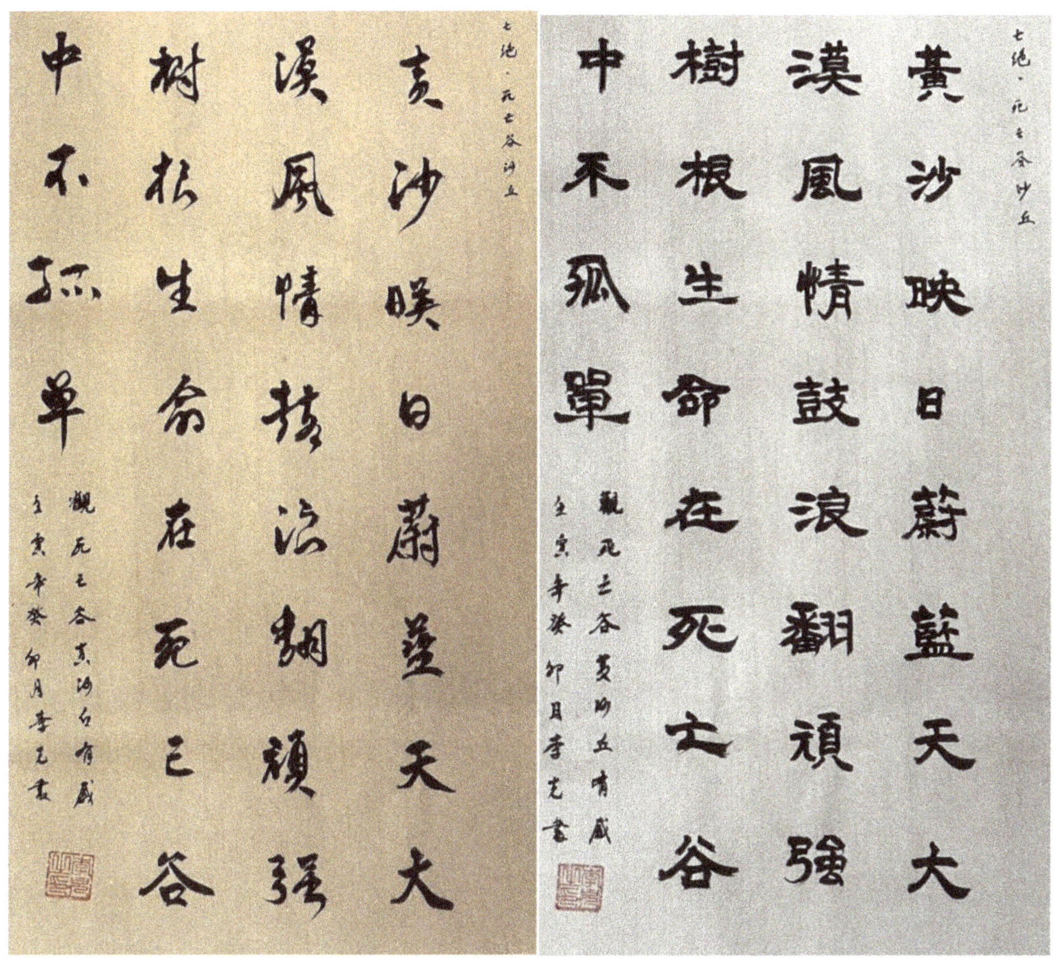

赋七绝小诗一首、隶书行书书写

1.112 七绝：2022 年 1 月 16 日。南加州之旅十。优胜美地国家公园

来到加州优胜美地（Yosemite National Park）国家公园。游览镜湖（Mirror Lake）及半圆顶山
（Half Dome）。附七绝小诗一首，以隶书、行书。

优美风情景万千
镜湖日照似天仙
晚霞冬雪白云现
伫立峡中半顶山

第一次冬季来到的优胜美地国家公园的镜湖。但见白雪皑皑的半圆顶（Half Dome）山，大
雪覆盖的优胜美地谷底。美丽的的倒影在镜湖湖面清晰可见。到了傍晚金色的阳光洒满山
顶。难得一见的日照金山，美丽迷人的晚霞，伫立在峡谷中央的半圆顶山。金色山顶和蓝天

白云在镜湖湖面的的倒影浑然一体。镜湖湖面白雪覆盖，茫茫一片。用手机抓拍下了绝佳的风光秀丽的优胜美地镜湖的冬季美景。

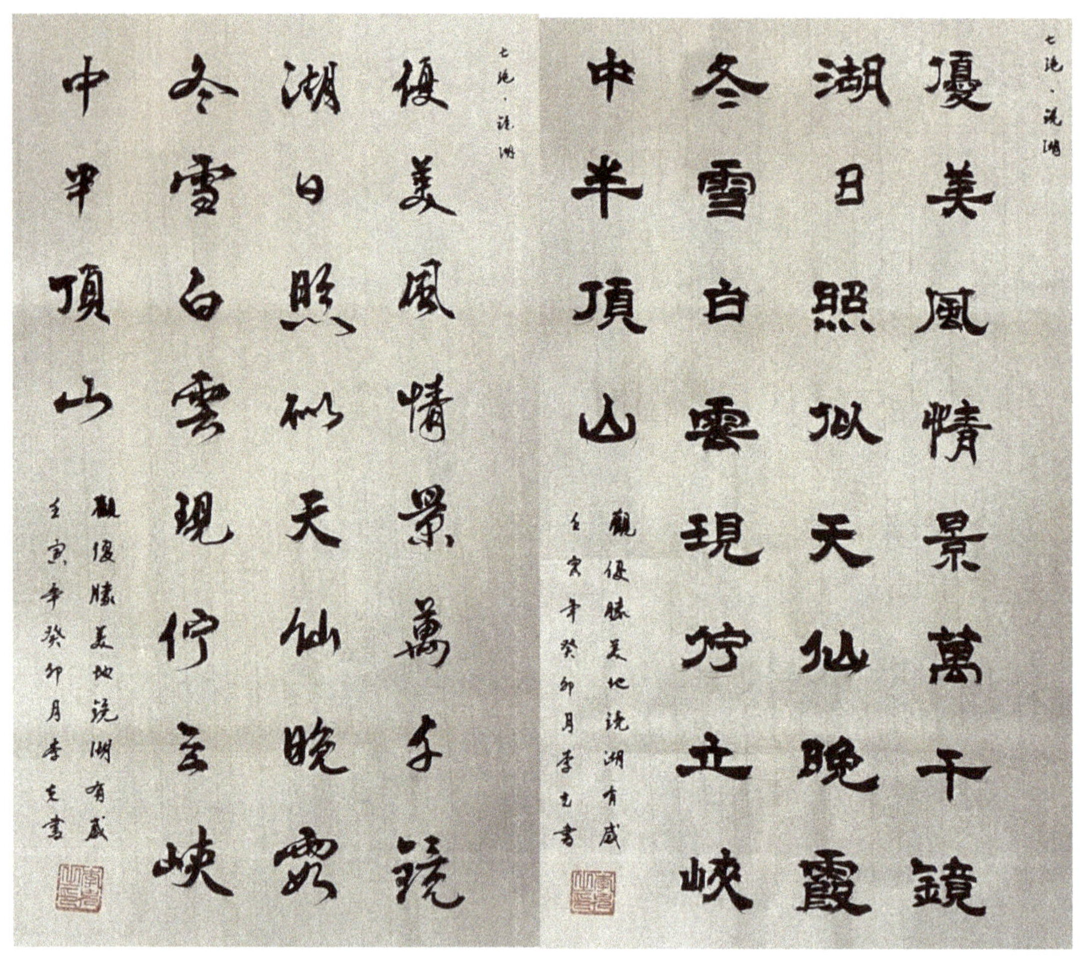

赋七绝小诗一首、隶书行书书写

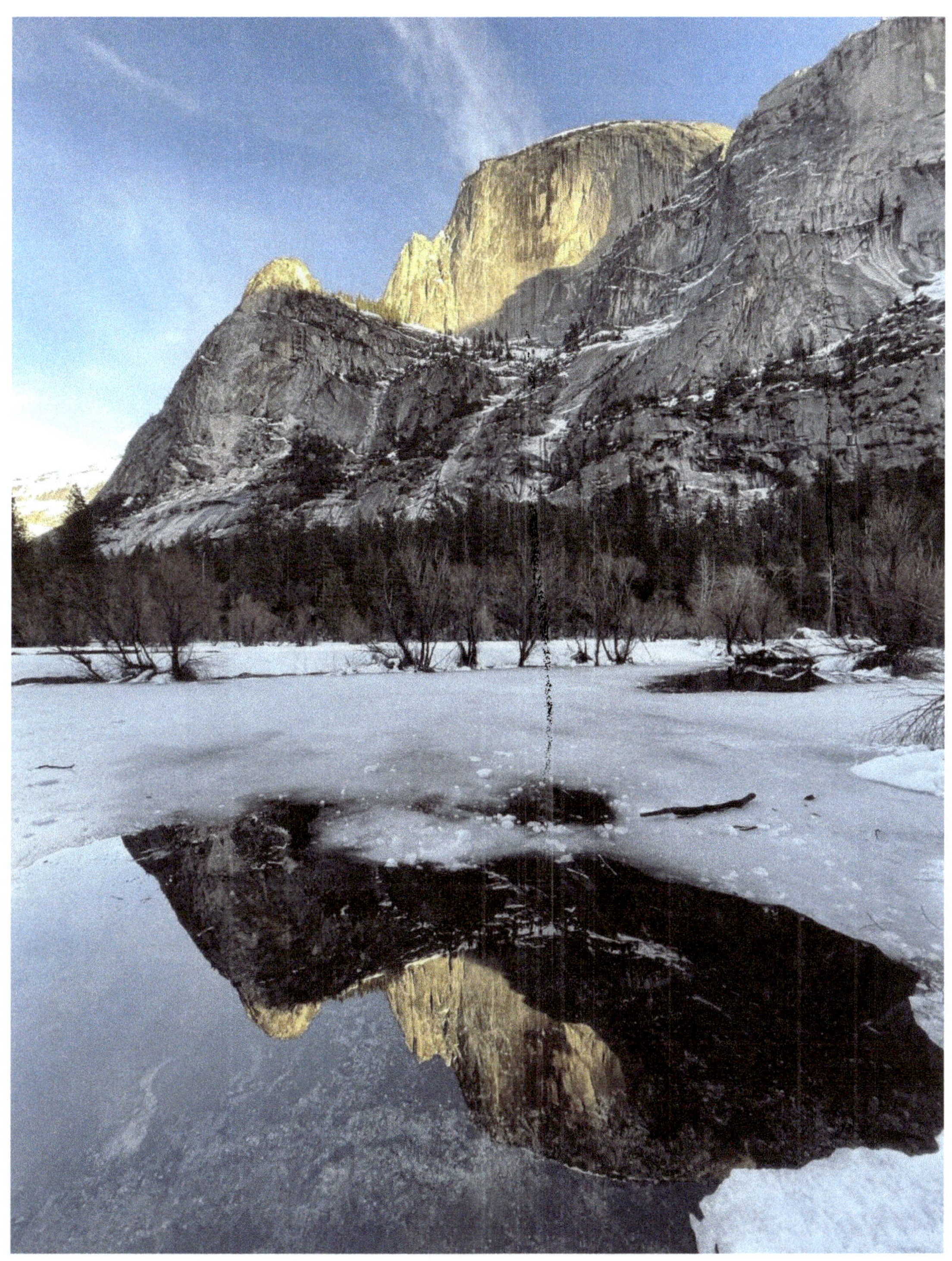

优胜美地国家公园镜湖倒影美景

镜湖（Mirror Lake）是优胜美地国家公园（Yosemite National Park）一个小的季节性湖泊，位于优胜美地国家公园的一条小溪中。 是上一个冰河时代末期，优胜美地山谷曾经有许多大型冰川湖。由于时代变迁，沧海桑田。大多数冰川湖都已经消失。镜湖是余留下的少数几个冰川湖泊。据地理学家预测由于沉积物的堆积，几百万年后镜湖也会慢慢消失。

优胜美地国家公园镜湖倒影美景

半圆顶山（Half Dome）是位于加州优胜美地国家公园的花岗岩圆顶。著名的岩层，因其独特的形状而得名。 它是公园内标志性景点。一侧是透明的脸，而其他三侧则是光滑圆润的，使它看起来像一个被切成两半的圆顶，或者更形象的描述是像半个馒头。

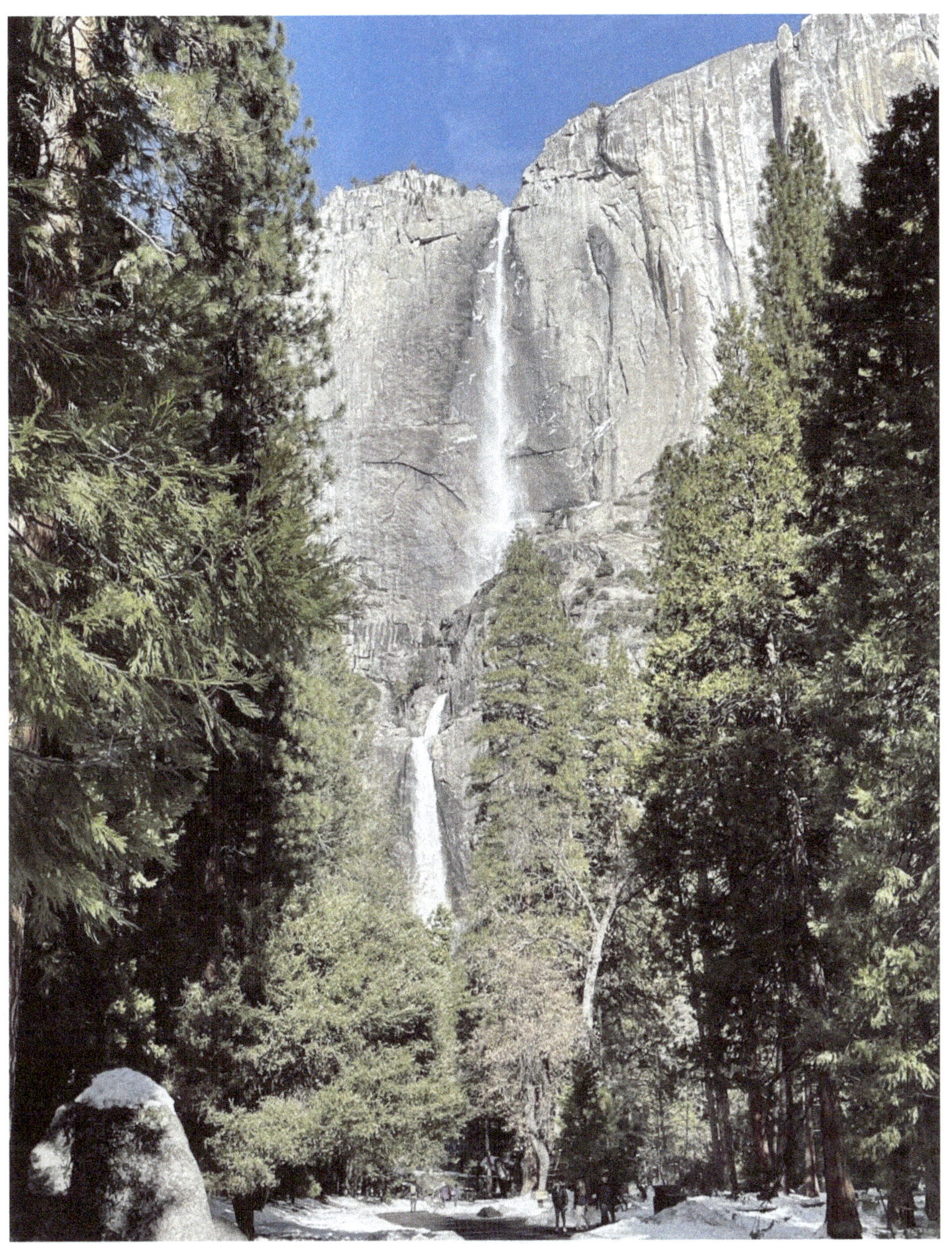

优胜美地国家公园双层瀑布

1.113 七绝：2022 年 1 月 5 日。新年太浩湖雪场单板滑雪

又一次来到太浩湖（Lake Tahoe）滑雪场。去年圣诞节下的一场大雪给雪场积累了足够的雪。今天去滑雪仍然是一片银色的世界。阳光普照。一个滑雪的好天气。附小诗一首。以示纪念。以隶书行书书写。

> 高原迎客我登先
> 滑雪寒冬最喜欢
> 山间驱车任纵横
> 备鞍策马再扬鞭

创作背景：登上高山的雪场。单板滑雪仍旧是我冬季最喜爱的运动。驱车在山间小路上纵横驰骋。道路两边是高高的雪墙。策马扬鞭奔腾寓意雪场滑雪的潇洒快乐。下次来到雪场，再享受滑雪的乐趣。

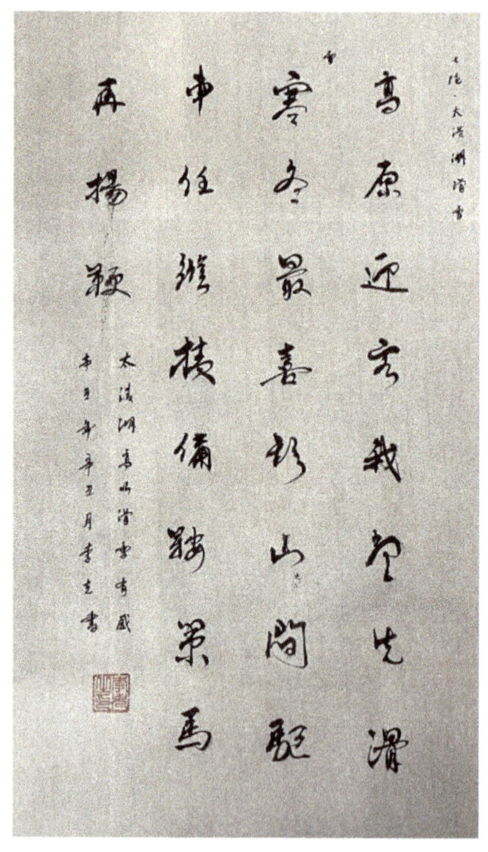

太浩湖滑雪，赋七绝小诗一首、隶书行书书写

1.114 七绝：2022 年 1 月 27 日。中国农历初一虎年春节

今天是中国农历初一。虎年迎春过大年。牛年过去虎年到来。附小诗一首。以示庆祝。以隶书行书书写。

红红火火过新年

户户家家展笑颜

饺子鱼鸭呈满宴

虎来牛去送冬寒

创作背景：2022 年的中国新年除夕夜。海外华人家家户户都在庆祝中国新年的到来，各种鸡鸭鱼肉饺子宴席摆满。中国北方迎接春节的传统是大家在一起热热闹闹的包饺子吃饺子。同时也准备丰盛的鸡鸭鱼肉，丰富的宴席，马上就送走了牛年迎来虎年。农村里杀猪宰羊放鞭炮，庆祝农历新年。中国的传统新年这一天、也是天寒地冷、数九寒天冬季的结束，万象复苏、新年伊始春季的开始。新年、新气象、新事物，总之一切都是新的开始。送上美好的祝福。

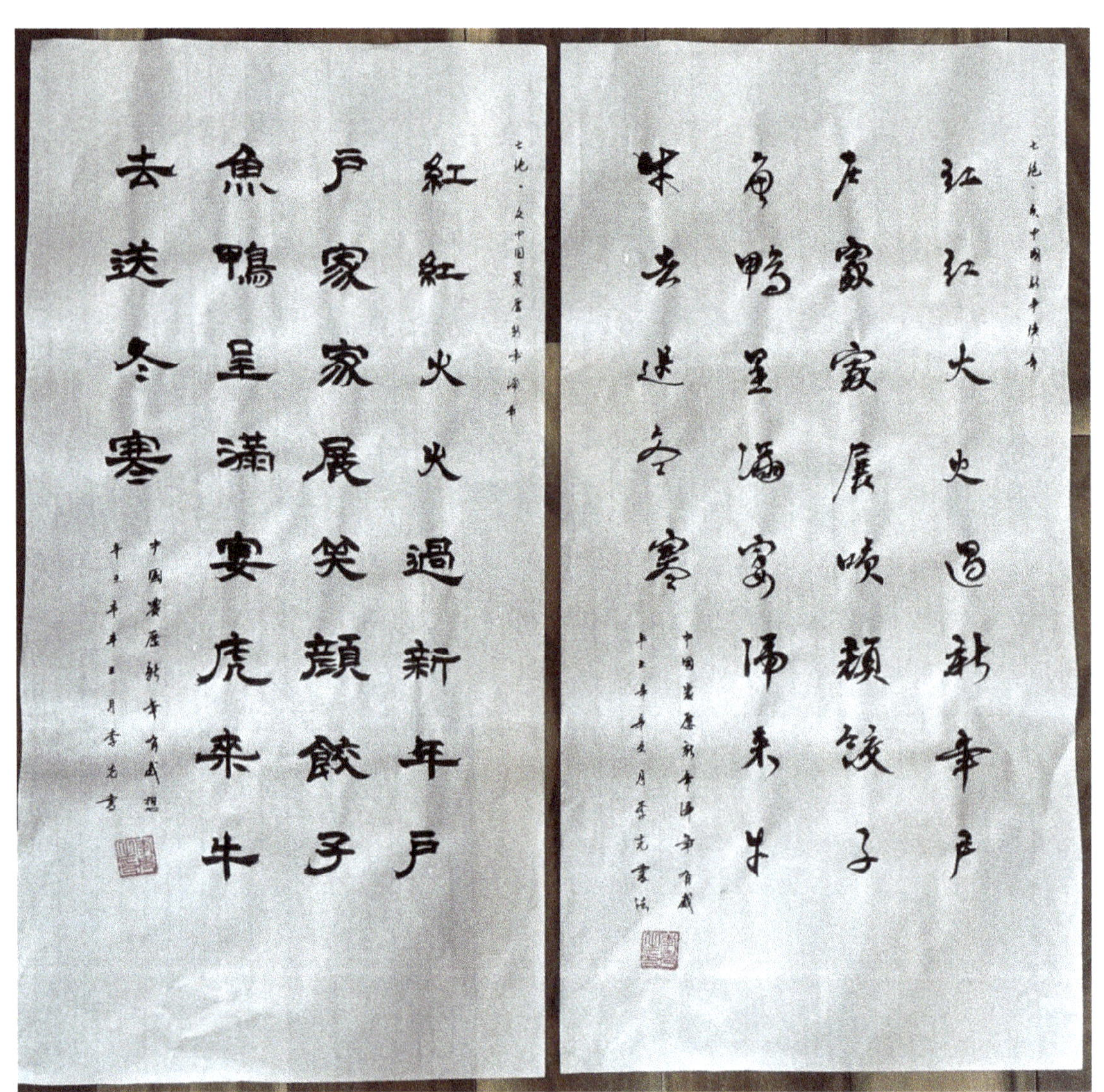

赋七绝小诗一首、隶书行书书写

春节大年三十包饺子

1.115 七绝：2022 年 2 月 4 日。北京冬季奥运会开幕典礼盛况

2022 年北京冬季奥运会开幕典礼盛况。附小诗一首。以示庆祝。以隶书行书书写。

奥运来临盼奋强
惊奇典礼炫风光
溜冰滑雪金牌亮
各国同登竞技场

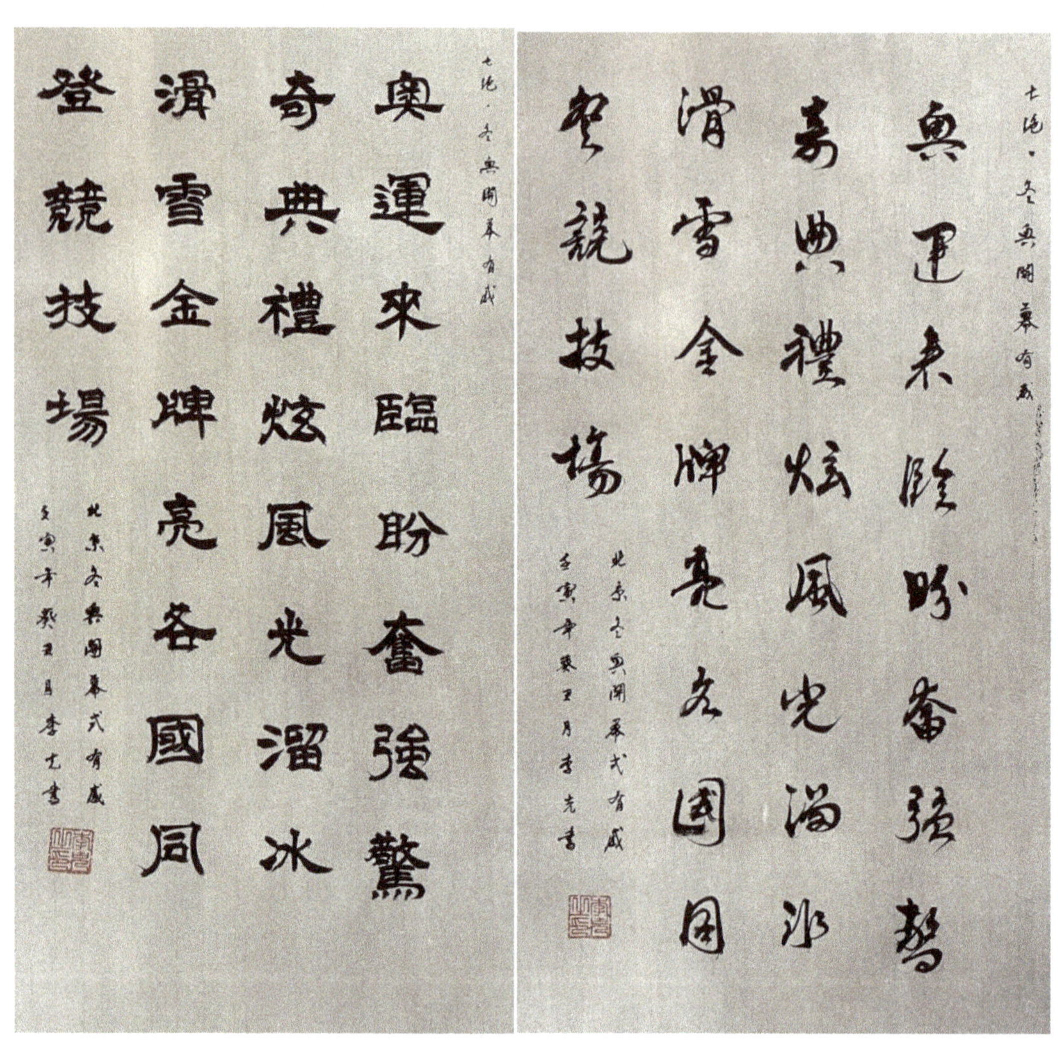

赋七绝小诗一首、隶书行书书写

2022 年北京冬季奥运会

创作背景：2 月 4 日晚北京 2022 年冬奥会开幕式将在国家体育场"鸟巢"举行，全世界都将目光投向这场冰雪运动的最顶级赛事。开幕式是一场空前盛事。开幕典礼闪烁着炫酷的灯光。滑冰滑雪将是冬奥会的重头戏。全世界各国健儿都来到北京同场竞技。这次冬奥开幕式是以高科技为主的灯光秀。绚烂夺目、光彩熠熠的奥运灯光。意想不到的点火方式给开幕式增添了额外的惊喜。

1.116 七绝：2022 年 2 月 8 日。新年太浩湖雪场单板滑雪

借着北京冬奥会的东风，我又一次来到了太浩湖滑雪场。附小诗一首。以示庆祝。以隶书行书书写。

李克

太浩湖泊雪靓白
身轻如燕掠高台
奥林匹克无国界
选手争先为奖牌

创作背景：奥运会各项赛事正在如火如荼的进行。太浩湖滑雪胜地银装素裹一片雪白。冬奥自由式滑雪选手谷爱凌以其优美的动作，近乎完美的动作，获得了夺得了冠军。她身轻如燕，掠过跳雪高台，稳稳地落在了滑雪地。有关她国籍的话题在网上争论不休。奥运精神无国界。奥运选手应在赛场上分高低，每个运动员梦寐以求的目标是获得奥运会最高奖牌-金牌。

没想到谷爱凌是在加州太浩湖滑雪场训练出来的。我每次滑雪也是在太浩湖滑雪场。太浩湖风景区星罗棋布大大小小几十个滑雪场。最为著名的是 Squaw Valley 滑雪场，曾经举办过 1960 年冬奥会。当年点燃的火炬今天依然在燃烧。这里雪确实非常棒，不愧为美国数一数二的滑雪场。很多优秀的滑雪运动员都是在这里训练的。据报道太浩湖的滑雪人数已经超过科罗拉多滑雪场。

诗的第一句中的"靓白"，来自宋大文学家曾巩的 《戏呈休文屯田》诗： "明红靓白花千树， 隔叶跳枝莺百啭。" 曾巩是大名鼎鼎的唐宋八大家之一。韩愈、柳宗元、苏轼、苏洵、苏辙、欧阳修、王安石，曾巩。其名气在八大家里算是最小的一个。

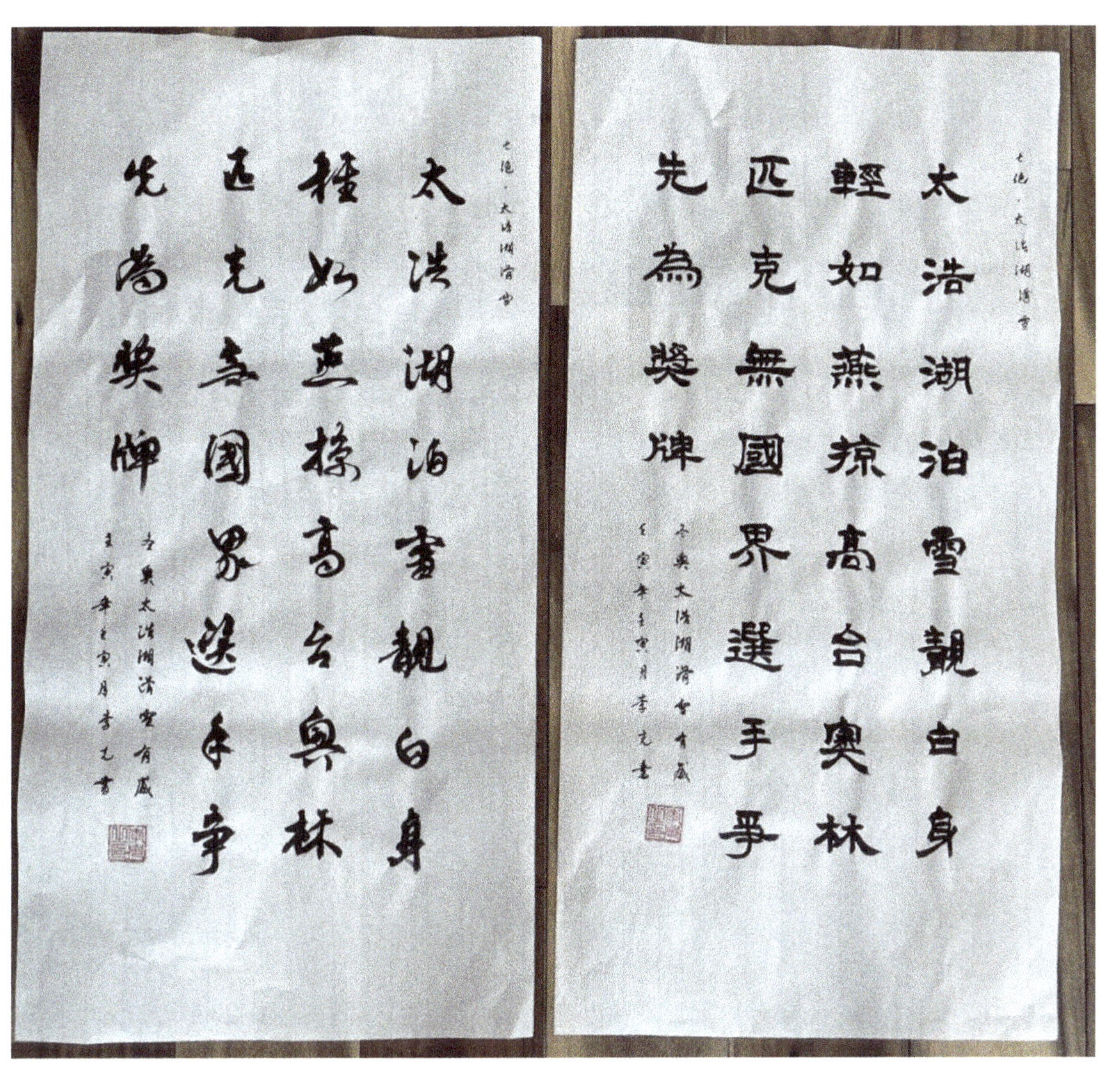

赋七绝小诗一首、隶书行书书写

滑雪胜地太浩湖（LakeTahoe）滑雪

1.117 七绝：2022 年 2 月 10 日。加州首府 2022 年中国春节网上晚会

加州首府 2022 年中国春节网上晚会。附七绝小诗一首。以示庆祝。以隶书行书书写。

十五元宵乐聚集

网红春晚共除夕

全球华夏同欢喜

饺子汤圆伴烤鸡

创作背景：前几天给《世界日报》写了一篇报道关于加州首府中国新年春节节网上晚会的精彩表演。春节晚会是在元宵节演出。中国农历正月十五举办春节晚会，春节元宵节一起庆祝。加州首府地区华人在网上共同欢庆春节、元宵佳节。各家的饺子、元宵、烤鸡等等中华美食一起上桌。美味佳肴，歌舞升平、管弦演奏、美食美曲、回味无穷。热热闹闹过大年。这次演出由加州首府一华人社区团体隆重举办。虽然演出已经过去数周，但精彩的演出还是历历在目。

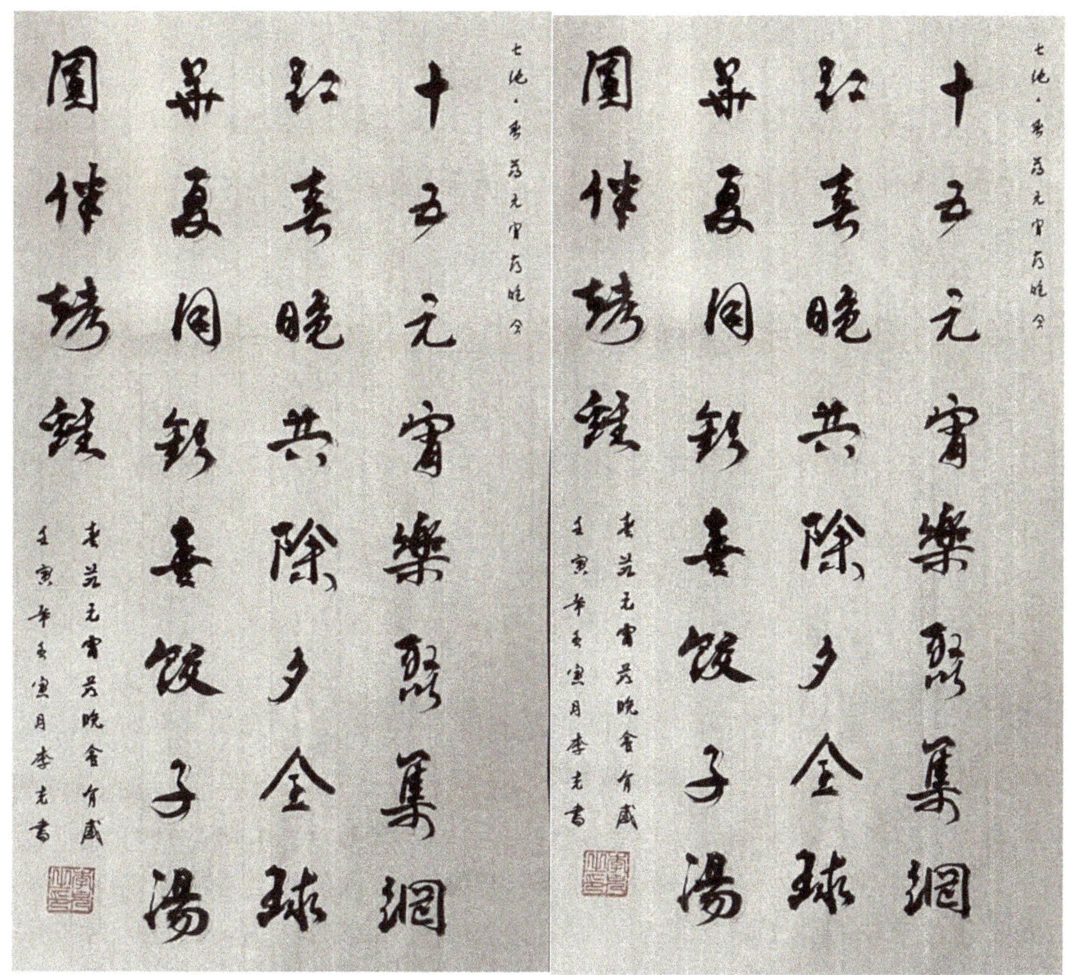

赋七绝小诗一首、隶书行书书写

其它节目包括热热闹闹的东北秧歌舞、激情四射的拉丁舞、传统舞蹈、民族舞蹈、蒙古舞蹈、欢快活泼的儿童舞蹈、优美悦耳的民乐合奏、古典风格的扇子舞蹈、动听的男声组合演唱、女声组合演唱和女声小合唱、中国传统的器乐合奏曲。网上节目主持人落落大方，诙谐幽默的语言也给春晚增添了不少精彩的气氛。

我们乐队演奏的柴可夫斯基《花之圆舞曲》作为这次春晚演出曲目之一，参加了网上演出。该乐曲选自柴可夫斯基的舞剧《胡桃夹子》，创作于 1892 年。该舞剧音乐中最为著名的是《花之圆舞曲》，选自舞剧第二幕中的音乐，经常作为优秀保留曲目单独演出。有竖琴华丽流畅的序奏。有圆号重奏形式奏出的圆舞曲主题。在单簧管相呼应的独奏之后，乐曲的主旋律小提琴演奏抒情而优美，旋律如歌，娓娓动听。《花之圆舞曲》成为柴可夫斯基经久流传的不朽经典名作。

我作为一名业余小提琴手参加了我们管弦乐队演奏的柴可夫斯基《花之圆舞曲》。作为乐队的新成员，还在向乐队的老队员们学习。队员们的水平都非常高，有专业音乐人士，有大学音乐教师。我这个新的业余队员还有很多音乐知识要学、还有很长的路要走。争取尽快提高表演水平。

https://youtu.be/bbIlXIxumHE

1.118 七绝：2022 年 2 月 17 日。杏仁树花（Almond）怒放盛开

初春加州中部的农场。但见一排排一片片杏仁树花（Almond）怒放盛开。灵感突发，附小诗一首。以隶书行书书写。

> 银杏花开满靓白
> 横看成队纵成排
> 林中漫步人生路
> 田野风光展逸怀

创作灵感：初春加州中部的田园风光无限美好。春日远足。眼前是杏花盛开，阳光明媚，微风拂面。一高大的梧桐树及红墙灰顶的农间小屋构成一幅美丽的农场田园风光。加州不但有硅谷的高科技。也是美国生产农产品的最大的州。站在小山山顶，一眼望去，一望无际的银杏树花园。洁白的花朵竞相绽放。初春时节春风扑面，带有丝丝暖意，整个大地色彩缤纷，充满着蓬勃生气。田园中漫步西行，一路杏花朵朵，绿柳翩翩，晨风迎面吹来，虽然身穿外套，还是感觉到一丝丝初春的寒意。漫步在成排成行的大片的杏花春雨间，两边是整齐划一，盛开杏花，用手机记录下这难忘的春光。

美丽的初春田园风光还吸引了大批的画家来到此地野外作画写生。用他们用手中的画笔描绘着色彩缤纷、百花盛开、难以忘怀的早春农庄风情。一座看似普通的红墙灰顶的谷仓库，在这些大师的手中变成了一幅幅美丽的画卷。

宋理学家、诗人朱熹的《春日》"等闲识得东风面，万紫千红总是春"。宋大诗人徐元杰《湖上》"花开红树乱莺啼，草长平湖白鹭飞"。这些美妙的诗句恰到好处的描绘了春天的美丽景色。也是这里春天农场的真实写照。

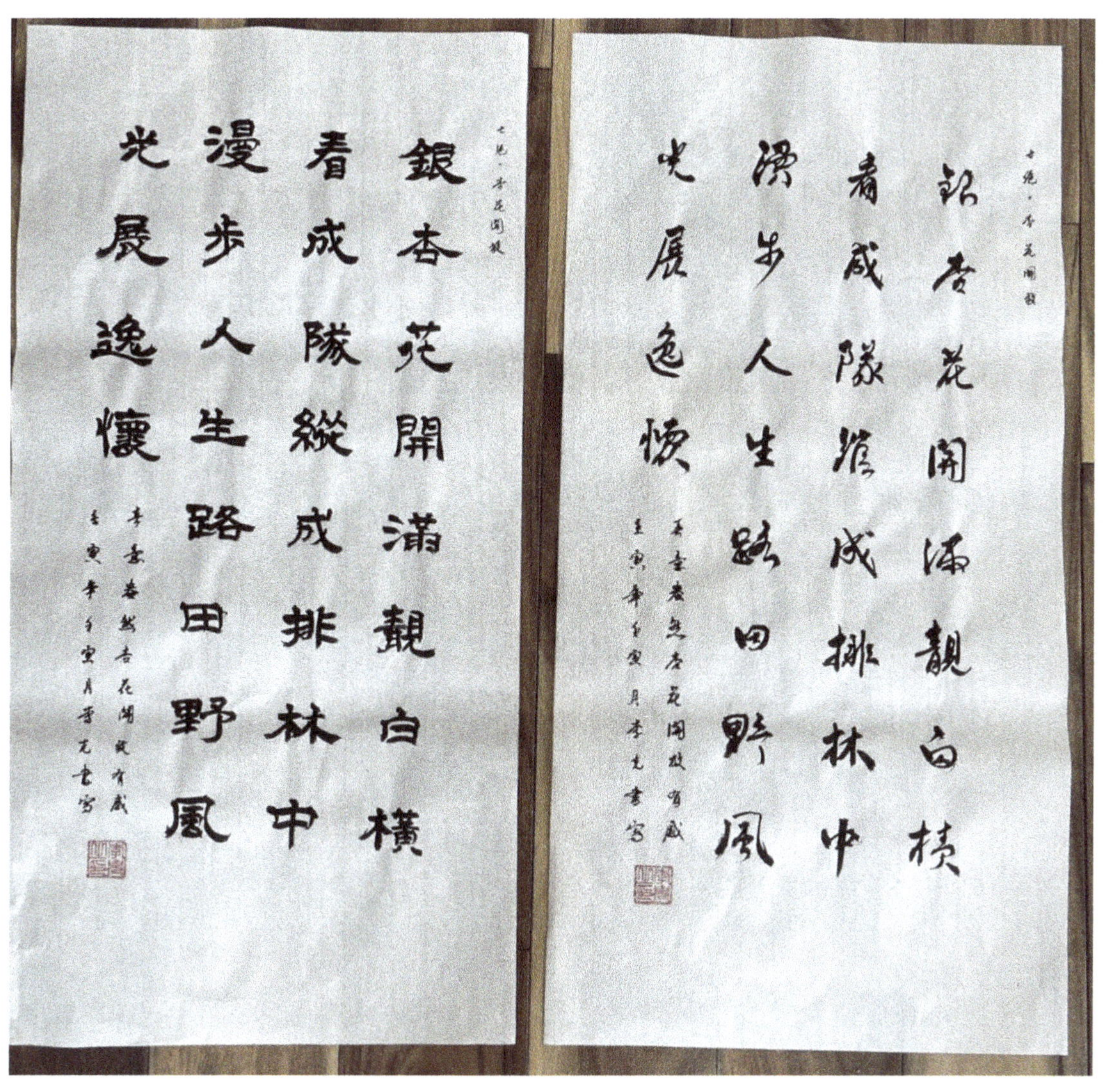

赋七绝小诗一首、隶书行书书写

杏树林（Almond）杏花怒放盛开

1.119 七绝：2022 年 2 月 28 日。新年太浩湖雪场单板滑雪

再次来到太浩滑雪场（Lake Tahoe）。享受滑雪的无限乐趣和惊险刺激。突发灵感，附小诗一首。以示纪念。以隶书行书书写。

朝辞小镇走平川

一路东行向雪山

你赶我追争表演

跳台比赛永登攀

创作背景：清晨离开居家小镇的平川之地，一路向东，驾车上山来到太浩湖滑雪场。滑雪场大家你追我赶自由式高山滑雪，还有大跳台自由跳跃比赛。滑雪永无止境，永远登攀。谷爱凌是双板滑雪的世界第一。但不知她是否会单板滑雪。说不定我这点比她强。今天是加州解除口罩令的第一天。看了一下整个滑雪场好像只有我一个人戴口罩。人们对疫情已经无所谓了。但是出门还应该小心为好。滑雪戴口罩不但可以防止疫情，还可以不用涂防晒霜。因为高原的雪山紫外线辐射十分强烈，涂防晒霜是必须的。

虽然俄罗斯乌克兰交战正酣。普京还扬言动用核武器的威胁，但大家在这里都安心享受着滑雪乐趣。忘却战争威胁的存在。美国自从 1860 年南北战争结束后，近 200 年，在美国大陆就再也没有发生过战争。由于美国特殊的地域环境及其本身的国力强大，使得外部侵略几乎没有可能。

行车记录仪记录下了春天的太浩湖风景区的高山仍然是白雪皑皑。滑雪的绝佳天气。头戴滑雪记录仪，记录下滑雪场我单板滑雪潇洒自如，惊险刺激的无限乐趣。我冬季运动的最爱，单板滑雪。

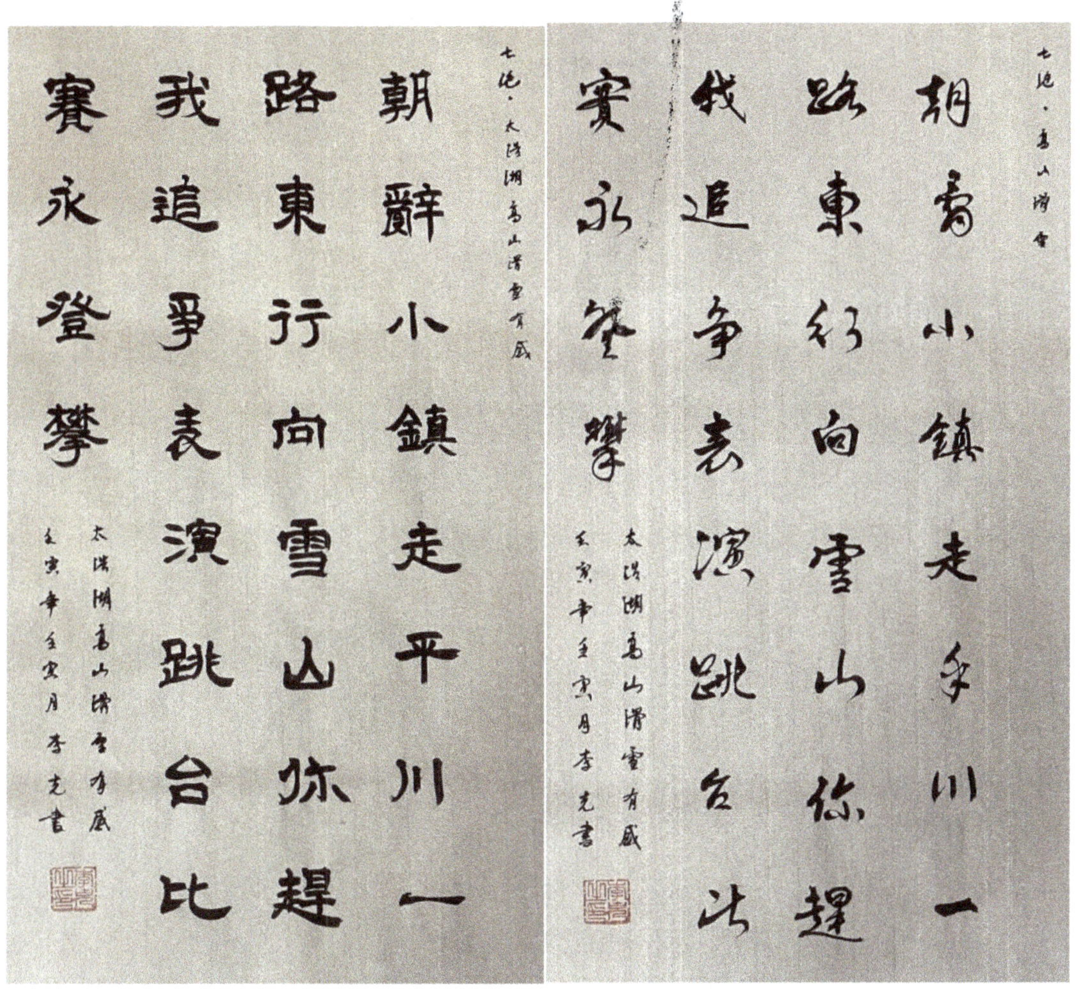

赋七绝小诗一首、隶书行书书写

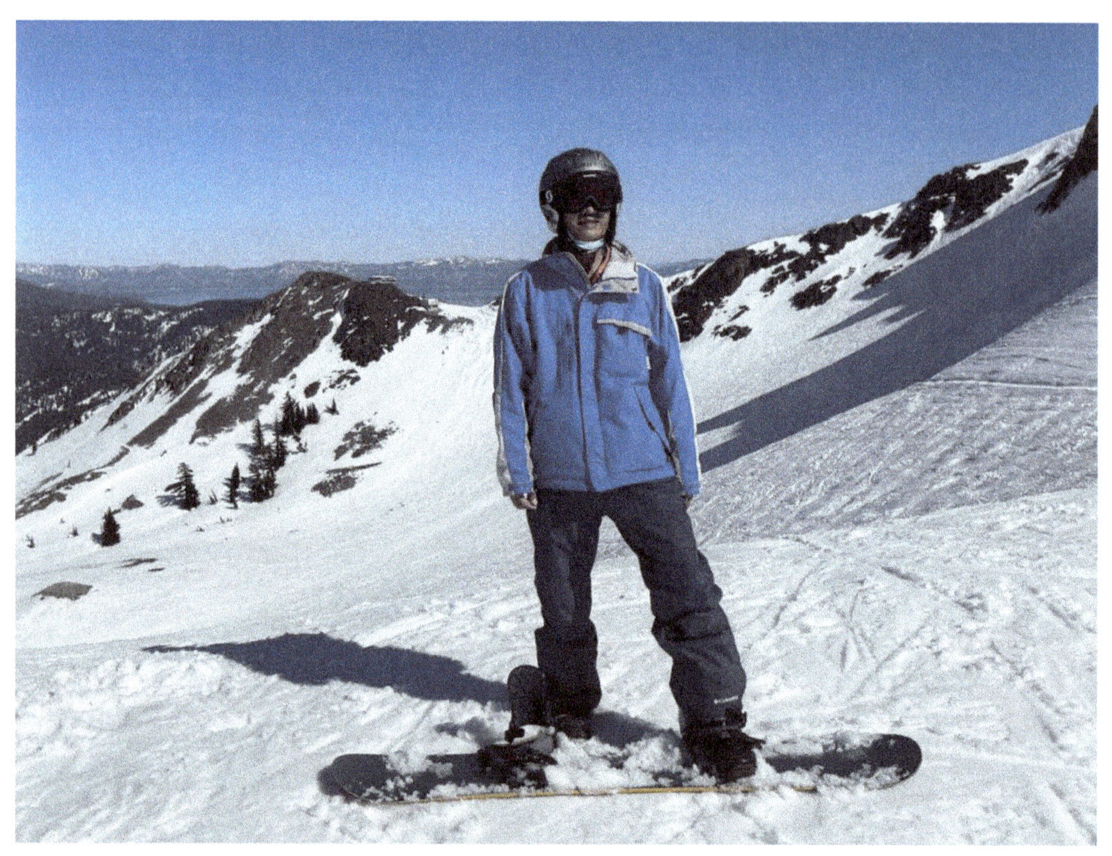

滑雪胜地太浩湖（LakeTahoe）滑雪

1.120 七绝：2022 年 4 月 1 日。制作中国北方小吃煎饼果子

再次自己动手制作中国北方著名早点小吃五谷杂粮煎饼果子。有感而发，附七绝小诗一首。以示纪念。以隶书行书书写。

煎饼果子上厅堂

鸡蛋葱花众品尝

街道小摊呈大气

中华美味远流长

创作背景：以前只是在大街摆摊的煎饼果子，现在也上了高档餐馆饭桌。煎饼、鸡蛋，薄脆、葱花成就了脆香美味的煎饼果子，食客们都品尝着这美味佳肴。这些街道小吃也呈现着中华美食的大气。制作简单而美味佳肴，成就了中华美食源远流长。

据说明朝皇帝重视经济发展，商业活动发达。山东的商人带着煎饼到了天津。天津油条也别称馃子，当时人们就开始流行用煎饼包油条的吃法。后来食客发现煎饼裹薄脆更好吃。因为煎饼的松软与馃子、薄脆的酥脆搭配在一起口感更好。于是这种吃法到后来叫煎饼馃子，后来人民就俗称煎饼果子。即使在现在科技的高度发达及早点的多样化，煎饼果子仍然是北方早点的首选。在北京的大街小巷地铁站口，人们看到吃到的最大众话，接地气早点还是煎饼果子。

薄脆制作方法：

1）面粉加少许苏打粉泡打粉或者面醒半小时。

2）在面板上将面团切成小块干博饼。

3）在油锅里炸成金黄放入盘子放置待用

五谷杂粮煎饼果子制作方法：

1）白面、绿豆面、黄豆面按一定比例加水成浆糊状待用。

2）煎锅上放上少许的油，到上一首糊状面。用小工具将变坦诚煎饼。

3）打入一个鸡蛋摊平。放上少许葱花、芝麻。

4）将煎饼翻个，抹上甜面酱放上薄脆卷成饼。

5）一个美味诱人的煎饼果子就这样做成了。

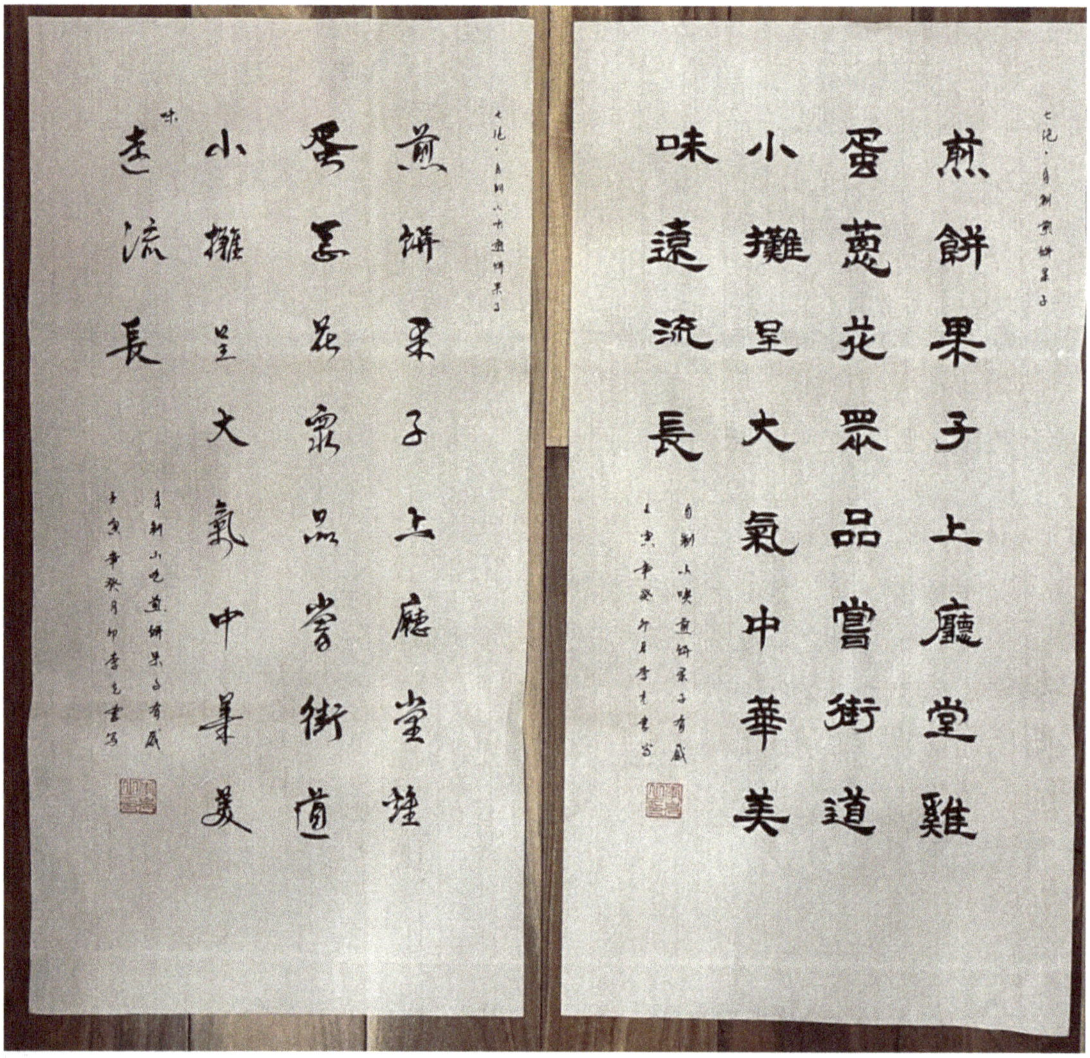

赋七绝小诗一首、隶书行书书写

自治中华美食天津煎饼果子及薄脆

1.121 七绝：2022 年 4 月 6 日。春季玫瑰赏花

春季玫瑰赏花。有感而发，附七绝小诗一首。以示纪念。以隶书行书书写。

踏春何用远千里
小镇玫瑰分外香
绝色黄红皆美丽
百花园中世无双

创作背景：去年 6 月份开车去千里之外的俄勒冈州波特兰市著名的国际玫瑰花园赏花。对那里玫瑰园的品种及景色印象极其深刻。今后有机会还有去看看。最近突然发现不需走远门，在家门口及居家社区就可以看到玫瑰花绽放，同样的美丽风景。红色、黄色、白色各色玫瑰竞相绽放。还有红白的双色玫瑰。一幅春天鲜花盛开的美丽风景画卷。玫瑰成为百花园中举世无双的花品种。

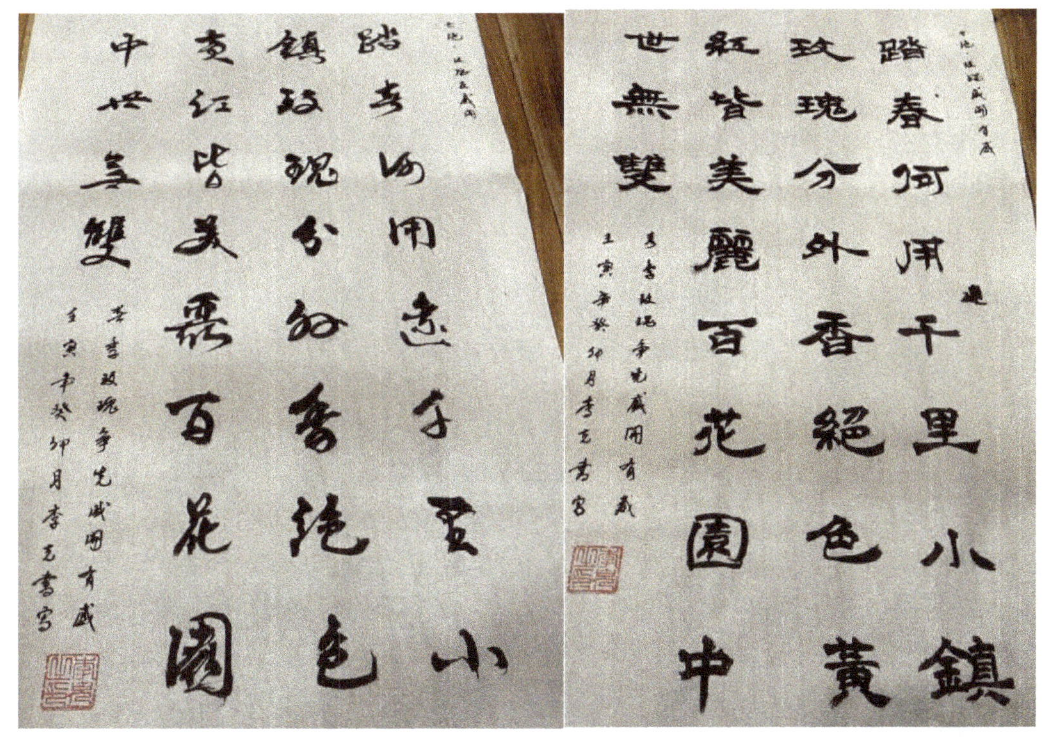

赋七绝小诗一首、隶书行书书写

庭院玫瑰花争奇斗艳

1.122 七绝：2022 年 4 月 10 日。夕阳湖畔观鲁冰花

春季鲁宾花赏花。有感而发，附七绝小诗一首。以隶书行书书写。

鲁冰世界暖风伴

紫色田园映九天

夕照草原湖水碧

人间再现桃花源

创作背景：去年今日来到此地。今天今日再次来到此地，鲁冰花依旧那么鲜艳绽放。日复一日、年复一年，大自然总是给人们一幅幅美丽的春天的画卷。暖风徐徐的吹拂，鲁冰花在微风中轻轻摇曳，紫色田野映照蓝天白云。夕阳西下照耀着湖边广阔的草原，伴随着湖水的碧波荡漾。色彩缤纷的、令人陶醉的鲁冰花盛开时节。此时此刻作者笔下难以描写大自然赐予的画面美景。此情此景再现大诗人陶渊明笔下的人间桃花源。

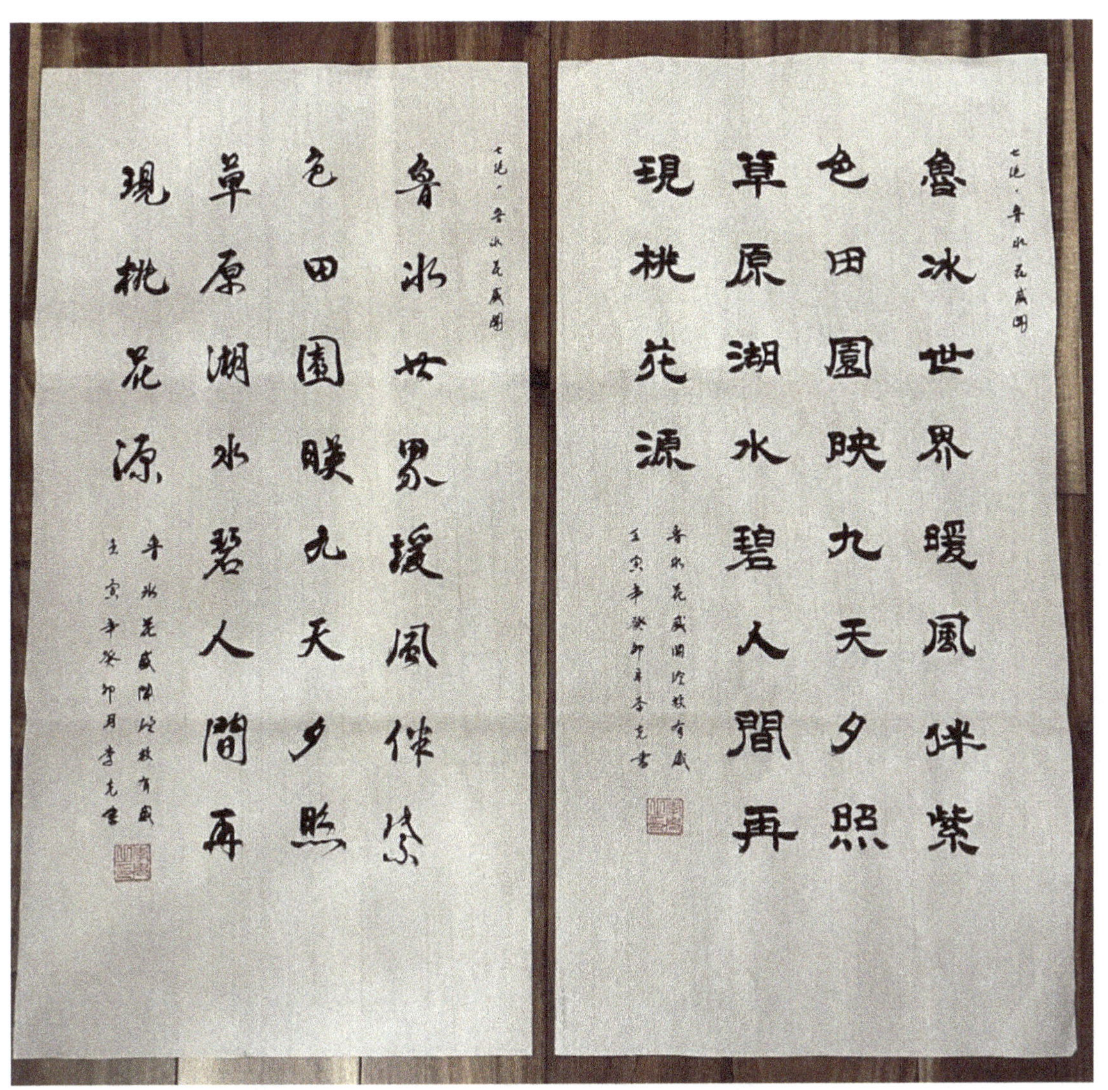

赋七绝小诗一首

李克

夕阳西下都鲁冰花

鲁冰花怒放漫山遍野

1.123 七绝：2022 年 4 月 22 日。四月晚春滑雪

四月晚春滑雪有感。附七绝小诗一首。以隶书行书书写。

人间四月雪飞飘

单板逍遥冲九霄

冬夏季节谁分晓

明年今日再相邀

创作背景：春末夏初已经是四月底了，北加州著名滑雪胜地太浩（Tahoe）湖的天空居然飘起了鹅毛大雪。再次带上心爱的滑雪单板，来到滑雪场逍遥自在的享受滑雪的精彩时刻。夏天飘雪，谁还能分清谁夏天还是冬天？这次滑雪是我这个季节的最后一次滑雪。滑雪作为我冬季运动的最爱。明年和冬天相邀，一定还会来到此地享受滑雪的乐趣。

四月罕见暴雪刚刚停，我一大早就驱车上高山，边观雪景边滑雪。这周一场突如其来的四月大雪给北加州著名滑雪胜地太浩（Tahoe）湖披上了洁白的银装，雪山银装素裹，大地妖娆多姿。蓝天白云、高山白雪。一幅冬季白雪皑皑的美丽景色，路边的松树也披上了漂亮的罕见白雪树挂。大家又拿起滑雪板来到滑雪场，体验滑雪的惊险刺激乐趣。这个滑雪场曾经举办过 1960 年的冬季奥运会。到处都是都是奥运会五环标志。这个滑雪场是美国最优秀的滑雪场之一，培养出像谷爱凌那样的世界顶尖滑雪高手。及多名奥运会、世界杯冠军。

随着目前新冠疫情住院率、死亡率越来越接近季节性流感，大家对疫情已经非常淡定。已经没有刚开始的恐惧感。放眼望去，整个滑雪场没有几个戴口罩。我是戴口罩极少数之一。无论如何，从科学的角度来看，戴口罩还是可以减少被传染的几率。同时还可以防止普通流感。

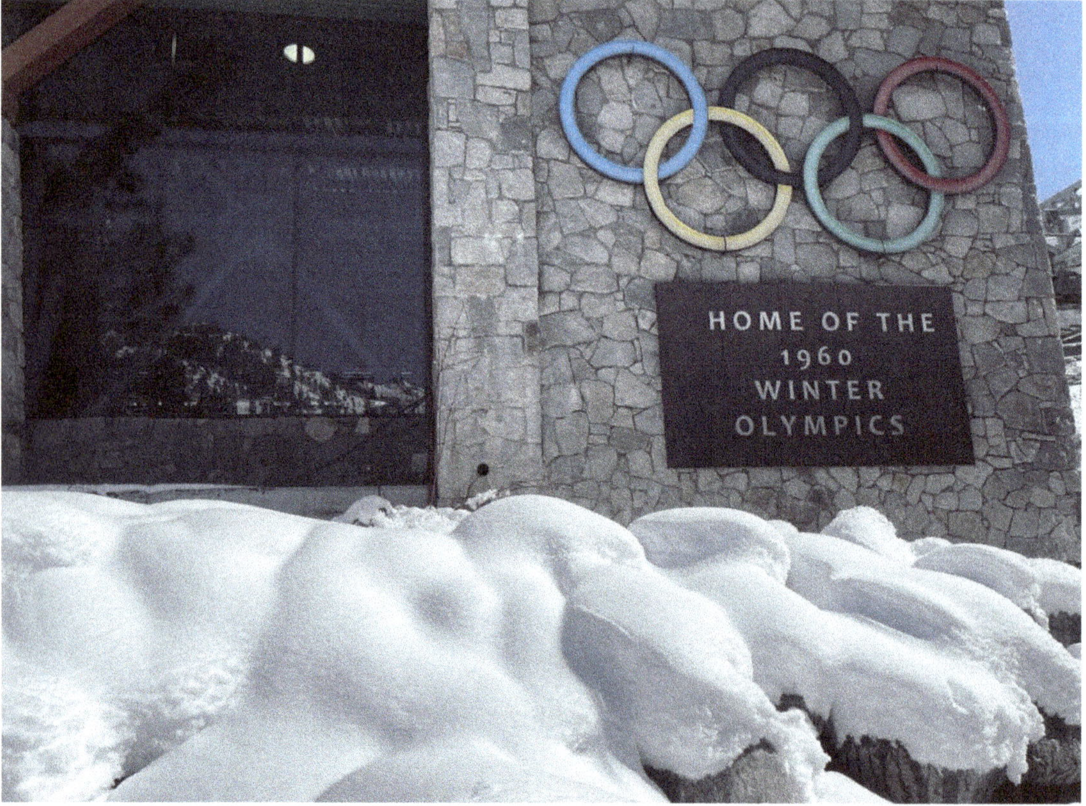

来到滑雪胜地太浩湖的一个滑雪场，曾经举办 1960 冬季奥运会

1.124 七绝：2022 年 5 月 11 日。临摹明书法家文征明行草书《滕王阁序》

刻苦临摹明著名明书法家文征明行草书《滕王阁序》。灵感突发，附小诗一首。以隶书行书书写。

滕王阁序暖风吹

唐代王勃叙暮晖

泼墨征明书记载

晚秋大雁彩霞飞

本篇文章重点介绍明代书法家文征明，江西南昌滕王阁楼中的《滕王阁序》作者唐朝著名文学家王勃。

创作背景：江西南昌的滕王阁、湖北武汉的黄鹤楼，湖南岳阳的岳阳楼并称江南三大名楼。站在滕王阁上感觉暖风吹拂。唐代著名文学家王勃描写滕王阁落日余晖的美丽。明代著名书法家文徵明泼墨挥毫为《腾王阁序》书写行草书。序中的名言"落霞与孤鹜齐飞，秋水共长天一色"成为千年传世经典之作。

文徵明（1470 年至 1559 年），字徵明，号衡山居士，世称"文衡山"。江苏苏州人。明代著名画家、书法家、文学家。文征明书法广泛学习前代名迹，篆、隶、楷、行、草各有造诣。尤擅长行书和小楷，温润秀劲，法度谨严而意态生动。具晋唐书法的风致，也有自己的一定风貌。小楷笔划婉转，节奏缓和，与他的绘画风格谐和。文征明是吴门画派的领袖，门人、弟子众多，形成当时吴门地区最大的绘画流派。

滕王阁：为唐高祖的儿子滕王李元婴任洪州都督时修建，旧址在今江西南昌江之滨。滕王阁位于江西省南昌市东湖区赣江东岸，始建于公元 653。属于中国古代皇家歌舞楼阁，后因初唐四杰之首才子王勃的千古第一骈文。《滕王阁序》中"落霞与孤鹜齐飞，秋水共长天一色"的经典名句名扬天下。江南三大名楼：江西南昌的滕王阁、湖北武汉的黄鹤楼，湖南岳阳的岳阳楼。

王勃（650 年至 676 年），字子安。唐朝文学家。与杨炯、卢照邻、骆宾王共称"初唐四杰"。《滕王阁序》是唐代文学家王勃创作的一篇千古传世文章。写作由洪州的地势、人才写到宴会，写滕王阁的壮丽，眺望的广远，扣紧秋日，景色鲜明。从宴会娱游写到人生遇合，句法以四字句、六字句为多，对得整齐。用得比较自然而恰当，显得典雅而工巧。《滕王阁序》中以下最经典的对句成为千古名句，流芳百世，朗朗上口、妇孺皆知。"落霞与孤鹜齐飞，秋水共长天一色"。"渔舟唱晚。闲云潭影日悠悠，物换星移几度秋。阁中帝子今何在？槛外长江空自流"。

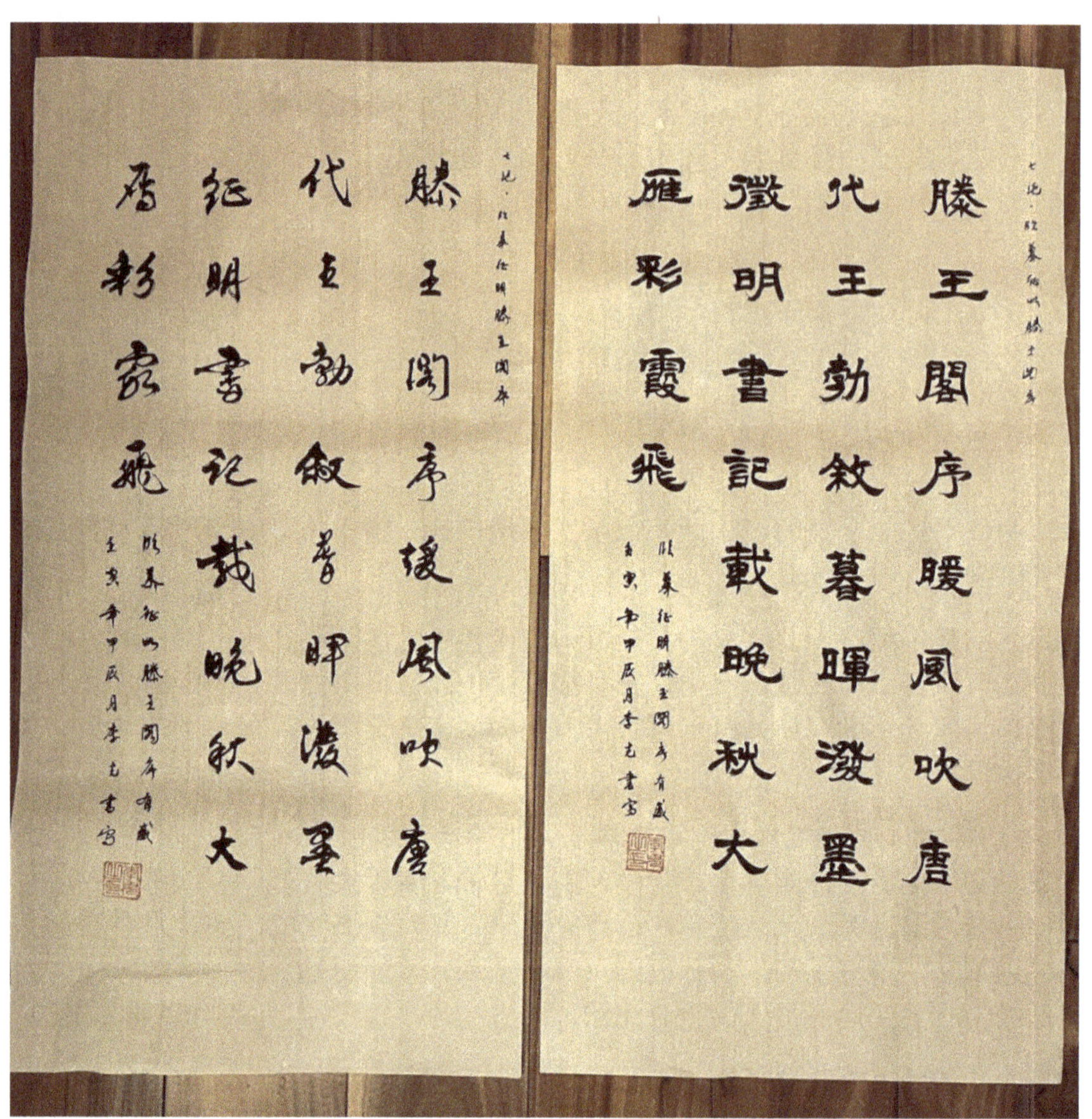

赋七绝小诗一首

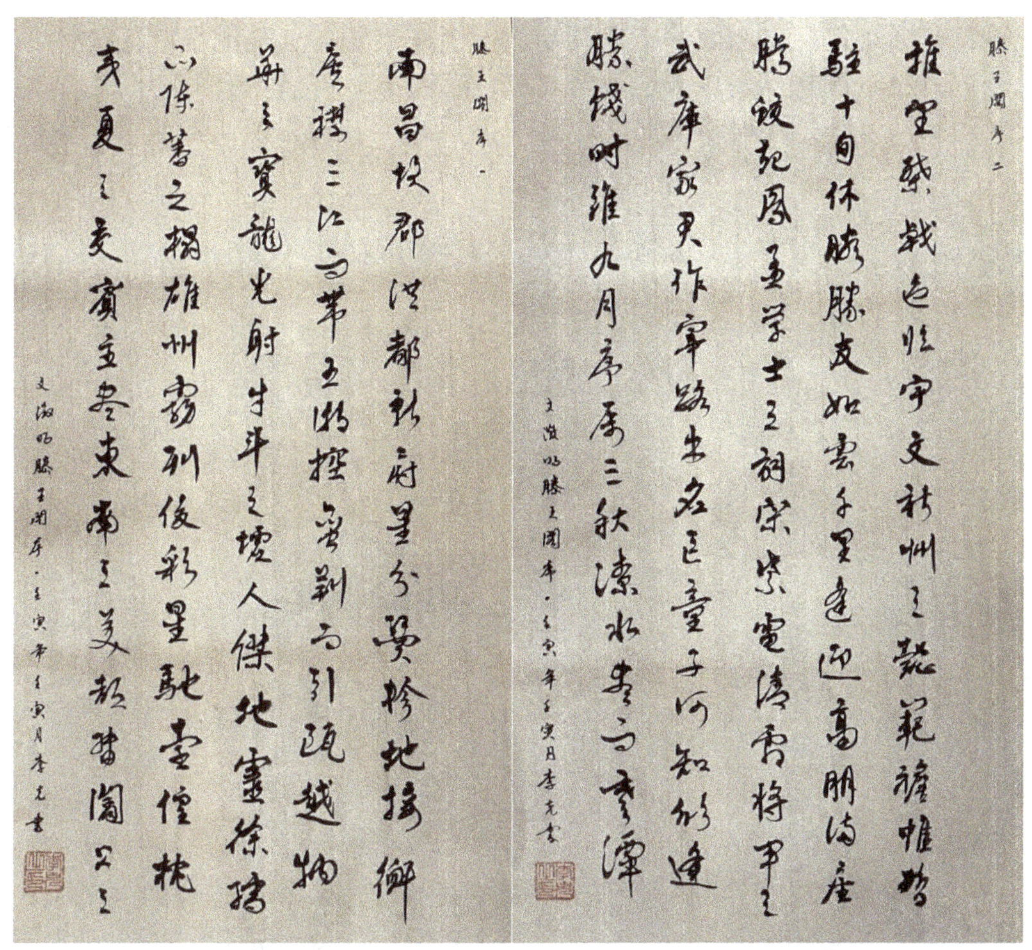

临摹明书法家文征明行草书《滕王阁序》（部分）

1.125 七绝：2022 年 5 月 8 日。小镇草莓节及消夏音乐会

上个周末小镇 Roseville 举办草莓节 BerryFest。现场气氛热烈。我们乐队也来演出助兴。灵感随来。附七绝小诗一首。以隶书行书书写。

> 社区小镇演出台
> 凉果鲜莓摆上来
> 乐队奏歌圆舞曲
> 美食美景展情怀

创作背景：上个周末小镇 Roseville 举办一年一度的草莓节 BerryFest。五月正是草莓丰收的季节。新鲜硕大的草莓摆满了广场摊位上。大家尽情品尝美味可口的水果。我们 MTCO 管弦乐队周六现场演出，演奏欧洲古典名曲，给草莓节助兴。队员都是义务为社区服务的志愿者，大家兴致盎然。草莓节活动包括文艺表演、美食品尝、老车展览、选美比赛、儿童活动，等等。草莓节是疫情后第一次恢复。这个草莓节 1990 年就开始了，有 30 多年的历史。吸引了许多社区居民及远到而来的兴致盎然的游客。这个节日给地区的旅游业增加了不少收入。

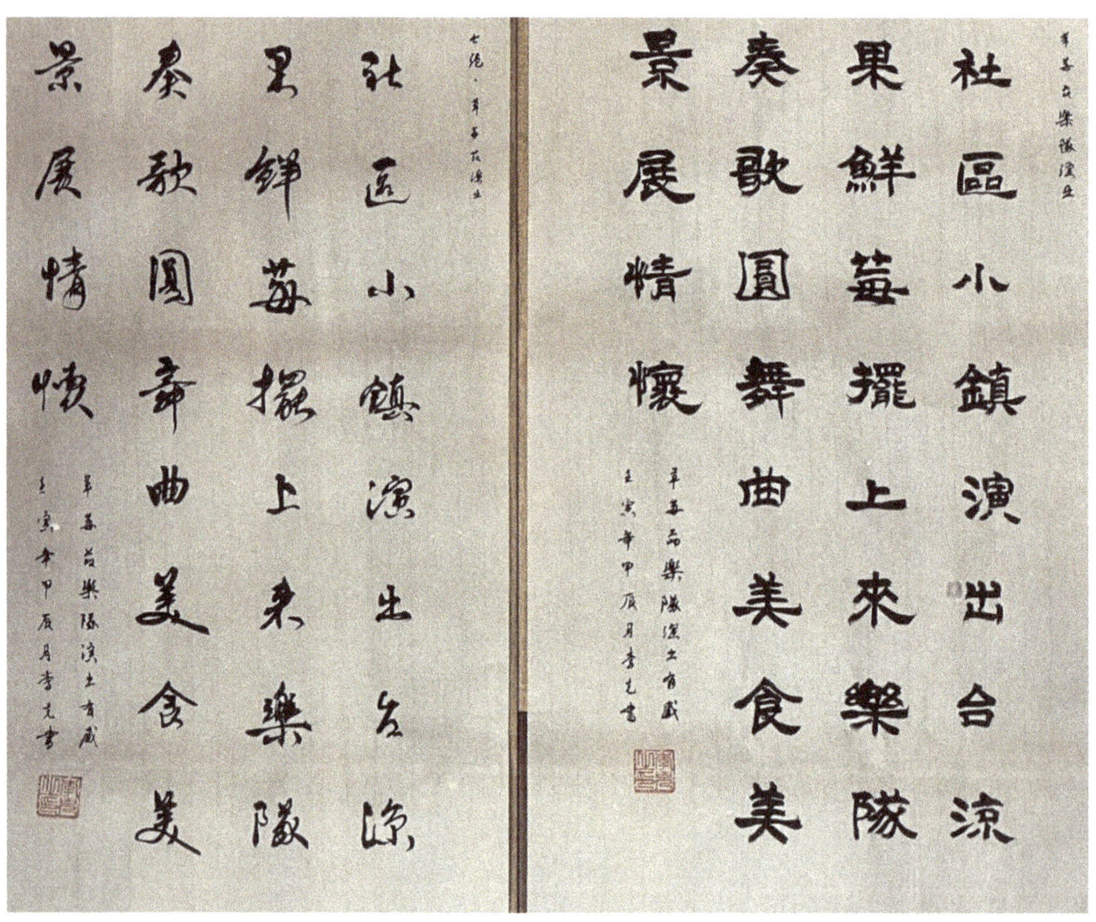

赋七绝小诗一首

在北加州小镇草莓节表演管弦乐

北加州小镇草莓节

以下是我们乐队在草莓节表演的几个短视频。对我们演奏的曲目和作曲家的做一个简单介绍。非常感谢好友专业摄影师的义务帮忙。摄影和后期制作都非常专业。美乐美景美女尽收眼底。

Sleeping Beauty Waltz《睡美人》是俄国著名作曲家柴可夫斯基创作芭蕾舞剧，于 1890 年首次演出。在圣彼得堡的马林斯基剧院举行。这部作品已成为古典剧目中最著名的芭蕾舞剧之一。睡美人讲述了一个美丽的爱情童话传说。以下是 YouTube 的链接

https://youtu.be/CkXV2EqLAy8

Procession of Sardar：管弦乐曲《萨达尔进行曲》是俄罗斯作曲家米哈伊尔·伊波利托夫-伊万诺夫于 1896 年创作的管弦组曲的最后一个乐章。是他一生无数音乐作品中的最经典、最流行的管弦乐曲。以下是 YouTube 的链接。

https://youtu.be/hx9gdhlfNd4

Thunder Lightning Polka《雷电波尔卡舞曲》是奥地利著名作曲家施特劳斯于 1868 年在维也纳创作的乐曲，一经推出，流行至今经久不衰。以下是 YouTube 的完整链接。

https://youtu.be/2IcvSLCY8-0

MTCO Blue Tango BerryFest Roseville 5/7/2022 《蓝色探戈》是美国作曲家安德森 (Leroy Anderson)的器乐作品，于 1951 年为管弦乐队创作，并于 1952 年出版。后来它变成了一首流行歌曲，许多艺术家都竞相演奏"蓝色探戈"。以下是 YouTube 的完整链接。

https://youtu.be/G56J5dmHe-8

España cañí《西班牙吉普赛舞》是 Pascual Marquina Narro 创作的一首著名的西班牙器乐曲。他是一位多产的西班牙管弦乐和歌剧作曲家，尤其以他的诗篇作品而闻名，例如《Españacañí》。这首歌创作于 1923 年。一经推出即成为一首著名管弦乐舞曲广为流传。以下是 YouTube 的完整链接。

https://youtu.be/oF206UX8-0A

Dance Clowns《小丑之舞》来自德国著名作曲家门德尔松的《仲夏夜之梦》。它是英国剧作家威廉·莎士比亚创作的一部喜剧。是一部富有浪漫色彩的喜剧，讲述了一个有情人终成眷属的爱情故事。《仲夏夜之梦》是门德尔松的代表作。其中最著名的乐曲是《婚礼进行曲》。成为婚礼上必奏的乐曲。 以下是《小丑之舞》 YouTube 的完整链接。

https://youtu.be/h45duX_oyJY

1.126 七绝：2022 年 5 月 7 日。纪念跨洲太平洋铁路建成 153 周年

加州首府老城的铁路博物馆举办纪念跨洲太平洋铁路建成 153 周年并播放周敏导演的纪录片《回家》。看完影片，感受到中国 150 年前早期移民的艰辛万苦，感慨万千。附七绝小诗一首，以示纪念。以行书隶书书写。

百年沧海忆华工

铁路穿洲建伟功

沙漠小城来见证

美国崛起有东风

创作背景：我们的移民先辈一百多年前就来到美国艰苦创业，百年沧桑历史，他们辛劳艰苦的工作包括淘金，修筑太平洋铁路。他们为美国的发展和壮大建立了丰功伟业。内华达州卡林（Carlin）小镇的这部纪录片反映了 13 个华工艰苦奋斗的经历。美国从 200 年前一个默默无闻的移民小国，崛起发展成现在世界第一强国，来自东方中国的华工有着不可磨灭的贡献。

做为《世界日报》中谷新闻记者参加庆祝横贯美洲大陆太平洋铁路建成 153 周年大会并观看华裔周敏导演的纪录片《回家》。影片回忆 19 世纪中叶为跨洲太平洋铁路建设做出的突出贡献华工的缩影；13 名筑路华工的曲折坎坷经历的故事。为《世界日报》撰稿报道了这一难忘的经历。

为纪念 19 世纪中叶华工为铁路建设做出的突出贡献，加州铁路博物馆、加州铁路博物馆基金会和紫色丝音乐教育基金会及长城青年管弦乐团（GWYO）2022 年 5 月 7 日举办了两场名为 "All Aboard - The Eastbound Train" 《全体乘坐 - 东行列车》演出。演出地点在加利福尼亚州铁路博物馆，该博物馆位于加州首府萨克拉门托市(Sacramento)老城州立历史公园。演出活动首先由位于加州奥克兰市长城青年管弦乐团 Great Wall Youth Orchestra (GWYO) 演出中国经典民族乐曲。

第二个演出节目，放映由加州湾区著名华人导演周敏拍摄的有关当年华工建筑铁路一段难忘的历史回忆的记录片《回家》Going Home。周敏导演是一位著名华人记者，也是旧金山湾区的独立电影制作人。周导演专注讲述华裔移民故事，回忆被遗忘的历史。《回家》是周导演最著名的纪录片之一。 她于 2022 年初完成了此作品，纪录片讲述了一个位于内华达州中心沙漠地区偏远小镇卡林（Carlin）的故事。这部纪录片讲述了 13 位中国先驱者遗骸 25 年的历程。

卡林市曾是 1860 年代太平洋中央铁路上的一座火车停靠站。火车给这个小镇带来了空前的繁荣。然而自 1980 年以来，随着火车站的关闭，卡林市人口减少了。1996 年在卡林市一家居民在挖掘后院中发现了 13 具华工拓荒者的遗骸。 通过进一步研究历史，发现数百名中国人曾经定居在卡林市，由于 19 世纪后期全国范围内的反华情绪，这些先驱者遭受了残酷的虐待，并逐渐从卡林的历史上消失了。

2018 年，周敏导演从加州圣何塞出发，驱车一万多英里，十余次探望卡林市，采访和拍摄这个 13 名华工背井离乡，艰苦奋战的故事。纪录片最后描述了卡林市民为这 13 名华工的遗骸，在流放 20 年后，欢迎他们的遗体归来并永久的埋葬在卡林市。这 13 名华工被卡林市政府授予"我们镇最年久的公民"的荣誉。这 13 名华工在卡林市找到了他们最后安息的天堂。这部纪录片在 2019 年和 2020 年硅谷亚太电影节的放映和开幕之夜放映。并在全国范围内获得无数奖项。

之后采访了纪录片《回家》的导演周敏女士，通过拍摄这《回家》纪录片的经历中，周导演有深刻的感受。她认为华裔在美国这个少数群体不应该只是专注在个人事业上的成功和个人财富的积累，同时应该在政治上多多争取权益，更多的发言权。并且在美国社会中大力弘扬中华文化。

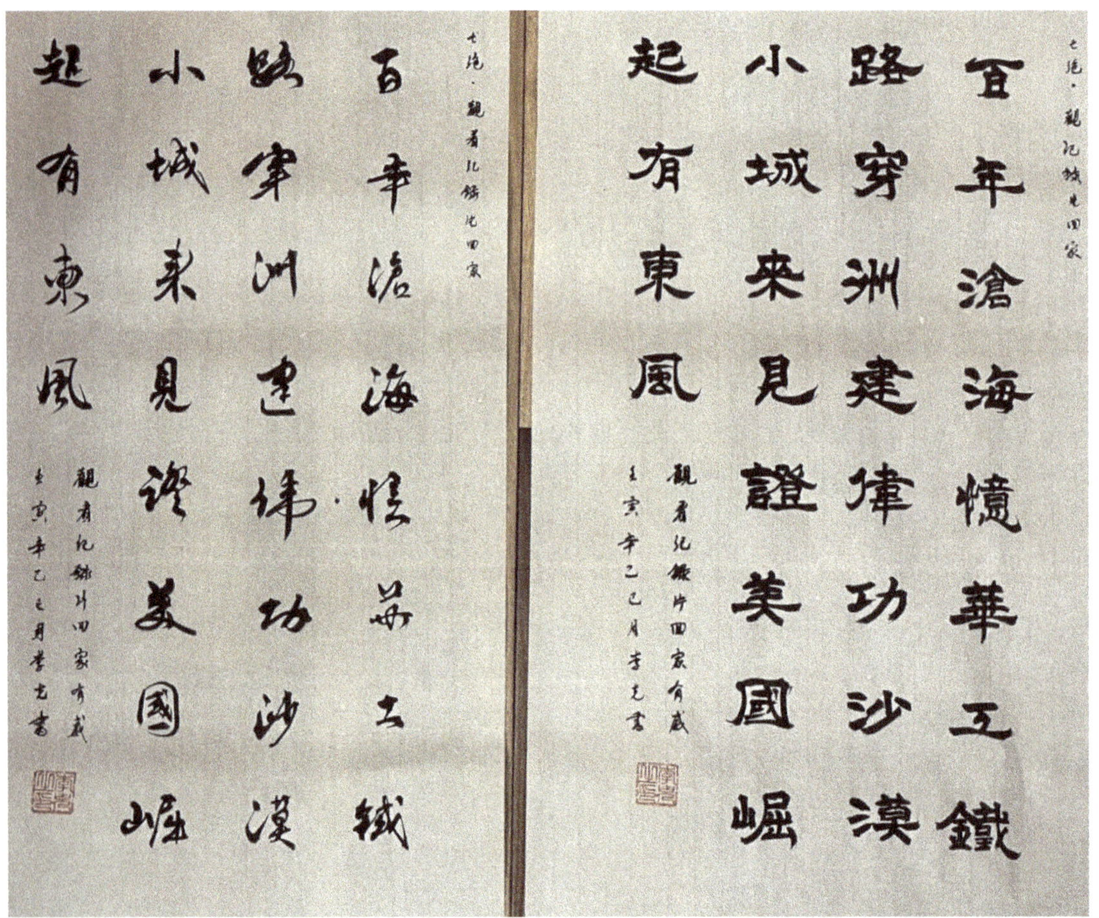

作为《世界日报》记者在加州铁路博物馆采访纪录片《回家》导演周敏女士

加州首府萨克拉门托市老城区的加州铁路博物馆

1.127 七绝：2022 年 5 月 31 日。观看电影《壮志凌云 2：独行侠》

这周观看电影 Top Gun 2 Maverick 《壮志凌云 2：独行侠》。思绪拉回到观看壮志凌云 1 的年代。附小诗一首。以示纪念。以隶书行书书写。

壮志凌云冲九霄

风驰电掣伴惊涛

柔情钢骨英雄胆

遨逸天空永赶超

创作背景：美国退伍军人节长周末来到电影院观看《壮志凌云 2：独行侠》在全球放映的首个周末的演出。在 1986 年版的《壮志凌云》上映 36 年后，汤姆·克鲁斯将重新穿上他的飞行服，《壮志凌云 2：独行侠》是约瑟夫·科辛斯基执导的动作片，由汤姆·克鲁斯、詹妮弗·康纳利、迈尔斯·特勒等主演，该片于 5 月 27 日在北美上映。该片讲述了代号"独行侠"的海军顶尖飞行员皮特·米切尔（汤姆·克鲁斯扮演）服役 30 多年后，成为新一代顶尖飞行员的教练，去完成一项不可能完成的、挑战生命极限的军事任务。他作为一个典型美国人，他从来不受旧体制条条框框的束缚，特立独行，独立思考去完成这项任务。

影片中，英雄美女，钢骨柔情，呼啸的飞机，奔驰的摩托，酒吧的爵士、美妙的音乐，一部堪称近乎完美的惊险空中飞行军事影片。但我觉得影片还是缺少 1986 年版《壮志凌云》的浪漫情怀。当年阿汤哥的英俊潇洒、风流偶傥，迷倒、俘获了千万少女的芳心。成为一代年轻人追逐的偶像。特别是电影插曲 take my breath away 《带走我的呼吸》。是音乐歌曲经典中的经典。流传 30 多年至今，仍然是美国音乐界及广大民众最受欢迎的歌曲之一。下面该歌曲在是 YouTube 的链接。一边聆听歌曲，一边欣赏回味电影中的难忘情景。

https://youtu.be/7GQXU-78pyk

《壮志凌云 2》上周五的首映票房达到了惊人的 5180 万美元，北美 4700 家影院的预映票房超过 1900 万美元。上个周末是退伍军人节长周末，更加获得了 1.26 亿美元惊人的票房收入。刷新阿汤哥目前北美票房 2005 年 《世界大战》保持的 3 天 6490 万美元票房纪录。汤姆克鲁兹另外一部电影力作是 mission impossible《碟中谍》。它是另外一个电影谍报故事系列片。想必大家都非常熟悉和喜欢。

不过国内汤姆·克鲁斯的影迷粉丝们可能会很失望。据说《壮志凌云 2》没有通过国内严格的进口电影审核制度。这部电影很可能不会在电影院与中国内地的观众见面。据网上传说是因为汤姆·克鲁兹飞行夹克外套上印有日本、台湾国旗的标志。

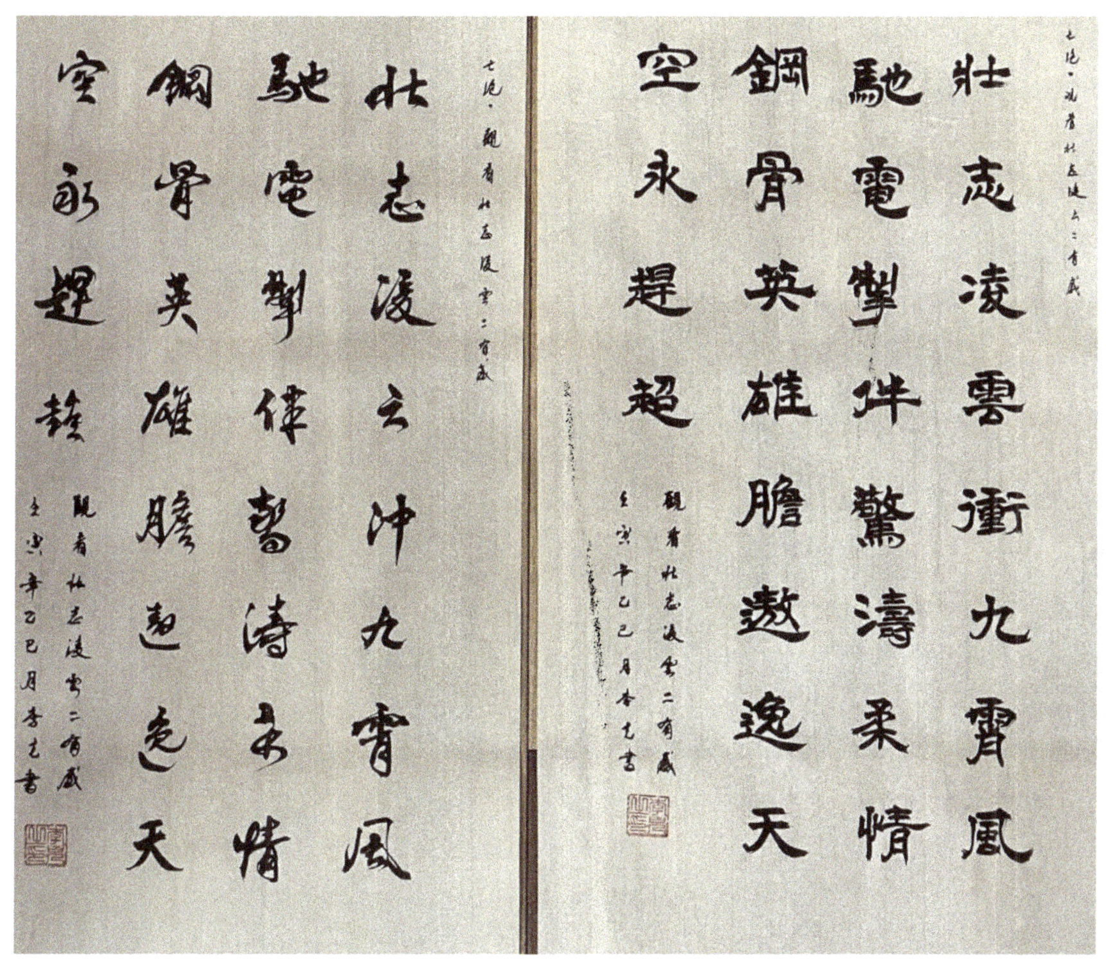

赋七绝小诗一首

观看电影《壮志凌云 2：独行侠》。重温汤姆克鲁斯风采

1.128 七绝：2022 年 6 月 17 日。临摹北宋大书法家米芾的《蜀素帖》

夜深人静时，刻苦临摹北宋大书法家米芾的《蜀素帖》。附小诗一首。以示纪念。以隶书行书书写。

米芾墨迹传人间
绘画书家是祖先
晚月夜深凝静刻
出神入化笔成仙

创作背景：米芾（1051-1107）是北宋大书法家，他的行书墨迹称为传世珍宝。绘画书法都是我们的祖先。夜深人静时刻，凝神临摹他的大作。毛笔在手中出神入化。毛笔仿佛成为神仙。米芾是画家。书画自成一家。能画枯木竹石，又善诗，工书法，精鉴别。擅篆隶楷行草等书体。米芾能诗文，擅书画，书画自成一家、集书画家、鉴定家、收藏家于一身。他是"宋四家"（苏、黄、米、蔡）之一。其书体潇散奔放，又严于法度。米芾除书法达到极高的水准外，其书论也颇多。著有《书史》、《海岳名言》、《宝章待访录》、《评字帖》

等。显示了他卓越的胆识和精到的鉴赏力。米芾传世墨迹主要有《苕溪诗卷》、《蜀素帖》、《方圆庵记》、《天马赋》等。

米芾《蜀素帖》于北宋 1088 年所创作的行书绢本墨迹书法作品，现收藏于台北故宫博物院。《蜀素帖》为作者在蜀素上书其所作各体诗八首而成，其作品内容即为当时的游记和送行之作。其艺术风格则以和谐变化为准则，天真自然为旨归，通体笔法跳荡精致、结体变化多端、笔势沉着痛快。《蜀素帖》被后人誉为"中华第一美帖"，是"中华十大传世名帖"之一。人称"天下第八行书"。

米芾《天马赋》行书纵横捭阖、笔走龙蛇，有气吞万里如虎之势，被康熙誉为"前无古人"，《天马赋》是一篇辞赋作品，该篇笔力遒劲，描写天马（伊犁马）的形态、声貌、神韵惟妙惟肖，对天马的历史、马的能力描写的非常到位。这是一篇十分成功的优秀辞赋，行文纵横捭阖、笔走龙蛇，有气吞万里之势。本篇可用劲节、雄浑、粗犷、豪迈来概括文章的风格，这也符合中国西部天山、昆仑、伊犁的地域特色。

在米芾传世的作品中，《天马赋》被康熙誉为前无古人。但长期以来，对于《天马赋》真迹却莫衷一是，存在很大的争议。明代书法家董其昌称自己看见过四种刻本的《天马赋》，其一后题"平海大师书"；其二后有元代黄公望跋，称"展视之时，有大量贯斗而堕，其声如雷"；其三被称为"吴本"，多枯笔，"别是一种米书"；其四就是董其昌自己所刻，启功先生后来为《董其昌临天马赋》题跋。

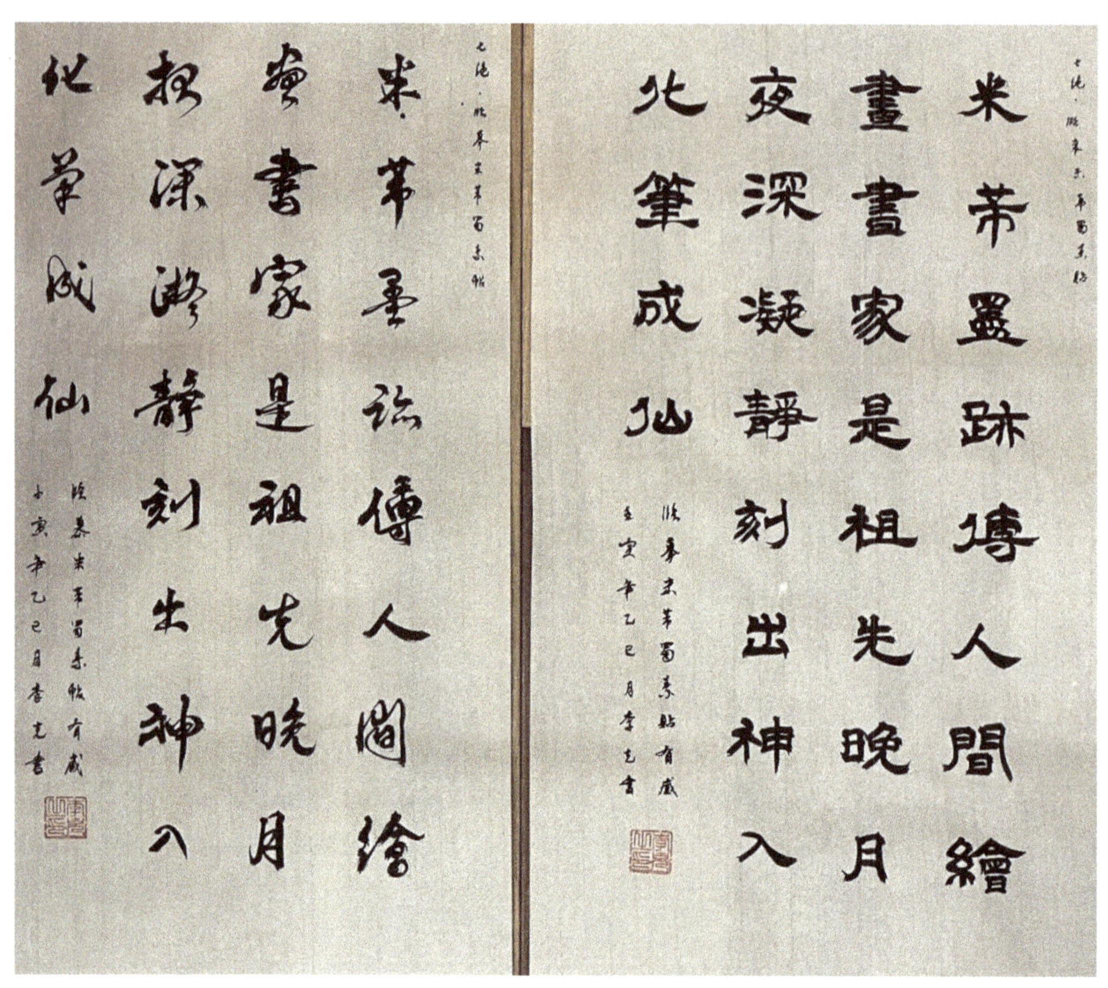

赋七绝小诗一首

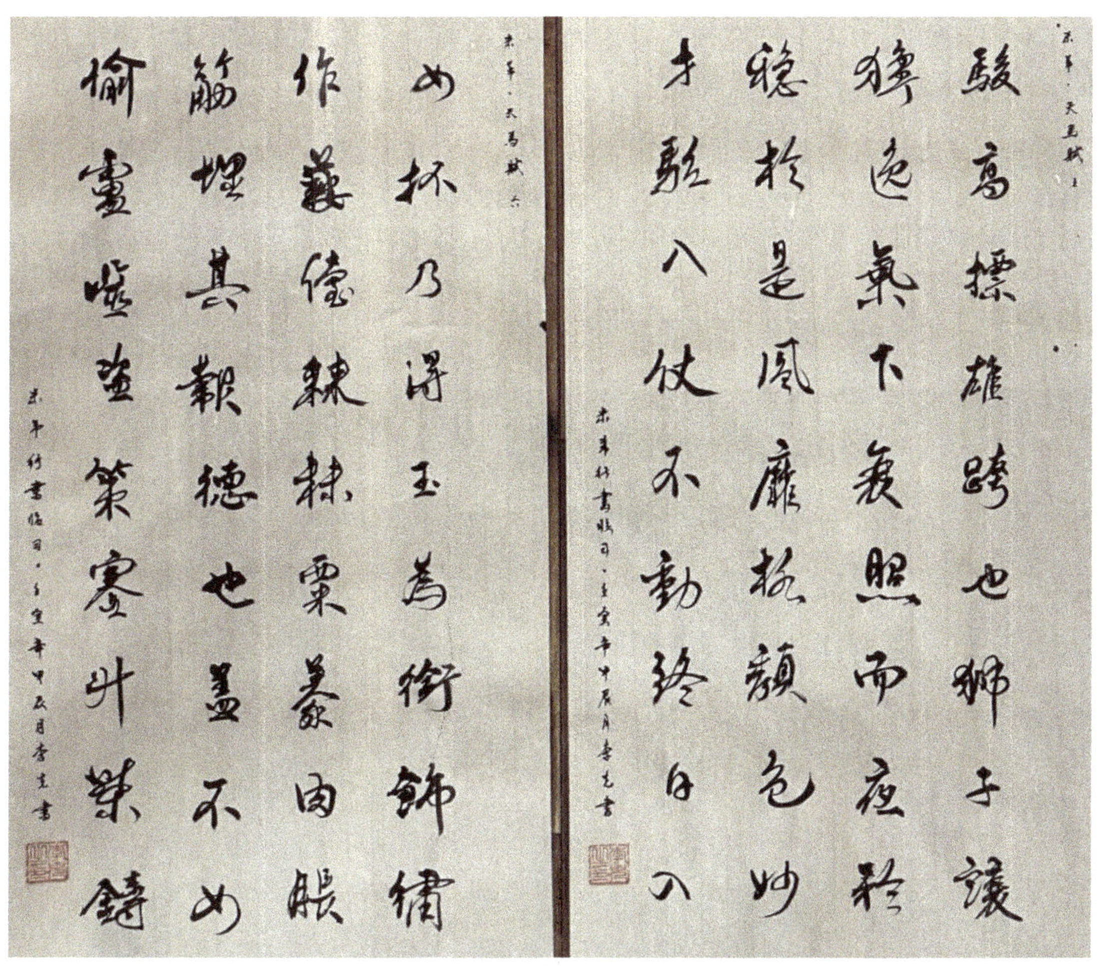

临摹北宋大书法家米芾的《蜀素帖》（部分）

1.129 七绝：2022 年 7 月 2 日。夏日清晨观看荷花盛开绽放

夏日清晨观看荷花盛开绽放。有感而发，附七绝小诗一首。以隶书行书书写。

映日荷花满夏池
水中倒影在晨时
鱼儿戏乐鸭游弋
无限风光永不迟

创作背景：来到加州首府城中一荷花池，荷花正在盛开绽放。吸引了加州及全国各地的游客慕名而来拍摄荷花盛开美景。我前几年也来看过这里观赏荷花，今年再次来到这里再次体验荷花的美景。荷花盛开美景尽收眼底。但见小小的水池里开满了荷花。水中倒影，映衬着美丽的荷花，鱼儿在荷花池中戏水，小野鸭在水中游弋。荷花美丽的无限风光永远不会迟到。明年再来欣赏荷花盛开的美景。

创作灵感来自唐、宋两位大诗人李商隐的《夜雨寄北》、杨万里的《晓出净慈寺送林子方》。"毕竟西湖六月中，风光不与四时同。接天莲叶无穷碧，映日荷花别样红"。唐李商隐《夜雨寄北》"君问归期未有期，巴山夜雨涨秋池。何当共剪西窗烛，却话巴山夜雨时"。

荷花竞相开放

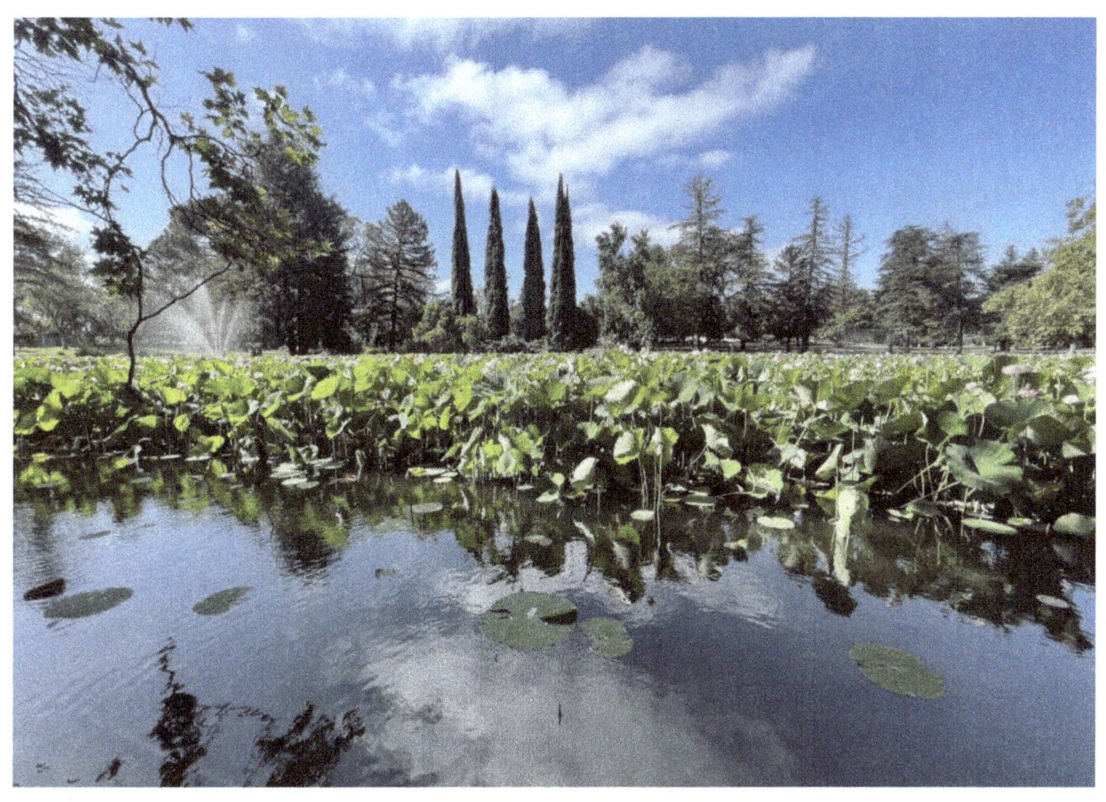

满池塘荷花

1.130 七绝：2022 年 7 月 4 日。北加州小镇 Dutch Flat 城美国独立节游行

参加北加州小镇 dutch flat 美国独立节游行。体验华人早期艰难奋斗史。有感而发，附七绝小诗一首。以隶书行书书写。

百年小镇历沧桑

华夏黄龙着宋装

筑路淘金艰难史

火红日出旭东方

创作背景：北加州小镇 dutch flat 美国独立节游行。这个百年前曾经辉煌的小镇历尽沧桑浮沉。华人早期移民也在这里艰苦奋斗，开拓进取。游行队伍中华人方队身着唐宋传统服装舞龙表演。使我们这些新移民感想连篇。仿佛看到了这些先驱当年的艰辛奋斗的历程。他们的生活史也是一部奋斗史。美国现在的繁荣富强，也离不开早期东方华人做出的卓越贡献。

由加州首府向北行驶大约一小时来到小镇 Dutch Flat 市。一年一度的美国独立节游行于 2022 年 7 月 4 日在 Dutch Flat 隆重开幕。参加演出活动的人员超过 500 名。是这个北加州小城一年一度最大的社区盛会。

Dutch Flat 由两个德国兄弟 Joseph 和 Charles Dornbach 创立，他们于 1851 年在加利福尼亚淘金热期间定居于此。 Dutch Flat 邮局于 1856 年开业。目前 Dutch Flat 有近 300 名居民。 该镇旅游业在当地经济中占很大比重，但目前的许多居民是退休人员、家庭和通勤到附近工作的专业人士。据当地人讲目前 dutch flat 小镇没有常住华裔居民。

Golden Drift Historical Society 致力于保护加州小镇 Dutch Flat 和周边地区的历史遗产。是一个完全自愿的社区组织，收入依靠会费和私人捐款。该协会提供讲解员并经营 Golden Drift 金漂历史博物馆。Dutch Flat 的采矿作业在 1870 年代达到顶峰，成千上万的矿工在周边地区工作。

Dutch Flat 的唐人街 China Town 始于 1850 年左右。到 1860 年代后期，当时横贯美洲大陆的铁路正在建设中时，它已成为旧金山以外最大的华人聚居地之一。1853 年 dutch flat 人口 6 千人，其中华人 3 千 5 百人。这个目前只有 3 百人的小镇。150 年前曾经有 6 千人。真不知道当年这么多人在那么艰苦的条件下是如何生活居住的。1877 年旧唐人街 China Town 被烧毁。而后华人定居点迁至城镇南部，在靠近中央太平洋铁路的小镇车厂附近建起新唐人街 China town。1889 年新唐人街 China Town 再次被烧毁。毗邻小镇上方的美国先驱墓地也是华人墓地。这里华人的墓地跟其它墓地分开。这一方面证实了当年华人在这里劳动生活的写照。

这个小镇的独立节庆祝活动。这在众多的美国独立节庆祝活动中非常独特。游行队伍打头阵的是身着中国传统服装的华人舞龙队。游行队伍最具特色的是由小镇的消防队员、消防车组成的消防游行队列。消防队员们手持消防水枪同街道两旁的居民打水仗。消防队员及街道两旁的大人、小孩被水浇的满身湿透。玩得不亦乐乎。小镇的生活是那么悠闲自在。欢乐祥和。附近居民说这个活动已经持续了十几年。

在小镇独立节游行活动中，我们还采访了当地 golden drift 历史博物馆一个热心的讲解员 Jim Ricker。他对小镇的历史也非常熟悉。通过他的讲解。我们了解了小镇的发展历史。1849 年开始原本一个平静的小镇。由于发现的金矿突然热闹起来。大家都涌到这个小镇梦想发财致富，就像当年卓别林喜剧电影《淘金记》里面描述的情景。现在只有 3 百人的小镇，150 年前 19 世纪中叶，曾经有 6 千居民，其中 3 千 5 百人是华裔。他们在这里也在努力创造他们的致富梦。另外有两位早期的先驱者来到此地，为未来的一条跨越美洲大陆的太平洋铁路绘制蓝图。他们认为这个小镇 dutch flat 是太平洋铁路的一个很好的落脚点。两个人将太平洋铁路蓝图带到华盛顿，经过林肯总统批准。开始修建跨州美洲大陆的太平洋铁路。

dutch flat 小镇的发展主要是淘金，采伐，矿产及旅游。这个四个行业的发展促使小镇极速发展。大量华工来到这里，但是谁也想不到由于一项法律使得这里曾经繁华的小镇变成了一个人员大量流失的所谓"魔鬼城"。由于当年大量开采矿产资源，这些矿产废物通过河流一直流到平原地带的农场。严重影响加州平原农作物的健康成长，这些农场主联合起来提出一项法律诉讼。告发这些矿主开矿产生了大量废物排泄到农场影响农作物生长。经过旷日持久的法律诉讼，农场主们终于胜诉。大约在 1880 年左右。法庭判决矿主不能再采矿。这样导致大量采矿工人包括华工失业，最后这个曾经拥有 6 千人的小镇变成了目前只有三百人的小镇。这个小城兴衰的故事也从侧面反映了加州 19 世纪中后叶淘金及筑路从蓬勃发展到衰退的兴衰史。

通过讲解员介绍和我们参观这个小小的 Golden Drift 历史博物馆，我们大致了解了当时早期中国移民的一个生活的轮廓。他们来到这里不仅是淘金筑路，而且还带来了中国传统生活。中国食物及中国的药材的制作方法，东方中国的文化习俗同西方的文化生活，在 21 世纪中叶在这个小镇融合在一起。这位热心的解说员同时也给我们提出了很多疑问，比如由于当年华人是不能拥有土地，建造中国城时，是什么人允许他们建立中国城？这是一直成为一个历史的疑团。19 世纪末的排华法案顿，对这里的华人影响也很大。华人在这里渐渐消失了，根据解说员介绍，大约在 1930 年左右，这里的最后一个华人去世，小城就再也没有长期居住的华裔居民。

这次来到 dutch flat 小镇参加美国独立节的游行活动，不但了解了小镇的发展历史，同时也了解到我们华人在这里生活居住的历史，它成为 19 世纪中后期华裔早期移民在美国生活居住的一个缩影。

作为《世界日报》记者采访小镇博物馆讲解员。讲述小镇华人历史

游行队伍中的中国传统舞龙队

北加州小镇 Dutch Flat 美国独立节游行

1.131 七绝：2022 年 7 月 15 日。一日激流漂流

炎热的夏天。来到清爽凉快的高山，又一次体验惊险刺激、其乐无穷的一日激流漂流活动。有感而发，附七绝小诗一首。以隶书行书书写。

青松绿水蔚蓝天

一叶轻舟白浪间

莺语燕声鸣两岸

清晨飞过万重山

创作背景：又一次来到高山湖泊，体验激流漂流(white water rafting)的惊险刺激快乐一天。但见青山绿水蓝天白云，我们一行 6 人在波浪中穿梭于白浪间。两岸鸟语花香，大雁飞过，清澈的河水鱼儿在水中轻松游荡，我们在皮筏小舟舵手的指导下奋臂划桨。时常藏埋于白浪之中。一叶小舟顺流而下，穿过重重叠叠的群山。

创作灵感：来自大诗人李白《早发白帝城》"朝辞白帝彩云间，千里江陵一日还，两岸猿声啼不住，轻舟已过万重山"。它是唐代大诗人李白在近两千年前，公元 759 年在官场失意后流放途中创作的一首诗。流传千古、妇孺皆知。

激流漂流(white water rafting)是休闲户外活动，使用橡胶充气筏在河流中航行。 白浪漂流这项活动作为一项冒险运动自 1950 年代开始流行，后来在河流上游修建水坝，这样河水的流量就可以控制，以便更好更安全的漂流，这样使激流漂流运动更加普及。从单人阀双桨发展到由单桨推进的多人筏多桨。在河流的激流漂流被认为是一项极限运动。而其他部分则比较轻松驾驭。 漂流也是一项在世界范围内进行的竞技运动。

业余激流漂流最高级别是 4 级，昨天我去的是 4+级。是业余选手可以去的最高级别的激流漂流。这个短视频是我们橡胶皮阀老师在 5 级漂流中惊险刺激、驾驭皮筏潇洒自如的情景。为安全考虑，业余选手不允许去 5 级漂流。看到这惊险刺激的场景。心里暗下决心，争取明年去参加漂流考试。成为专业漂流选手，进入 5 级激流漂流。再看看我们这位皮筏老师，她是一个 20 几岁的小姑娘、在白浪滔天的河流峡谷中，上下翻腾、身手矫健、漂亮潇洒。漂流专业水平非同小可。一位真正的巾帼英雄。真可谓"不爱红妆爱武装"。

皮划艇至于浪尖之上

刺激快乐的激流漂流

1.132 七绝：2022 年 8 月 11 日。仲夏之夜星空

2022 年 8 月 11 日。仲夏之夜望星空。今晚的星空格外灿烂。既可以欣赏到超级圆月（super moon）、也可以观察到每年一度最大的流星雨-英仙流星雨（Perseid meteor shower）。海上生明月，天涯共此时。据 NASA 报道，每年的英仙流星雨是最密集的流星雨。理想星空时，平均每分钟肉眼就可见看到一颗流星。有感而发，附七绝小诗一首。以隶书行书书写。

天边多彩月明中
仲夏流星划夜空
织女牛郎环北斗
五更庭院习微风

创作背景：天边一抹彩云，今晚月亮是满月也称之为超级月亮，伴随着流星雨，漫步小区，习习微风。今晚的夜空异常美丽，银河系的牛郎织女环绕北斗星运转。月亮刚刚升起是观看超级圆月的最佳时刻。午夜时分是观看英仙流星雨的最佳时刻。

1.133 七绝：2022 年 8 月 16 日。北加州小镇 Dutch Flat 历史遗产足迹日

2022 年 8 月 16 日。最近为《世界日报》采访北加州小镇 Dutch Flat 历史遗产足迹日（Heritage Trail day）。追寻百年前先辈移民历史足迹。体验先辈艰辛创业历程。同 150 年前我们华人移民的艰苦奋斗历程相比，我们这些新移民的生活真是太舒适了。刚刚到美国大陆开始的一点艰辛，同前辈们的历程实在没有办法比。有感而发，附七绝小诗一首。以隶书行书书写。

百年历史诉艰辛

筑路淘金树世勋

前赴后来为理想

中华复兴谱佳音

创作背景：北加州小镇 Dutch Flat 历史遗产足迹日（Heritage Trail day)在 2022 年 8 月 6 日隆重举行。数百人参加了这一热闹非凡的活动。历史遗产足迹日是由加利福尼亚州普莱瑟 placer 县的一项历史遗产宣传及保护系列活动，在许多普莱瑟县的历史城市举办。通过有趣和引人入胜的展览和活动，展示普莱瑟 placer 县悠久的历史遗产。同时还介绍小镇华人早期移民的艰难历程。系列历史遗产宣传活动包括加州 从 Roseville 到 TAHOE/TRUCKEE 的 7 个山地博物馆在内的 19 家当地博物馆举行第六届年度历史遗产宣传日。今年 7 月初美国独立节本报曾经报道了这个小镇独立节的游行于。当时小镇也是热闹非凡。

加利福尼亚州普莱瑟 placer 县是美洲原住民文化的发源地。在 1848 年开始的加利福尼亚淘金热、横贯大陆铁路的建设，以及后来蓬勃发展的水果种植业，并且仍然是各种冬季运动和户外休闲活动场所，如夏季激流漂流，徒步旅游，冬季滑雪胜地。

Dutch Flat 由两个德国兄弟 Joseph 和 Charles Dornbach 创立，他们于 1851 年在加利福尼亚淘金热期间定居于此。Dutch Flat 邮局于 1856 年开业。目前 Dutch Flat 有近 300 名居民。 该镇旅游业在当地经济中占很大比重，但目前的许多居民是退休人员、家庭和通勤到附近工作的专业人士。据当地人讲目前 dutch flat 小镇没有常驻华裔居民

Dutch flat 的 Golden Drift 历史博物馆介绍 Dutch Flat 的采矿业在 1870 年代达到顶峰，成千上万的矿工在小镇及周边地区工作。Dutch Flat 的唐人街 China Town 始于 1850 年左右。到 1860 年代后期，当时横贯美洲大陆的铁路正在建设中时，它已成为旧金山以外最大的华人聚居地之一。1853 年 dutch flat 人口 6000 人，其中华人 3500 人。这个目前只有 300 人的小镇。150 年前曾经有 6000 人。真不知道当年这么多人在那么艰苦的条件下是

如何生活居住的。1877 年旧唐人街 China Town 被烧毁。而后华人定居点迁至城镇南部，在靠近中央太平洋铁路的小镇车厂附近建起新唐人街 China town。1889 年新唐人街 China Town 再次被烧毁。毗邻小镇上方的美国先驱墓地也是华人墓地。这里华人的墓地跟其它墓地分开。这一方面证实了当年华人在这里劳动生活的写照。笔者来到这片华工墓地，目前这些华人墓地的墓碑已经没有了。据当地人说大约在 70 年前，这些华工的后裔将这些墓碑带回中国，让他们葬在中国的墓地，这也是早期中国移民叶落归根的一种传统。虽然生活工作在海外，但离世后将自己的墓地葬在自己出生的地方。Dutch flat 小镇博物馆解说员同我们谈起他们在筹款帮助重建这里的华人墓地，作为这个小镇早期华人移民的一个纪念。这个项目大约需要几年的时间完成，可以想象这个项目完成以后，这里的华人墓地就会成为这个小镇早期华工的一个永久性纪念标志。以缅怀早期华工在小镇做出的卓越贡献。

当地的解说员还放映了一段幻灯片介绍早年华工在 dutch flat 小镇的艰难痛苦的经历。当年的华工受到歧视，当时法律规定华人不允许到当地人的商店去购物。被迫无奈华人建立了自己的唐人街，开自己的商店为华工服务，由于早期华工移民人数众多，所以最后唐人街的生意比本地其他居民的生意还要大。成为当时北加州一个最大的商贸中心。也成为华人当年在这里勤劳奋斗艰苦创业的一个写照。解说员在幻灯片播放中讲到有很多因素促成了这里华人的大量聚集。在美国方面，由于这里建设太平洋铁路、开采矿产资源需要大量劳工，同时 19 世纪中期清朝末期太平天国起义及鸦片战争，使当时中国民众苦不堪言、民不聊生、当时广东是大清王朝唯一对外开放口岸，所以很多广东移民有机会出国谋生，背井离乡到美国这个陌生的土地来寻求生存。当时建造太平洋铁路由白人组成的建筑工人工程进度非常缓慢。铁路建筑公司想到华人，认为他们 2 千年前既然可以修建万里长城，为什么不可以修建一条铁路呢？铁路公司抱着试一试的心里，首先雇了 50 个华工。结果出乎意外华人个头虽然矮小，但工作效率非常高，铁路修建的进度大大的加快了。从此以后就开始大量雇用当地的华工。但还是远远满足不了筑路需求。铁路公司就开始从中国广东直接雇用大量华工，乘船前往美国。华工到这里语言不通、还受到当地人的歧视。但华工们凭藉自己的勤劳和智慧，在这个小镇及中国美国闯出一片天地。这个小镇成为华工早期移民在美国艰苦奋斗，成功立足的一个缩影。

1.134 七绝：2022 年 9 月 4 日。旧金山跨海大桥及海滩

这个周末说美国劳动节。超高的气温如在火炉中。来的旧金山海边享受凉爽的一天。激发灵感。附小诗一首。以隶书行书书写

烈日炎炎火焰山

微风习习芭蕉扇

清凉世界乐潇洒

红艳夕阳映海滩

创作背景：这个周末是美国劳动节长周末室外烈日炎炎，如同在火炉之中。想到在《西游记》中烈日炎炎的火焰山。孙悟空借到芭蕉扇，只一扇就把火焰上山灭了。想必当时也非常凉爽。加州首府地区最近一周气温超高，达到华氏 110 度（摄氏 43 度），但 100 英里外旧金山的海滩边上气温只有华氏 70 度、摄氏 30 度。异常凉爽。来到景区的几个景点，即徒步旅行欣赏美景。又锻炼身体增强体魄。晚霞照耀着雄伟壮观的旧金山 Golden Gate 大桥和整个旧金山城市。旧金山大桥已经近 100 年的历史了。在海边由于气温凉爽，游人如织，大家尽情享受着凉爽的天气。

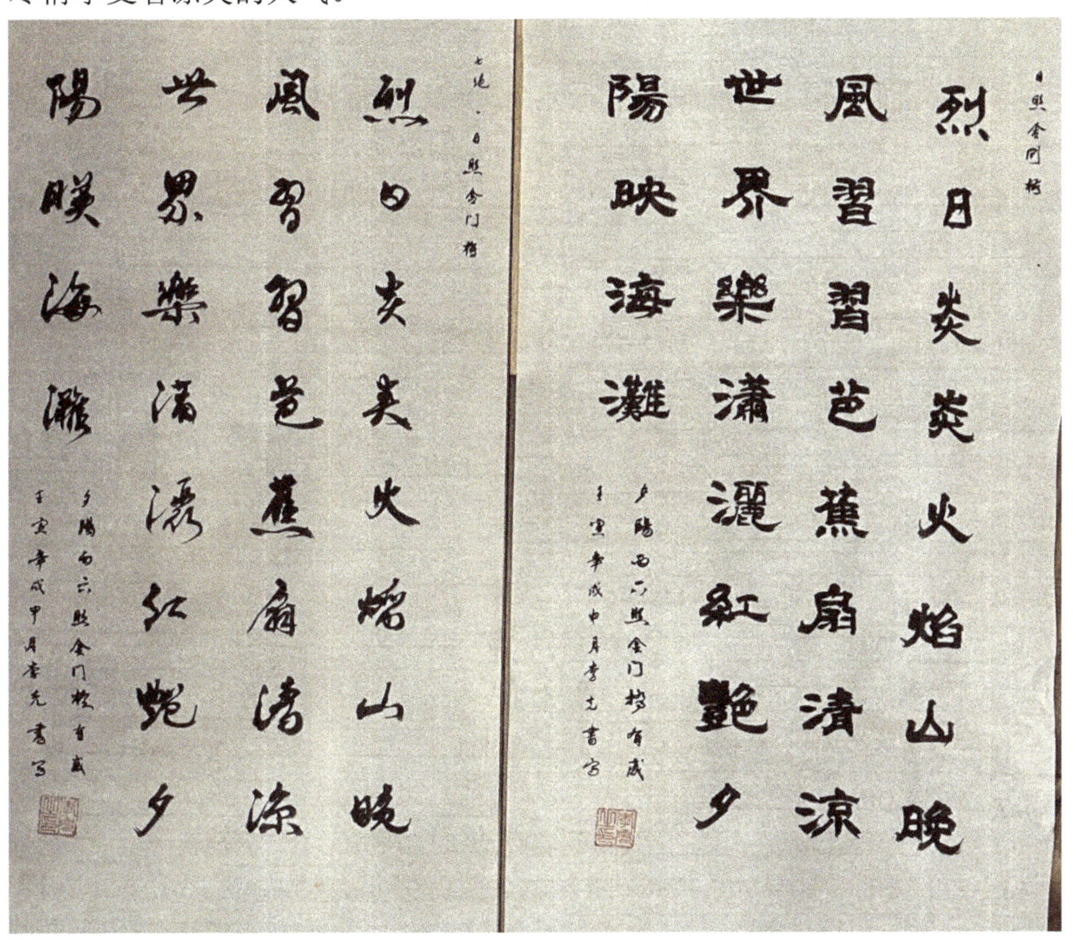

旧金山金门大桥傍晚落日余晖的美景

1.135 七绝：2022 年 9 月 17 日。加州首府狮子会举办山茶花之夜晚会

最近参加加州首府狮子会举办山茶花之夜晚会。有感而发，附七绝小诗一首。以隶书行书书写。

中秋佳节齐相聚

晚宴高歌传籁音

狮会同庆呈戏剧

募捐筹款比丹心

创作背景：最近为《世界日报》采访并报道了由加州首府沙加缅度市的山茶花狮子会及基金会 Sacramento Camellia Lions Club and Foundation（SCLCF）举办的 2022 年山茶花之夜晚会。举办晚会的目的是为弱势群体筹款。与会者踊跃捐款捐物，表现出了真诚、善良的爱心。

许多人认为狮子会是我们经常见到的华人舞狮团体，主要活动是舞狮表演。其实完全不是一回事。国际狮子会（Lions Clubs International）成立于 1917 年。已经有 105 年的历史了。它是世界上最大的服务性组织。在全球 200 多个国家和地区有大约 4 万 8 千个俱乐部，拥有超过 150 万会员。总部设于美国。国际狮子会的英文名称是"LIONS"，其中"L"代表 Liberty（自由），"I"代表 Intelligently（智慧），"O"代表 Our（我们的），"N"代表 Nation's（民族的），"S"代表 Safety（安全）。这几个字母连在一起就成为了"LIONS"，在英文的意思恰好是"狮子"的意思，于是大家便将该组织称为

"狮子会"。其全称为"国际狮子会"。狮子会的宗旨是致力于帮助各地增加服务，从而提高对当地和全球社区的影响。

沙加缅度山茶花狮子会是国际狮子会的一个分支。服务于大沙加缅度地区。山茶花狮子会一直在寻找更多的人来为社区服务。山茶花狮子会参与了许多当地社区服务项目，包括向希望之城医院捐款、为盲人训练狗提供援助、为基金会捐款、帮助弱势群体小学的孩子们，并为孤儿院的孩子们捐赠大米、面条和食用油等。

1.136 七绝：2022 年 9 月 28 日。科罗拉多州金秋赏叶之旅一、启程之旅

2022 年 9 月 28 日：科罗拉多州金秋赏叶之旅一。开启篇，预热篇，Red Rocks 红岩公园。有感而发，附七绝小诗一首。以隶书行书书写。

大地平原立赤岩
敲锣击鼓舞台前
歌星演唱齐相会
回荡荒郊绕广田

李克

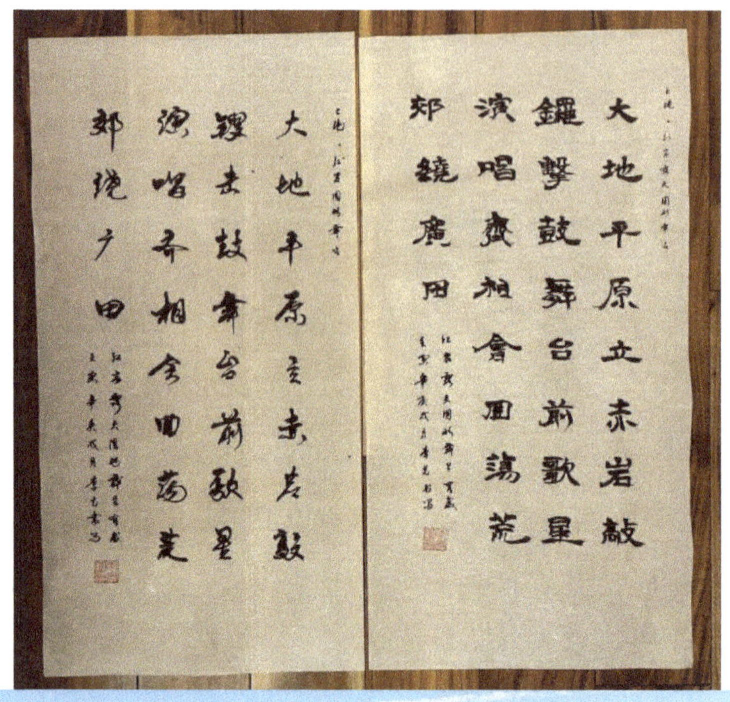

科罗拉多州红岩圆形露天剧场

科罗拉多州红岩圆形露天剧场

我每次出外旅行一方面是欣赏大自然美丽的景色迷人的天空，另一方面是到了解当地的风土人情、获取知识。从旅行中学到世界地理、历史人文。将每次旅行变成一个欣赏美丽风光，获取丰富知识的难忘的旅行。

科罗拉多州(Colorado)金秋赏叶之旅第一站来到科罗拉多州著名的红岩圆形剧场（Red Rock Amphitheater）。它位于科罗拉多州丹佛市（Denver）以西约 10 英里外的一个小城市 Morrison。 由于红岩剧场建在这个小城，使 Morrison 小镇在世界上声名雀起。它是一个极具特色的露天圆形剧场，建在坚硬的红色岩石结构中。舞台后面两块巨大的倾斜圆盘形红色岩石，分别伫立于舞台的左右两侧的巨大垂直红色岩石。舞台后也有一块巨大岩石。三块巨大的岩石环绕着一个可容纳近万人的观众座位区。

红岩剧场 Red Rocks Amphitheatre 是一种特殊地质现象构成，岩石中含有由铁和氧组成的矿物质氧化铁。所以岩石呈红色。两座高大墙型岩石形成天然的回音壁。它成为世界上唯一一座自然发生、声学完美的圆形剧场。 从披头士乐队、U2、Sting 世界所有著名摇滚乐队的每位歌唱家都渴望在这个神奇的舞台上演出，一展艺术才华。

红岩圆形剧场始建于 1936 年。于 1941 年 6 月正式向公众开放。 从那时起，许多著名的电影和电视表演和录音都在这里发生。几乎美国以致世界的所有著名歌星的演唱会都曾经在这里举行过。这次来到红岩圆形剧场，正好赶上一个著名摇滚乐队在排练。晚上将有精彩的摇滚乐队演出。排练震耳欲聋的音乐响彻红岩圆形剧场。完美的室外音响效果回荡在红岩剧场，给听众留下了深刻的印象。丹佛的红岩圆形剧场被《公告牌》杂志（Billboard Magazine）评为 2021 年全球观众人数最多、票房最高的场地。果然名不虚传。

渴望有一天我们社区的 MTCO 管弦乐团我做为其中一名小提琴手能够在红岩剧场献艺演出。

1.137 七绝：2022 年 9 月 29 日。科罗拉多州金秋赏叶之旅二

科罗拉多州金秋之旅二。熊湖 Bear Lake，Nymph Lake，梦湖 Dream Lake、翠绿湖 Emerald Lake。有感而发，附七绝小诗一首。以隶书行书书写。

一条玉带串蓝湖

点缀高山十月初

朵朵白云天蔚荟

清清碧水似珍珠

从丹佛 Denver 市一路西行，40 号高速公路、9 号高速公路、Trail Ridge Road 是观看金色的白杨树叶的理想公路。白杨树金黄色叶开放一年只有 2 周时间左右，9 月下旬至 10 月上旬。还要根据气温变化情况而定。这类白杨树只生长在 7000 英尺到 10000 英尺的海拔最高区。科罗拉多州大部分在海拔 6000 英尺以上，所以为什么科罗拉多州的秋色黄叶这么美丽。

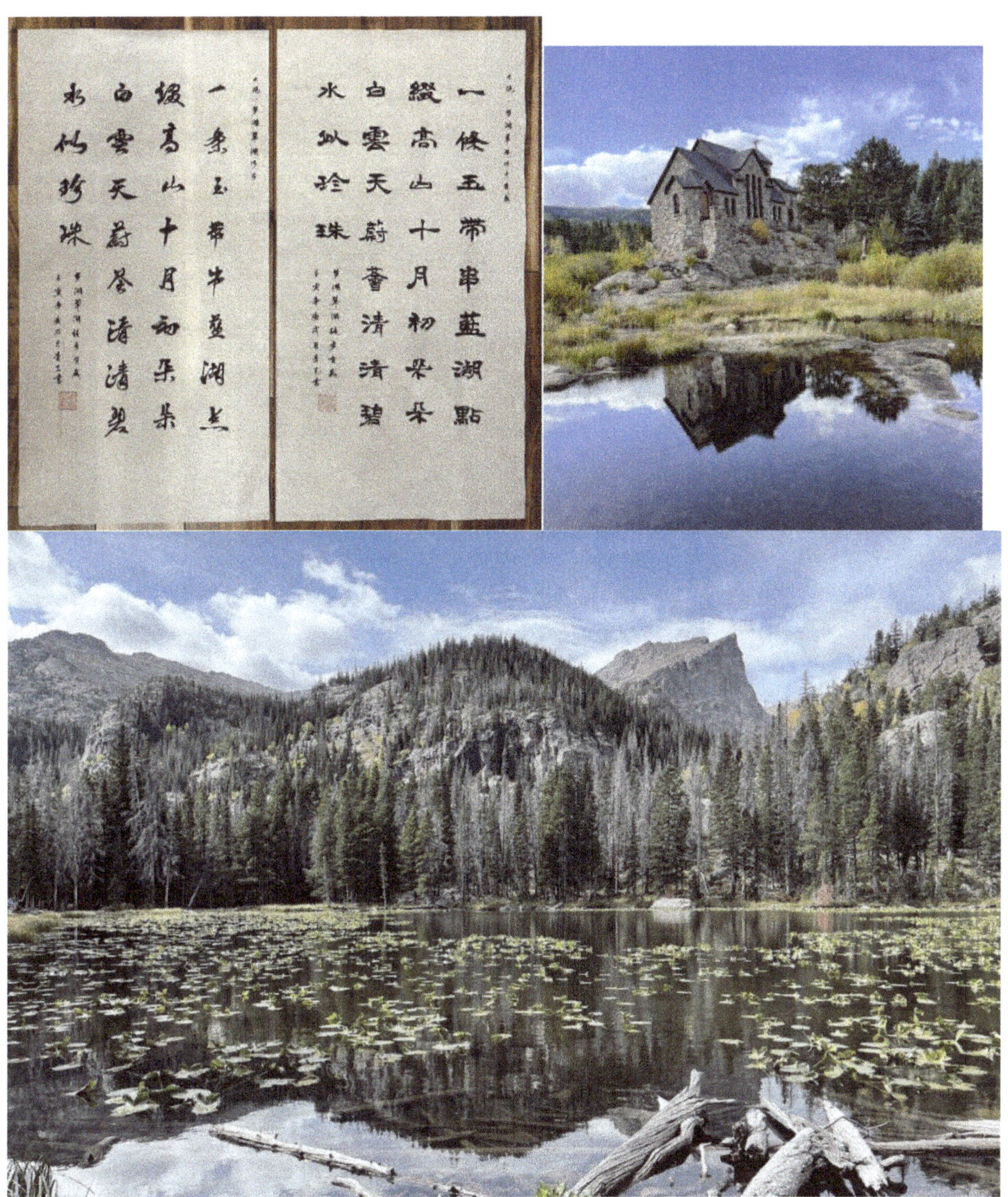

落基山（Rocky Mountain）国家公园内翠绿湖(Emerald Lake)美景

科罗拉多州拥有全美最壮观的秋色。著名的落基山脉贯穿其中，座座山峰覆盖着一望无尽的白杨树。白杨树挂满金黄色的树叶。漫山遍野，层林尽染。在那郁郁葱葱的群山中，金黄色的白杨树叶点缀着绿色的世界。像一幅秋天美丽的风景油画。画家来到这里一定会浮想联翩、触景生情创作出精美的科罗拉多州秋色的画卷。科罗拉多州远山的雪峰、深蓝的湖泊与金黄的秋色令游客流连忘返。还有那湛蓝的天空与变幻莫测的云彩。几分钟前山顶还是朵朵白云，现在已经是雪花飘飘。变幻莫测的天气。给科罗拉多的秋色更加增添了几分美景。

白杨镇（Aspen）是美国科罗拉多州的一个小镇在全世界以滑雪场著称。秋季是白杨金黄树叶开放之时是赏叶爱好者、发烧友的聚集地。冬季是全世界滑雪爱好者、职业高手的滑雪圣地。这里房价是全美最高的地区之一。也是富人聚居区和度假胜地，白杨镇是全美绝美赏秋的的最佳景点之一。这里的最佳赏秋的时间是九月中旬到十月初。这里的绝美秋景此生不能错过。

一条徒步小路宛如一条蜿蜒曲折的玉带将 Nymph Lake 湖、梦湖 Dream Lake，翠绿湖 Emerald Lake 串联在一起。游客沿着这条美丽的小径欣赏着湖边的秋色及三个湛蓝碧绿的湖泊。

熊湖（bear lake）位于落基山（Rocky Mountain）国家公园，有风景秀丽的徒步小径。一路欣赏金黄色的世界。据报道这里还真是黑熊出没的地方。熊湖国家公园坐落在海拔近一万英尺的地方。高山湖泊位于两块大陆架连接地带。大陆架分水岭的陡峭侧面下方，有几条小径，从轻松的徒步旅行到具有挑战性的徒步旅行，都是从熊湖开始。 熊湖路全年开放，但如果是恶劣的天气条件，可能会暂时关闭。徒步旅行起点在靠近落基山国家公园的 Beaver Meadows 入口站。我从徒步小道走过 Nymph Lake、梦湖 Dream Lake？翠绿湖 Emerald Lake。每个湖泊都有不同的风格。全程体会到科罗拉多州美丽的秋色风光。站在 Nymph Lake，眺望一座远山，它非常像加州著名景点优胜美地（Yosemite）的 El Captain 山的美景。梦湖 Dream Lake 中三角形的山脉和白云在湖中的倒影，给梦湖更加增添了梦中的美景。

科罗拉多州小镇 Estes Park 城市中心有一群野生麋鹿（Elk）。在这个小城市我第一次看到不是圈养的野生动物。圈养麋鹿的区域有一个象征性的木质围栏，但围栏有很多麋鹿可以自由出入的口。麋鹿可以自由出入，并且在繁华的城市中心区大摇大摆的走动。随意品尝大街上的食物，街上经常可以见到麋鹿的粪便。麋鹿在大街上随意溜达，与居民共存。据说还经常发现麋鹿攻击人的事件，但是 Estes Park 市政府坚持麋鹿开放式圈养的市规。体现了人与自然的和谐共存的理念。但由于雄性麋鹿有异常尖利的鹿角，随时可以至人于死地。不知如果发生麋鹿伤人事件，应该由谁来负责。

1.138 七绝：2022 年 9 月 30 日。科罗拉多州金秋赏叶之旅三

落基山脉（Rocky Mountain）的原野。雨后一条彩虹平地而起，绚丽璀璨。有感而发，附七绝小诗一首。以隶书行书书写。

彩虹七色挂天空
雨后斜阳薄雾中
向晚驱车登旷野
手持玉带迎微风

落基山原野雨后双层彩虹

创作背景：一行人驱车在落基山原野的雨中一路奔驰向西。慢慢的，雨停了。雨后空旷原野的天空突然出现了罕见的双层彩虹。急忙停车，拍照留下这美丽的时刻。双层彩虹在薄雾中异常美丽。清晰的彩虹像一条长长的七色拱桥、仿佛伸手就可以触摸。又如手持彩虹带迎接微风。另一幅画面，白云盘绕高耸入云的群山山腰，犹如一条白丝带飘在云里雾里的山中。映衬朦胧的天空。我仿佛来到陶渊明笔下《桃花源记》中的桃源仙境。体验人间仙境。语言已经难以表达此时、此刻、此境、此景。落基山脉这片原野中坐落着著名的金门峡谷州立公园（Golden Gate Canyon State Park ）。它占地超过 1 万 2 千英亩，拥有草地、森林、山脉及各种徒步小径。 金门峡谷公园于 1960 年成为州立公园。当时是科罗拉多州的第二个州立公园。现在已有 40 多个州立公园了。在这里，夏季游客可以徒步旅行、背包旅行、钓鱼、露营、骑自行车、攀岩。 冬季可以享受高山滑雪、越野滑雪、冬季露营和冰钓。公园有各种野生动物的家园。 如驼鹿、大角羊、麋鹿、山猫、土拨鼠、鸟类和许多其他动物。人与自然和谐共存。

1.139 七绝：2022 年 10 月 1 日。科罗拉多州金秋赏叶之旅四

科罗拉多州金秋赏叶之旅四。独立大道，双子湖，独立大道 independence pass，24 号公路，白水国家公园 white river national forest，双子湖 twin lake. Grottos water fall，冰洞 ice cave。82 号公路。有感而发，附七绝小诗一首。以隶书行书书写。

独立路前金叶灿
双湖泊水起波澜
池塘再现天空景
黄树白云映远山

双子湖（Twin Lakes）是科罗拉多州最大的冰川湖。湖水清澈见底。远山、蓝天、白云、绿树、黄叶映衬在平静的湖水中，形成美丽自然的倒影。原野中又一处人间仙境。白河（white water）国家森林位于科罗拉多州中部，占地 230 万英亩的。约有十几处闻名世界的滑雪胜地。Aspen、Vail 和 Silverthorne 是最著名的几处。走进白河国家森林公园，广阔无垠的平顶山，茫茫无边的荒野，涓涓细流的小溪、宁静碧绿的湖泊、崎岖蜿蜒的山脊构成了原野的自然美景。驱车来到一座海拔 12,000 英尺的山顶，山脚下还是晴空万里，蓝天白云。来到山顶已经是大雪飘飘，寒风凛冽。犹如进入了寒冷的冬季。穿上厚厚的羽绒服仍然感到世事的凉意。大自然的气候就是这样变幻莫测、永远让人揣摩不透它的脾气。

在白杨镇（Aspen)的 Grottos Trail 徒步道是一条穿越瀑布、急流和石窟的徒步小道。 广阔的农场，通天的大道。灰顶红墙的乡村小屋映衬在蓝天白云之下。好一幅美国西部的美丽田园风光。在车流繁忙的公路上，突然有十几只山羊在公路上目无旁人的喝着路上小坑中的雨水。所有行驶车辆都停下，观望着这群可爱的山羊，这些山羊好像一点也不惧怕车辆，直到车辆开到了很近，山羊才依依不舍地回到了路旁的山里。

一处叫冰洞（ice cave）的景点，冬天洞内的水池结冰，覆盖着冰。夏季冰雪融化，成为一个小池塘。一行人徒步来到洞中，在阳光的照射下，洞穴中的景色极具特色，产生奇妙幻觉的世界，宛如美国著名旅游胜地亚利桑那州羚羊谷的美丽风光。在羚羊谷洞中，摄影师的镜头中奇妙的光线照出的洞中世界，产生了世界上最为昂贵的摄影作品。傍晚入住酒店，在阳台上看到了夕阳西下、日照金山的美景。

1.140 七绝：2022 年 10 月 2 日。科罗拉多州金秋赏叶之旅五

科罗拉多州的秋天一片金色的世界，漫步白杨（Aspen）小镇。有感而发，附七绝小诗一首。以隶书行书书写。

白杨小镇现奇观
赏叶之行不一般
秋色旅游朝圣地
来年再聚美黄山

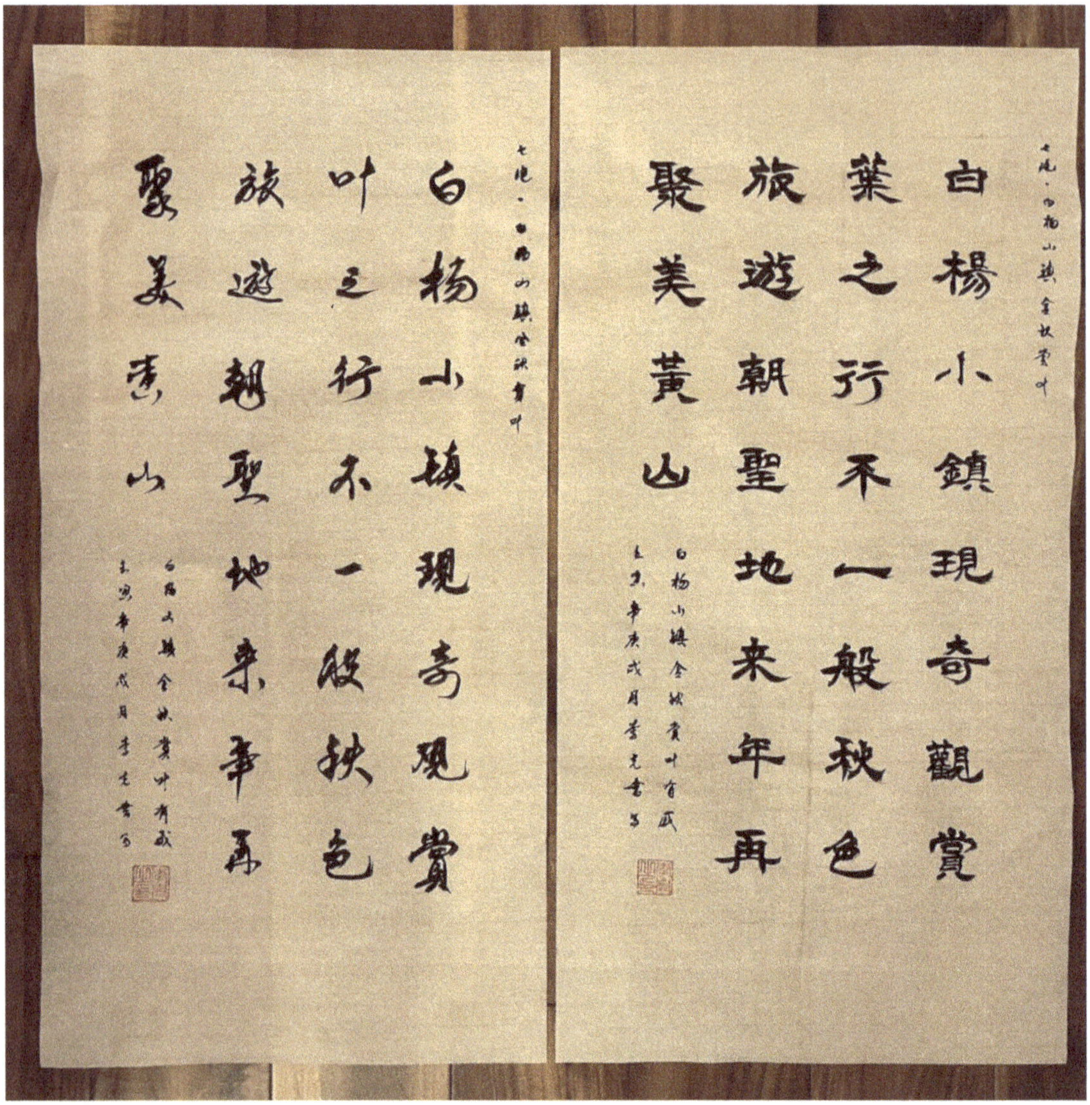

白楊小鎮現奇觀賞
葉之行不一般秋色
旅遊朝聖地來年再
聚美黃山

白楊小鎮現奇觀賞
叶之行不一段秋色
旅遊朝聖地來年再
聚美黃山

白杨树金秋之美

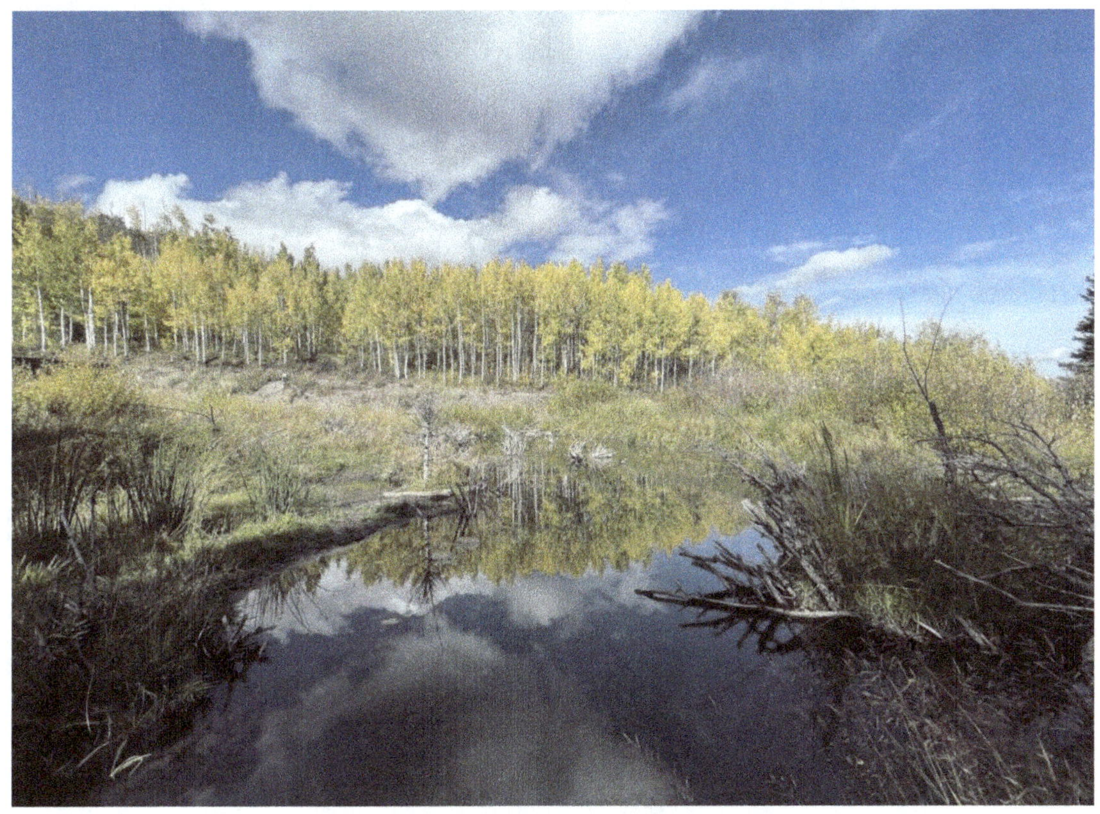

秋叶、白云、蓝天映清澈碧绿梦境湖

白杨镇（Aspen）是美国科罗拉多州的一个小镇在全世界以滑雪场著称。秋季是白杨金黄树叶开放之时。是赏叶爱好者、发烧友的聚集地。冬季是全世界滑雪爱好者、职业高手的滑雪圣地。这里房价是全美最高的地区之一。也是富人聚居区和度假胜地，白杨镇是全美绝美赏秋的的最佳景点之一。这里的最佳赏秋的时间是九月中旬到十月初。白杨树生长在海拔 6 千至 1 万 2 千英尺。白杨树（Aspen）秋天的金黄色的树叶是科罗拉多州最著名的风景。全世界仅此一地，绝无仅有，这里的绝美秋景此生不能错过。

10 月初是在科罗拉多州是见证金色白杨树叶奇观的理想时间，但必须把握好时机。在大多数地方，金黄的颜色仅持续一周左右。 目前很难预测叶子何时盛开何时凋谢。Aspen 已成为白杨树金色树叶爱好者的秋季朝圣之旅。

科罗拉多州 Aspen 小城区之旅。高耸入云的小教堂。云雾缭绕的高山掩盖在白云之中。清晨漫步在白杨小树林之间。Aspen 小城是世界有名的滑雪胜地。冬天时世界各地的滑雪爱好者都来到此地享受滑雪的乐趣。多姿多彩的历史塑造了今天小镇的特色。 在建筑、山脉和文化上留下了印记。 据史料记载，Aspen 地区最初是一个印第安人的夏季狩猎营地，后来成为一个富有的银矿小镇。漫步在小城镇，体验到了小城人们的安详宁静的生活。新建的市政大厅，极具现代化特色。在屋顶咖啡店、小城咖啡店品尝当地极具地区特色的咖啡。别有风味。

天然徒步小道（Nature Trail）是小城 Snowmass 附近的一条自然风景小道。小道穿过风景如画的长满金黄色的树叶的白杨树林。小道路过一个小湖。湖中金色白杨树叶的倒影给金秋增添了无限的美景。

1.141 七绝：2022 年 10 月 3 日。科罗拉多州金秋赏叶之旅六

漫步 Maroon Bells 湖和 Crater Lake 湖徒步道欣赏金秋的风光。有感而发，附七绝小诗一首。以隶书行书书写。

落基山中现平湖
雪景金枝似玉珠
驾雾腾云如梦路
桃花源里笔难书

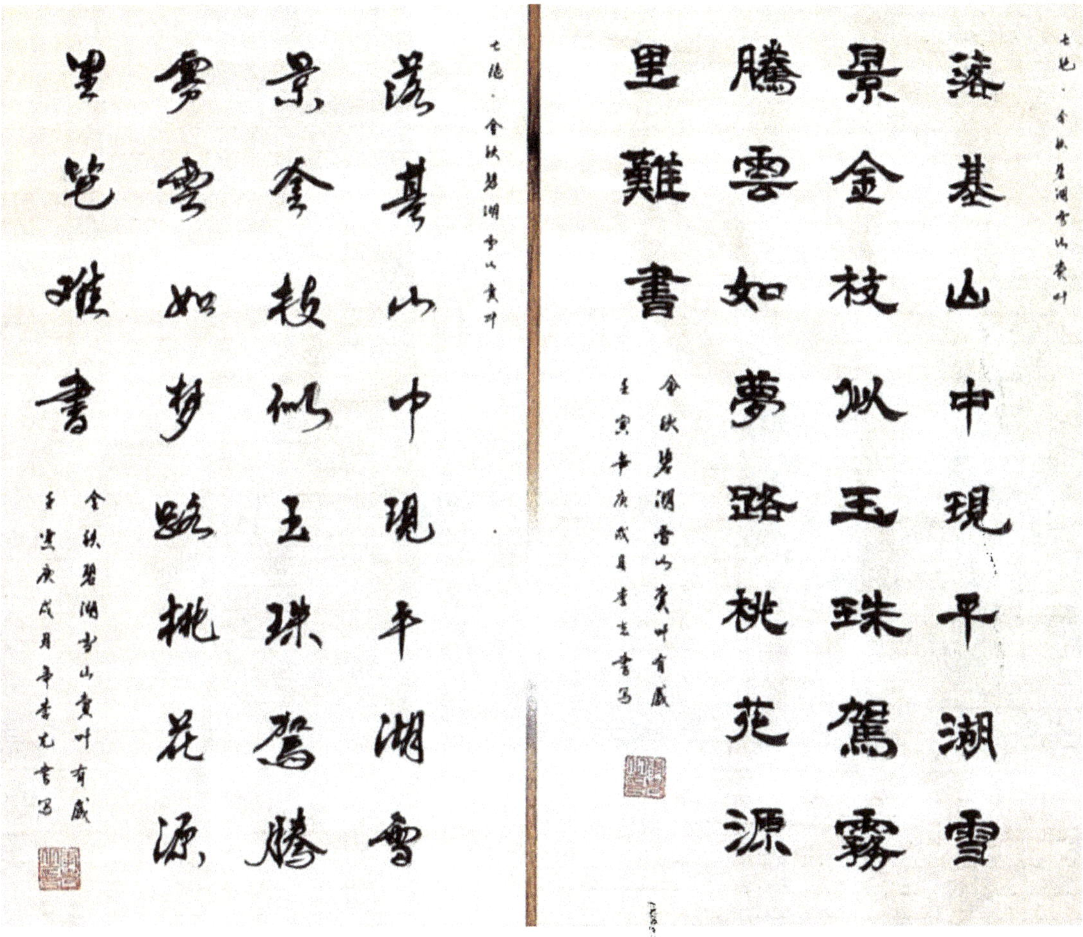

七绝·金秋碧湖雪山黄叶

落基山中现平湖雪
景金枝似玉珠驾雾
腾云如梦路桃花源
里难书

金秋碧湖雪山黄叶有感
壬寅年庚戌月李生书写

七绝·金秋碧湖雪山黄叶

落基山中现平湖雪
景金枝似玉珠驾腾
云云如梦踪桃花源
墨笔难书

金秋碧湖雪山黄叶有感
壬寅年庚戌月李生书写

李克

漫步金色白杨树林间

Maroon Bells 湖映雪山美景

创作背景：Maroon Bells 湖是落基山脉中的一座美丽的高山平湖。在雪山秋叶的映衬下，犹如一颗晶莹剔透的玉石珍珠。镶嵌的大山深处。漫步在金色秋叶满山的小路上。如腾云驾雾在梦一般的仙境中。又如陶渊明笔下的桃花源记，手中的笔很难记录下这如诗如梦般的自然景色。Maroon Bells 湖是最美的科罗拉多州金秋的之旅。是北美拍摄景点最多的山脉之一，她位于 Aspen 镇的西南部。这些山峰是欣赏金色秋叶的最理想场所。在 9 月底至 10 月初是观看金色秋叶的最佳时机。由于游客太多，自 70 年代开始，景区管理部门规定只能乘坐景点摆渡车进入景区，私家车白天不得进入。景点摆渡车需要提前订票。晚了就订不到票了。早上是 Maroon Bells 景区最美的时间。景点摆渡车需要 20 分钟左右到达景点。最好乘到的时间是在日出前到达 Maroon Bells 的摆渡车，这样可以看到 Maroon Bells 阳光喷薄欲出的美景。在风景秀丽的 Maroon Lake 湖，那里的金色树叶映衬着白雪条纹的山峰。冬天这里是滑雪的最佳雪场之一。摆渡车沿着一条风景秀丽，铺满金黄树叶的白杨树盘旋而上。来到 Maroon 湖。雪山如一层一层薄薄的奶油蛋糕。在白杨树金色的树叶映照下分外迷人、魅力无穷。

沿着 Maroon Bells 湖向雪山顶方向盘旋而上徒步旅行。来的 Crate Lake。它是 Maroon Bells 湖徒步道的顶上的一个风景秀丽的小湖。非常像加拿大著名景区班夫 Banff 的露易丝湖。两边高耸入云的雪山。背景是又一个雪山。再现天上人间仙境。沿徒一路金黄白杨树叶。抬头远望：一层白雪，一层红岩、一层黄叶、一层绿树、一片蓝天、一抹白云。是天上？是人间？永远的谜。

1.142 七绝：2022 年 10 月 4 日。科罗拉多州金秋赏叶之旅七

2022 年 10 月 5 日：科罗拉多州金秋之旅七。漫步上帝的花园（Garden of Gods）。欣赏神奇的地质地貌风光。有感而发，附七绝小诗一首。以隶书行书书写。

神工鬼斧建花园
仵立平衡奥妙岩
红色怪石形各异
移山造物亿千年

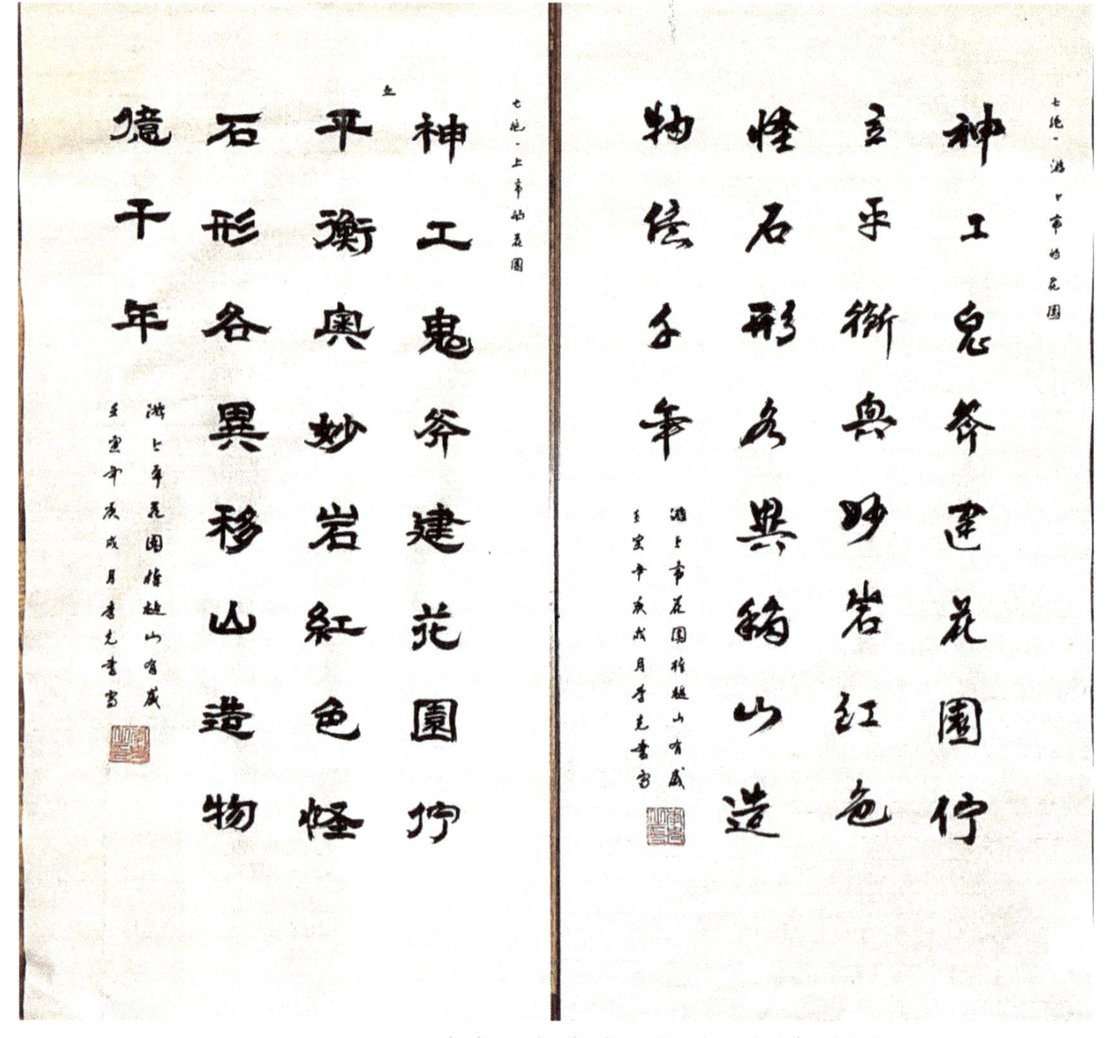

隶书、行书书写红岩山国家公园

平衡岩石屹立不倒

红岩棒槌山湖中倒影

上帝的花园（Garden of Gods）地质特征始于新世冰河时代，这导致了岩石的侵蚀和冰川作用，形成了现在的岩层。巨大的沙丘在陆地上移动，浅海和深海侵蚀和退却，留下了数百万年来形成水平层的砾石、沙子和海洋沉积物。 然后，通过一系列的造山活动，多个地层被抬升并缓慢地浮出水面。由此产生的岩石竖立起来，互相挤压倾斜。形成目前竖立斜状的红岩。

公园南端的"平衡岩"是随着大自然风雨数亿年的侵蚀过程，底部岩石受地球引力的作用逐渐剥离、去除其底部附近较软的层而形成的，最终留下了今天所看到的由底部小块岩石支撑大岩石的奇特的地质地貌景观。

上帝的花园（Garden of Gods） 的发现是 1859 年 8 月，两名测量员从丹佛市出发，准备开始建设一个称为 Colorado Spring 的城镇。 在探索附近地点时，他们发现了一个美丽的砂岩地层区域。 测量员惊叹那鬼斧神工的自然地质构造。将这个地方命为上帝的花园（Garden of Gods）。从那以后，它一直沿用至今。到 1870 年后，铁路已经向西发展。1871 年建造铁路负责人 Charles Perkins 计划建造 Denver 通往 Colorado Spring 的铁路。后来由于种种原因，铁路并未建成。但 Charles Perkins 在上帝的花园 Garden of Gods 附近购买了几百英亩土地，并准备建造自己的避暑别墅。 后来他继续购买附近的土地，但从未在其上建造任何建筑，以保持地区在自然状态，供公众享用。Charles Perkins 于 1907 年去世。当时公园已经向公众开放多年。1909 年 Charles Perkins 的后代了解他们父亲对 Garden of Gods 的热爱，决定将公园免费捐赠给 City of Colorado Spring 并正式称之为上帝的花园 Garden of Gods，并确立公园今后开放和运行原则，即"公园免费向公众开放，不得销售酒类产品，公园内不得建造任何建筑物，除非该建筑的作用是可以妥善照顾 ，保护和维护 Garden of Gods 公园。"

来到公园，果然名不虚传。巨大的红色岩石如一堵巨大墙、仁立在游客的眼前。漫步在公园之中，红色岩石形状各异，有亲吻的牦牛、憨掬可爱，尖顶的教堂，巨大的脚印，南北守护门，等等。红色的形态各异的岩石在夕阳照耀下，显得格外美丽妖娆。

紧邻上帝的花园另一个公园叫红岩峡谷开放空间公园 （Red Rock Canyon Open Space）。它是位于科罗拉多州 Colorado Spring 市公园，由一系列山脊红色的峡谷岩石组成。和附近几英里以外的 Garden of Gods 公园组成一个面积广大的红岩山景区。这个公园的一大特征是游客可以随便攀登公园内任何红岩山的山峰。不像去去上帝的花园，攀登红岩，需要向市政府申请。获得批准后，才能攀登。红岩峡谷开放空间公园是开放式公园。傍晚在公园外还拍到了夕阳西下映照上帝的花园 Garden of Gods 的傍晚美景。

来到一处无名小湖。湖边的红色岩石小山邱像一个小棒锤山，在静静的湖水中的倒影是那么的美丽多姿多彩。North Cheyenne Cañon Park 公园的海伦瀑布 （Helen Falls）由三层瀑布组成。瀑布不大、但很精致。是一个非常值得去的景点。

1.143 七绝：2022 年 10 月 5 日。科罗拉多州金秋赏叶之旅八、结束之旅

2022 年 10 月 5 日：科罗拉多州金秋之旅八，全程结束之旅。金秋赏叶之旅圆满结束。轻松的一天。参观科罗拉多州州府丹佛市植物园 Denver Botanic Garden。有感而发，附七绝小诗一首。以隶书行书书写。

百花争艳满香园

秋色池塘有趣圆

游客如织观美景

庭轩幽处洒甘甜

科罗拉多州州府丹佛植物园 Denver Botanic Garden。植物园分成诸多特色园区，有热带园区，日本松风园、室内园区，科学馆。园区有种类繁多的各种植物。日本园区中有日本本国及美国本土植物的混合。体验了东西方文化交融与存在。蓝天、白云、亭榭、松树、玫瑰、睡莲等百花齐放。它们在池塘中的美丽的倒影给植物园增添了无穷的魅力。数不清的百花在植物园中竞相绽放，香色满园。瀑布、小桥点缀在植物园中。金鱼中池塘中游弋。一派秋色满园的美景。

每次旅游都有一个习惯，每到一处都到当地的旅游纪念品服务中心，购买一钟当地的小酒杯。即是为每次旅游做个纪念，也为当地的旅游业做出一点小小的贡献。小小的酒杯寄托着这次去科罗拉多州金秋赏叶的旅行。小酒杯像一个笔记本，记录下点点滴滴旅游的心意，看着小酒杯，还可以日日夜夜回忆起金秋赏叶美好的回忆。一路走来 Garden of Gods, Aspen and Snowmass, Rocky Moumtain, Estes Park, Town of Nederland, Denver 等等，数不尽的秋色美景。一路湖光山色、金秋黄叶和美丽的雪峰给我留下了深刻的印象。有感而发，再附七绝小诗一首。以隶书行书书写。

小杯情意金秋季

点点滴滴笔中留

日日夜夜还记忆

湖光山色雪峰游

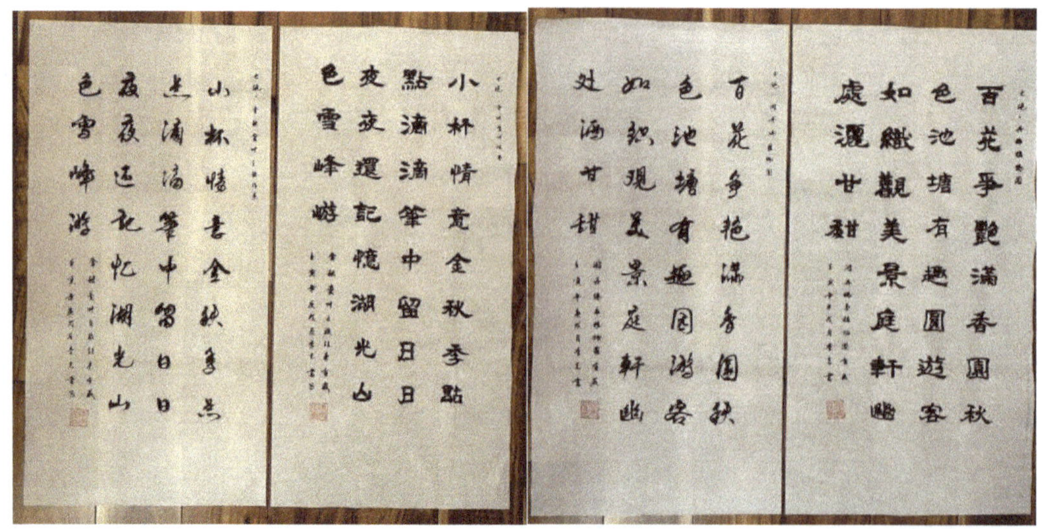

丹佛市美丽的植物园

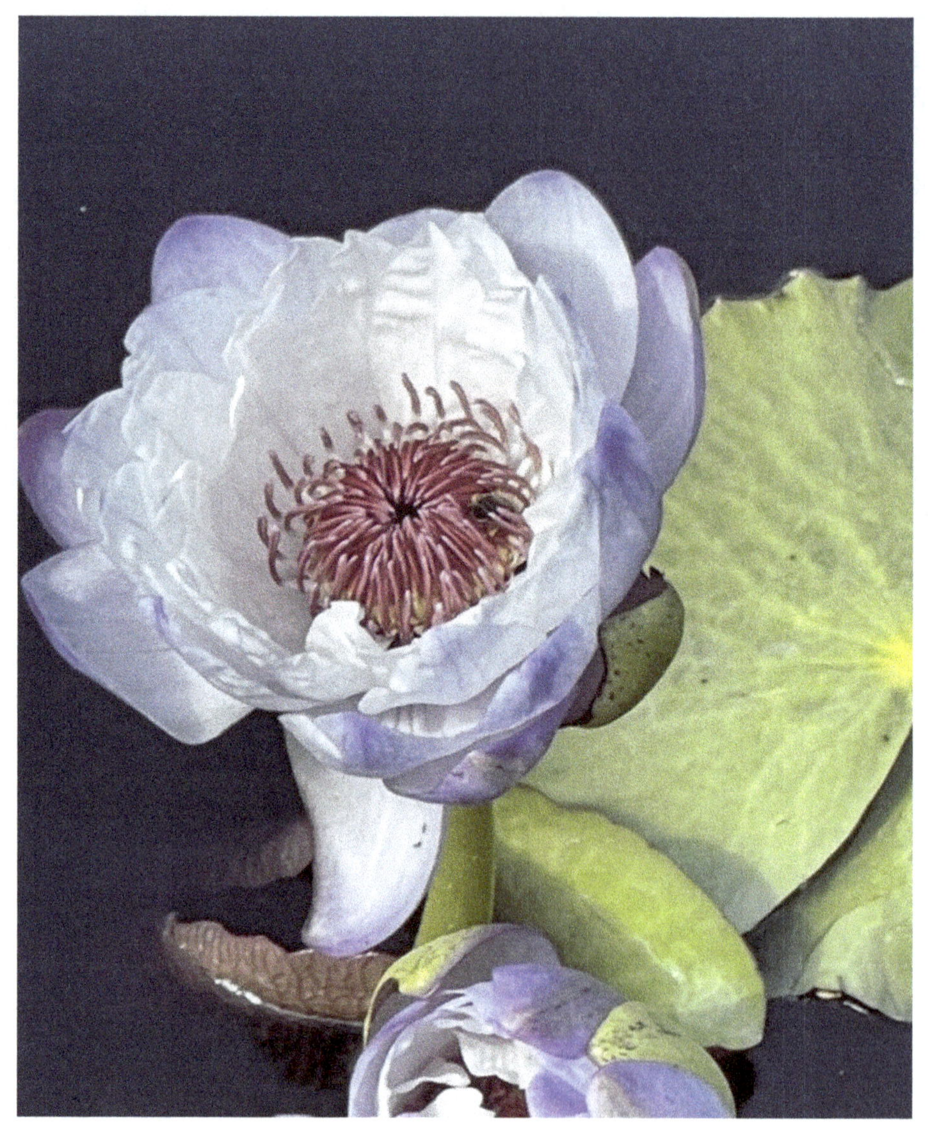

1.144 七绝：2022 年 10 月 28 日。一年一度万圣节夜景

2022 年 10 月 28 日：一年一度美国万圣节也就是鬼节（Halloween）即将来临。小区邻居各家各户布置鬼节的灯。有感而发，附七绝小诗一首。以隶书行书书写。

骷髅妖怪齐出现
大地深秋闹鬼神
傍晚星空宁静夜
太平盛世乐欢门

骷髅妖怪齐出现，大地深秋闹鬼神。
傍晚星空宁静夜，太平盏世乐门欢。

创作背景：一年一度美国万圣节（鬼节）即将来临，小区邻居各家各户在门口布置万圣节的鬼灯。各种各样的妖魔鬼怪做成的充气灯，在夜晚格外引人注目。一副夜晚妖魔鬼怪真的出现的恐怖情景。但夜晚的星空还是那么灿烂。万圣节前夕夜晚的街道是那么的宁静。但到了万圣节夜晚，十月最后一天。平时安静祥和的街道就会变的异常热闹。大人孩子在街道上穿梭不停。每年到这个时候，穿着盛装的孩子们挨家挨户地走来走去，拿着一个大口袋去各家敲门祈求糖果（Trick-or-treating），家家都会热心地给这些孩子们糖果，有的家庭还在家门口外 BBQ 烤肉，肉味格外香。一些房主在在门外挂上万圣节装饰品来分发零食；也有将糖果留在门廊上，让孩子们自由享用。房主让他们的门廊灯亮着，作为他们有糖果的通用标志。万圣节期间大家心里哪里还有什么鬼神啊，明明是安居乐业、太平盛世的欢乐门。今夜星光灿烂。

1.145 七绝：2022 年 11 月 1 日。北加州海岸观海

来到北加州海边。远眺苍海茫茫。大海潮涨潮落。浪花惊涛拍岸，卷起千堆雪。太阳日出日落，云海漂浮天边，时聚时散。傍晚晚霞余晖透过浅浅的薄雾，显得格外美丽迷人。有感而发，附七绝小诗一首。以隶书行书书写。

远眺海洋观世界
惊涛骇浪展情怀
鱼鹰大雁追霞落
傍晚余晖雾浅白

白浪滩

苏轼《赤壁怀古》"惊涛拍岸，卷起千堆雪"

创作背景：在海边远眺海洋，放眼看世界。海边惊涛骇浪，回顾人生舒展着无限的情怀。还见鱼鹰大雁追逐着晚霞。傍晚的余晖，伴随着浅浅的雾色，海面一片白茫茫。漫步北加州海边，海岸线边但见海水潮涨潮落，此起彼伏，海上天空白云漂浮。不仅想起在河北山海关孟姜女庙的一副奇巧楹联。不知哪位诗词高手赋出这首绝美的对联。为这幅对联不禁拍案叫绝。它运用汉字的一字双音，多意的特点。巧妙的运用这副对联中的七个“潮”字和七个“长”字。

河北省山海关孟姜女庙绝妙对联：
海水潮潮潮潮潮潮潮落，
浮云长长长长长长长消。

中国的诗词永远那么寓意深长。魅力无限。

1.146 七绝：2022 年 11 月 20 日。2022 卡塔尔世界杯开幕

2022 年 11 月 20 日：2022 卡塔尔世界杯正在如火如荼的进行。四年一度足球世界杯是世界体育的最高赛事。有感而发，附七绝小诗一首。以隶书行书书写。

世界足球开盛会
群英到场比高低
富翁豪气撒钱爽
体育争标最顶级

七絕·世界杯觀戰

世界足球開盛會，
群英到場比高低。
富翁豪氣撒錢爽，
體育爭標最頂級。

觀看世界杯開幕式有感 壬寅年午夏月李光書

七絕·世界杯觀戰

世界足球開盛會，
群英到場比高低。
富翁豪氣撒錢爽，
體育爭標最頂級。

觀看世界杯開幕式有感 壬寅年午夏月李光書

世界杯冠军奖杯及群英会

创作背景：四年一度的世界杯如火如荼在卡塔尔举办。来自世界各地的足球顶尖高手再次聚会。这次也是梅西和 C 罗的最后一次世界杯较量。拭目以待看看这两位世界足坛巨星的表现。卡塔尔是盛产石油的国家，富得流油。这次世界杯成为世界杯历史上花钱最多的一届世界杯。全新的城市。全新的八座运动馆，让全世界都看傻眼了，也给球迷们一个惊喜。我们期待着世界杯给我们带来更多的欢乐。成为一次真正的全世界的足球盛宴。我盼望成为世界杯冠军的阿根廷队在小组赛的第一场比赛中，惨遭滑铁卢。被沙特队以二比一击败。报了一个大冷门。世界杯就是这样。永远让人们琢磨不透。任何弱队对都可以战胜任何强队。这就是世界杯的魅力。

另外世界杯也给全世界带来了和平。俄罗斯乌克兰目前的战事也消停了不少，安静祥和多了。中东巴勒斯坦以色列两国人民从不交往，见了面就兵戎相见，刀光剑影。但这次两国球迷在卡塔尔相聚，平安无事。和平相处。也不得不对世界杯的魅力惊叹不已。

1.147 七绝：2022 年 12 月 2 日。2022 卡塔尔世界杯小组赛闭幕

2022 卡塔尔世界杯小组循环赛已经结束。阿根廷法国两只我心仪的球队如愿以偿进入淘汰赛。有感而发，附七绝小诗一首。以隶书行书书写。

世界足坛真震撼
梅西球场挽狂澜
过关斩将扫波墨
勇往直前盼取冠

创作背景：这次世界杯精彩异常，跌宕起伏，悬念迭起。特别是阿根廷队第一场输给沙特队，爆了这次世界杯最大的冷门。几乎小组赛后就打道回府。好在后几场在梅西的率领下一场比一场打的精彩。最后以小组第一进入淘汰赛。经过沙特的败仗，及后两场的胜局。先后战胜墨西哥和波兰。阿根廷这只未来冠军队队伍得到了淬火锻炼。已经呈现出冠军的模样。不过在下面的淘汰赛中就不能有一点麻皮大意，一场输球，就会导致打道回府。我另外一只心仪的球队是法国队，他们在姆巴佩的带领下表现的非常稳健。也已经以小组第一出线。我期待阿根廷和法国在决赛中会面。并最后期待阿根廷夺得冠军。我们决赛拭目以待。

刚刚结束的阿根廷对澳大利亚淘汰赛。阿根廷以 2:1 惊险的战胜了澳大利亚。距离冠军又近了一步。可喜可贺。

1.148 七绝：2022 年 12 月 16 日。管弦乐队圣诞节演出

我们管弦乐队 MTCO 这个周末周五到周日为庆祝圣诞节在 MTCO 小礼堂奉献 4 场演出。演出时间；晚 7 点和下午 2 点。演出地点：3470 Swetzer Road, Loomis, CA 95650。欢迎大家光临。

台上琴声几分钟
在家苦练数年功
辛勤汗水结成果
琴乐悠扬响雪峰

做为社区 MTCO 管弦乐队成员之一的小提琴手，很荣幸参加这次音乐演奏。乐队指挥为附近大学音乐系主任。专业水平非同一般。乐队成员大多数是专业演奏者或者音乐老师。和他们一起排练，一起同台，演出获益匪浅。小提琴　演技得到进一步提高。今后会多参加义务演奏会，一可以进一步为社区服务，二是提高我小提琴的协奏水平。为节日增添欢乐气氛。

1.149 七绝：2022 年 12 月 16 日。滑雪胜地太浩湖单板滑雪

2022 年 12 月 16 日：上一个周末下了一场罕见大雪，我们附近的滑雪胜地太浩湖（Lake Tahoe）银装素裹。正是滑雪的绝妙天气。背上滑雪板，上山滑雪。即兴附七绝小诗一首。以隶书行书书写。

漫天飞雪众争强
松柏白云索道忙
你赶我追如猎豹
半山腰处小红房

创作背景：滑雪是我冬季最爱运动。上周在我们这边的山里下了场鹅毛大雪．　白色树挂非常漂亮，是个绝佳的滑雪天气。带上单板滑雪板，来到太浩湖滑雪场，享受了一天的滑雪乐趣，这里晴空万里，蓝天白云，白雪覆盖的高山。吸引了众多的滑雪爱好者。但见山谷间白云缭绕、白雪皑皑、青松翠柏，如同人间仙境，山间的一个小红房，使雪山更加美丽，滑雪不但可以享受滑雪的乐趣，还可以欣赏大自然的美景。

RIDE.

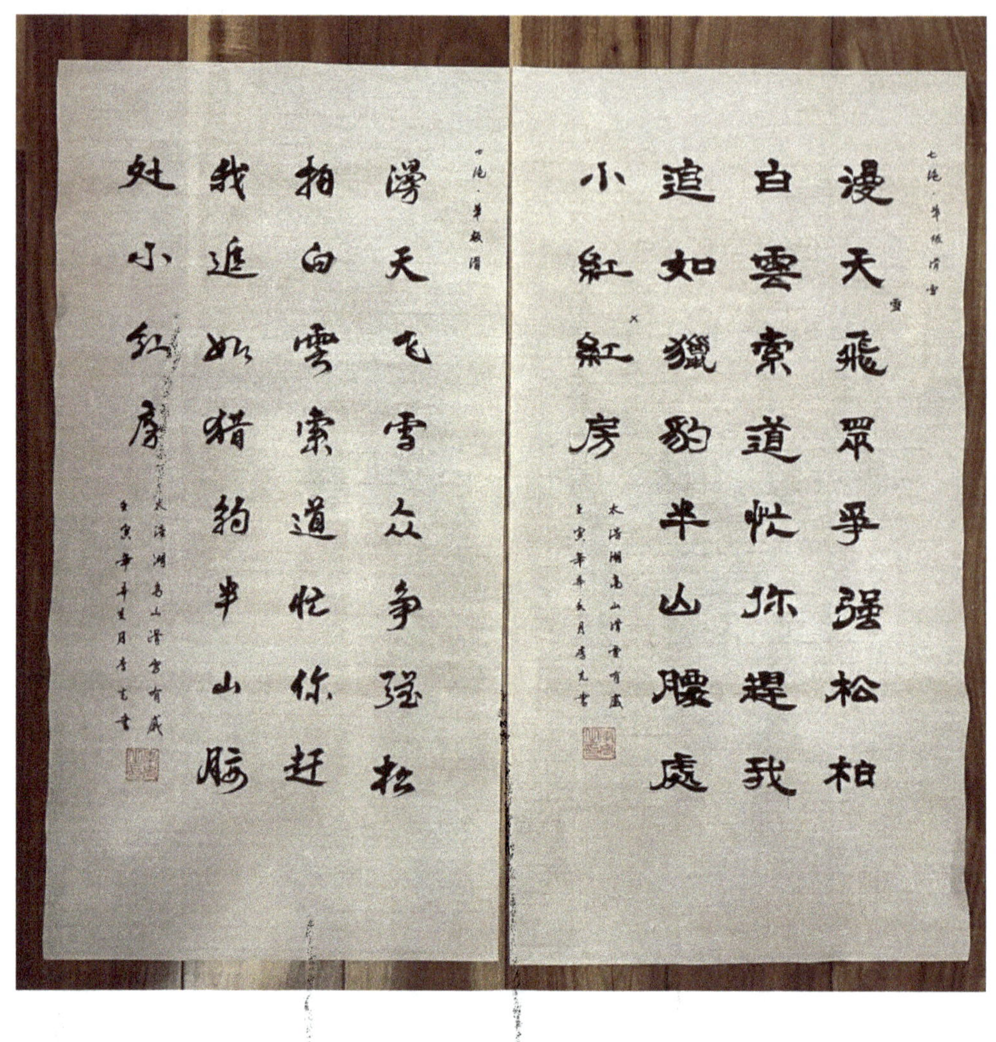

1.150 七绝：2022 年 12 月 18 日。阿根廷击败法国队获得世界杯冠军

2022 年 12 月 18 日：世界杯圆满结束。这次决赛是我看到的世界杯最精彩绝伦的比赛。阿根廷击败法国队如愿以偿获得冠军。梅西终于圆梦、足球大满贯获得球王称号。祝贺梅西。我冠军、季军的预测都正确。比赛前就写好的小诗及评论，献给梅西。以隶书行书书写。

世界杯前银幕落
梅西圆梦变球王
一生夙愿终实现
四载登峰再逞强

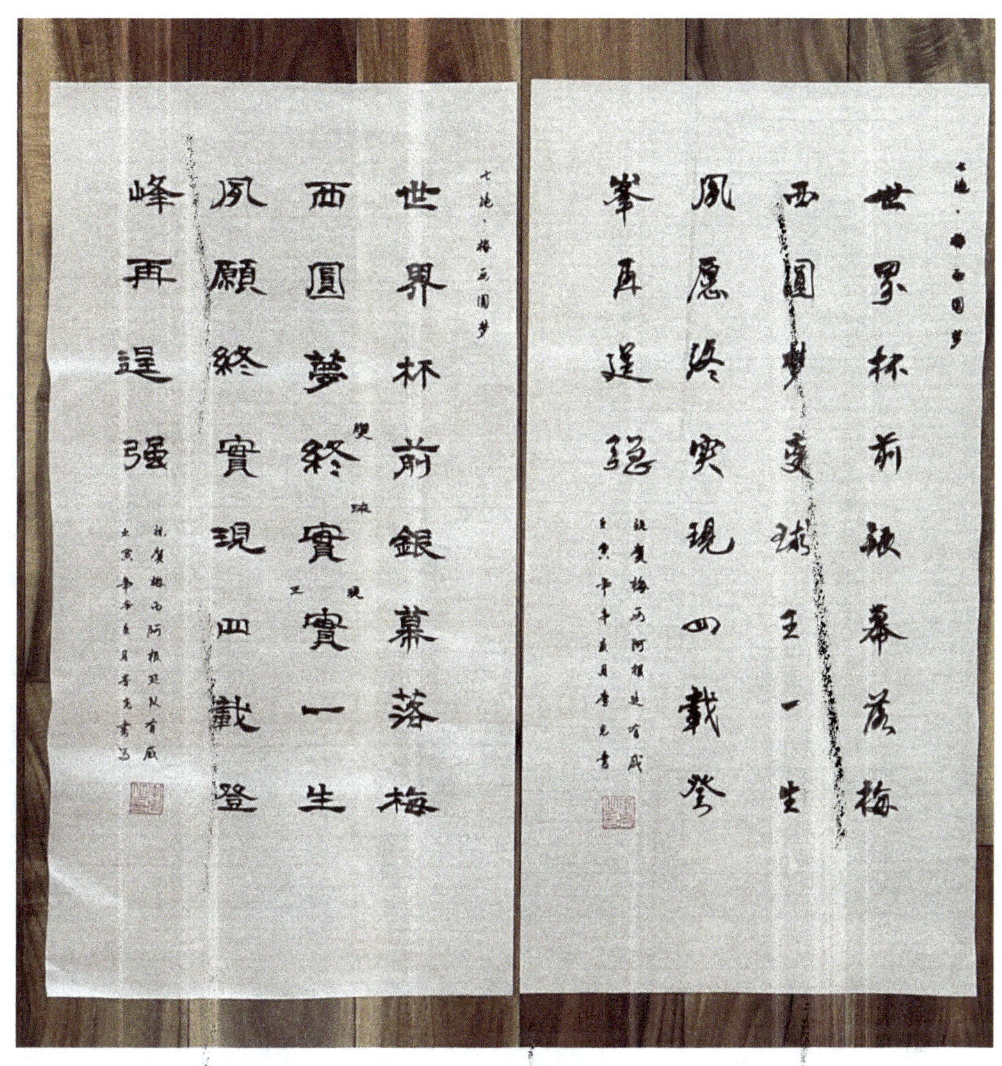
七绝·梅西圆梦
世界杯前银幕落梅
西圆梦变珠主一生
凤愿终实现四载誉
峰再逞强
杜贤姬西阿根廷以首届成
壬寅年冬月李尧光书

七绝·梅西圆梦
世界杯前银幕落梅
西圆梦终实现实一生
凤愿终实现四载登
峰再逞强
杜贤姬西阿根廷以首届
壬寅年冬月李尧光书

FIFA WORLD CUP
Qatar2022
FS1
LIVE
FIFA WORLD CUP Qatar2022

创作背景：卡达尔世界杯经过近一个月的激战，今天终于落幕。球星梅西终于圆梦。变成球王。作为职业球员一生最高的夙愿获得足球大满贯的愿望，终于实现。虽然现在梅西已经 35 岁，这对于足球顶级前锋的年龄来说，应该是老年了。但梅西这届世界杯中依然是阿根廷队的中流砥柱。阿根廷在赛前并非夺冠热门，和其他豪门相比，他们显得略逊一筹，但梅西几乎以一己之力将这支球队带进了决赛。四年后的世界杯，希望他还能够星光闪烁、老当益壮、中流砥柱。再次率领阿根廷队获得世界杯冠军。

1.151 七绝：2022 年 12 月 22 日。冬至吃饺子

2022 年 12 月 22 日：冬至是中国传统北方吃饺子南方吃汤圆习俗的节日。有感而发，附七绝小诗一首。以隶书行书书写。

冬至吃饺香喷喷
欢声笑语喜洋洋
传承佳节有新意
秋去冬来盼吉祥

创作背景：冬至是二十四节气之一。冬至这一天是秋去冬来的转换日子，这一天夜晚最长。中国的习俗是家家户户吃饺子，大家欢声笑语喜洋洋。每年的冬至是美国圣诞节的前夕。这个传统佳节在西方也赋予了新意。大家也盼着每年的吉祥来到。北方冬至的习俗是吃饺子。不论贫穷或者是富有。北方大多数家庭都会选择吃饺子，南方冬至的习俗是吃汤圆。南方主要是以米食为主，汤圆也就成为了南方大多数亲朋好友的主要食物，除了互相赠送亲朋好友之外，吃汤圆也希望所有的亲人永远团圆的意思。中国的传统节日大多数同吃有关。充分展示了中华民族食文化的源远流长。

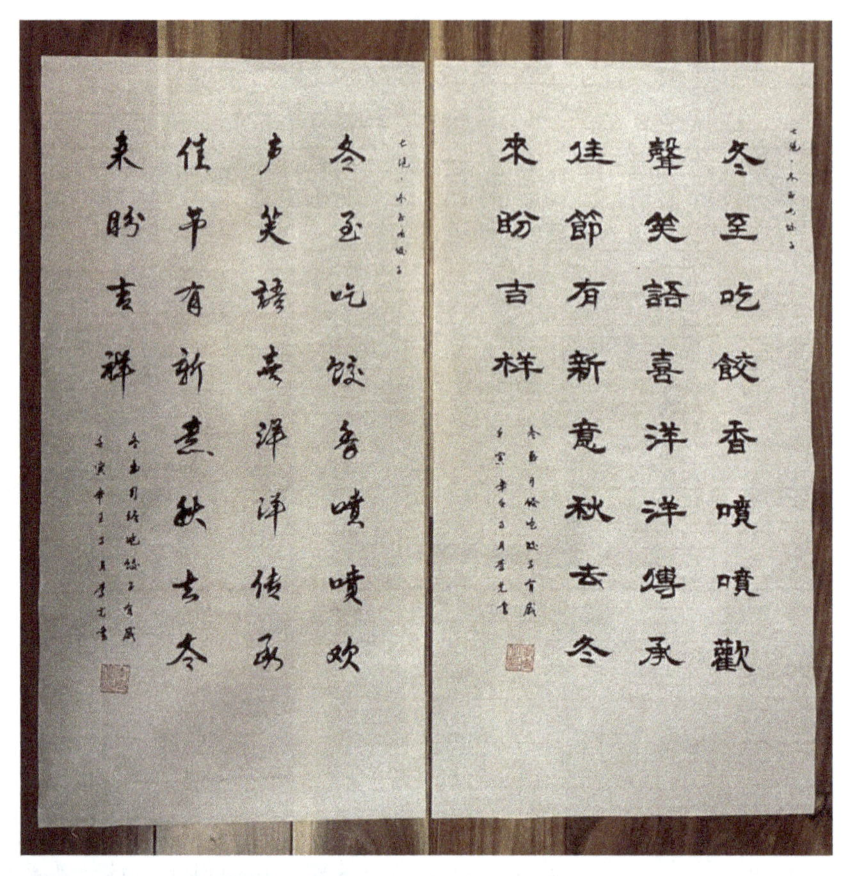

1.152 七绝：2022 年 12 月 25 日。圣诞节自制美味水煎包

2022 年 12 月 25 日：圣诞节自己手工制作美味水煎包、色香味俱全、味道一流。有感而发，附七绝小诗一首。以隶书、行书书写。

红酒煎包迎圣诞
中华味美现西方
外焦里嫩宴席上
代代传承永闪光

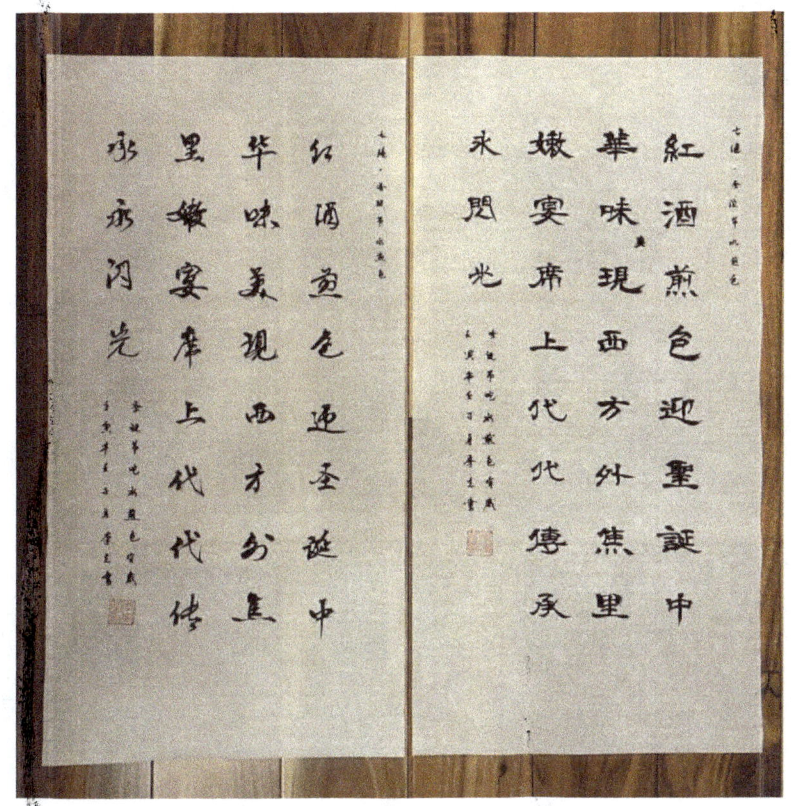

创作有感：圣诞节是美国一年一度最大的节日。在美国各家各户、亲朋好友欢聚一堂，欢声笑语庆祝这一重要节日。圣诞节当天制作中国美食水煎包。品尝中华美食。水煎包制作是用发面包猪肉韭菜馅后，在煎锅里加水，煎制金黄色即可食用，其特点是外焦里嫩。是中餐里最受欢迎的美食之一。另外圣诞节除夕也在朋友家吃了一顿中西结合的丰富大餐。圣诞节期间用中西美食庆祝这一节日，别有一番风味。充分体验中西文化交融。

2023 年作品

1.153 七绝：2023 年 1 月 1 日。祝贺新年

2023 年 1 月 1 日：2023 阳历新年贺岁小诗。喜迎新年。创作 2023 年第一首小诗。用这首七绝新诗迎接 2023 年。附合宋代大诗人王安石名诗《元日》。以隶书、行书书写。

张灯结彩一年除
笑语欢声喜兔出
昨日还温昔岁梦
今天已阅崭新书

元日
宋 · 王安石
爆竹声中一岁除，
春风送暖入屠苏。
千门万户曈曈日，
总把新桃换旧符。

创作背景：2023 年阳历新年家家户户张灯结彩，欢声笑语，告别 2022 年，来到 2023 年。阴历兔年马上就要到来。昨天还在回味 2022 年往年的旧梦，今天已经翻开了 2023 年新书第一页开始阅读。征程万里风正劲，策马扬鞭再扬帆。雄关漫道真如铁，而今迈步从头越。新年新气象。迎接新的挑战。

临摹书写几首流传千古、妇孺皆知的唐诗宋词迎接新年

唐诗
王维《渭城曲》
渭城朝雨浥轻尘，客舍青青柳色新。劝君更尽一杯酒，西出阳关无故人。

杜牧《山行》
远上寒山石径斜，白云生处有人家。停车坐爱枫林晚，霜叶红于二月花。

张继《枫桥夜泊》
月落乌啼霜满天，江枫渔火对愁眠。姑苏城外寒山寺，夜半钟声到客船。

宋词
苏轼《念奴娇·赤壁怀古》

大江东去，浪淘尽，千古风流人物。
故垒西边，人道是，三国周郎赤壁。
乱石穿空，惊涛拍岸，卷起千堆雪。
江山如画，一时多少豪杰。
遥想公瑾当年，小乔初嫁了，雄姿英发。
羽扇纶巾，谈笑间，樯橹灰飞烟灭。
故国神游，多情应笑我，早生华发。
人生如梦，一尊还酹江月。

苏轼《水调歌头·明月几时有》
明月几时有？把酒问青天。不知天上宫阙，今夕是何年。我欲乘风归去，又恐琼楼玉宇，高处不胜寒。起舞弄清影，何似在人间。
转朱阁，低绮户，照无眠。不应有恨，何事长向别时圆？人有悲欢离合，月有阴晴圆缺，此事古难全。但愿人长久，千里共婵娟。

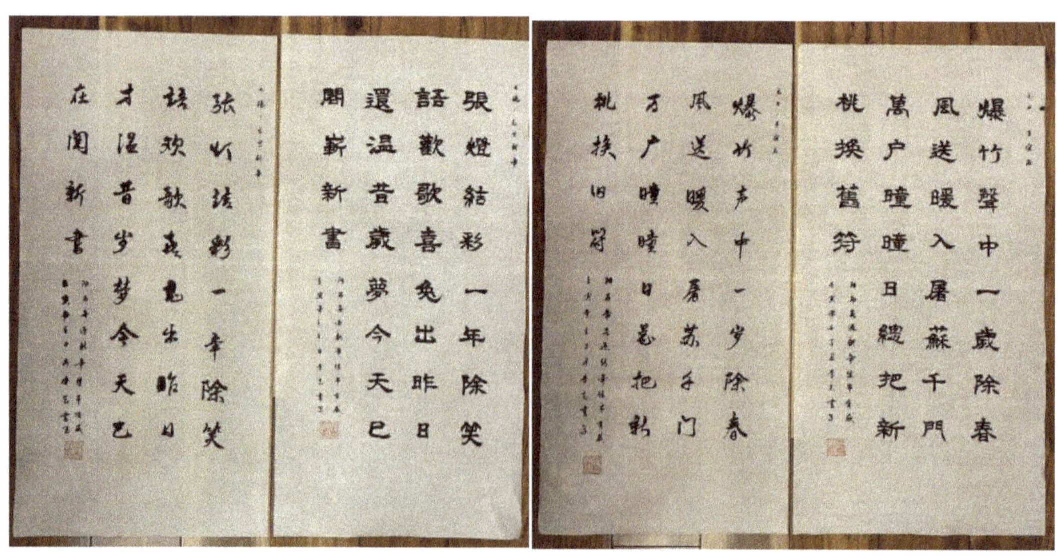

1.154 七绝：2023 年 4 月。初学绘画

2023 年 4 月：出书前，临时加了一首新诗。最近刚刚开始入门，学习绘画。老师耐心讲授如何从观察中绘画。有感而发。创作七绝小诗。以隶书行书书写。

绘画初学仍努力
几幅展览上前堂
鱼虫花鸟跃桌面
艺术翻开新乐章

创作背景：最近参加了小城举办的绘画班。作为业余艺术爱好，从小学习过书法，但没有接触过绘画。有一个心愿，总是希望有机会学习绘画。一直没有机会实现，最近终于得以实现。绘画班老师是一位绘画大师，他教授学生们如何从观察中绘画，虽然我们是初学者，但是老师还是鼓励我们自己绘画。根据自己的观察力、想象力、创造力大胆创作。老师很少干涉学生的绘画，只是偶尔帮助画一下。所以画出的话基本上是学生的自己作品。初步画了几幅画，已经有了一定的进步，可以挂在家里大堂的墙上了。大自然的鱼虫、花鸟、人物都可以作为绘画素材，跃然纸上。我的艺术爱好又翻开了新的篇章。希望通过书法绘画来陶冶我的情操，充实业余生活，提高艺术水平，学无止境，活到老学到老。以下是我初学的几幅绘画作品。

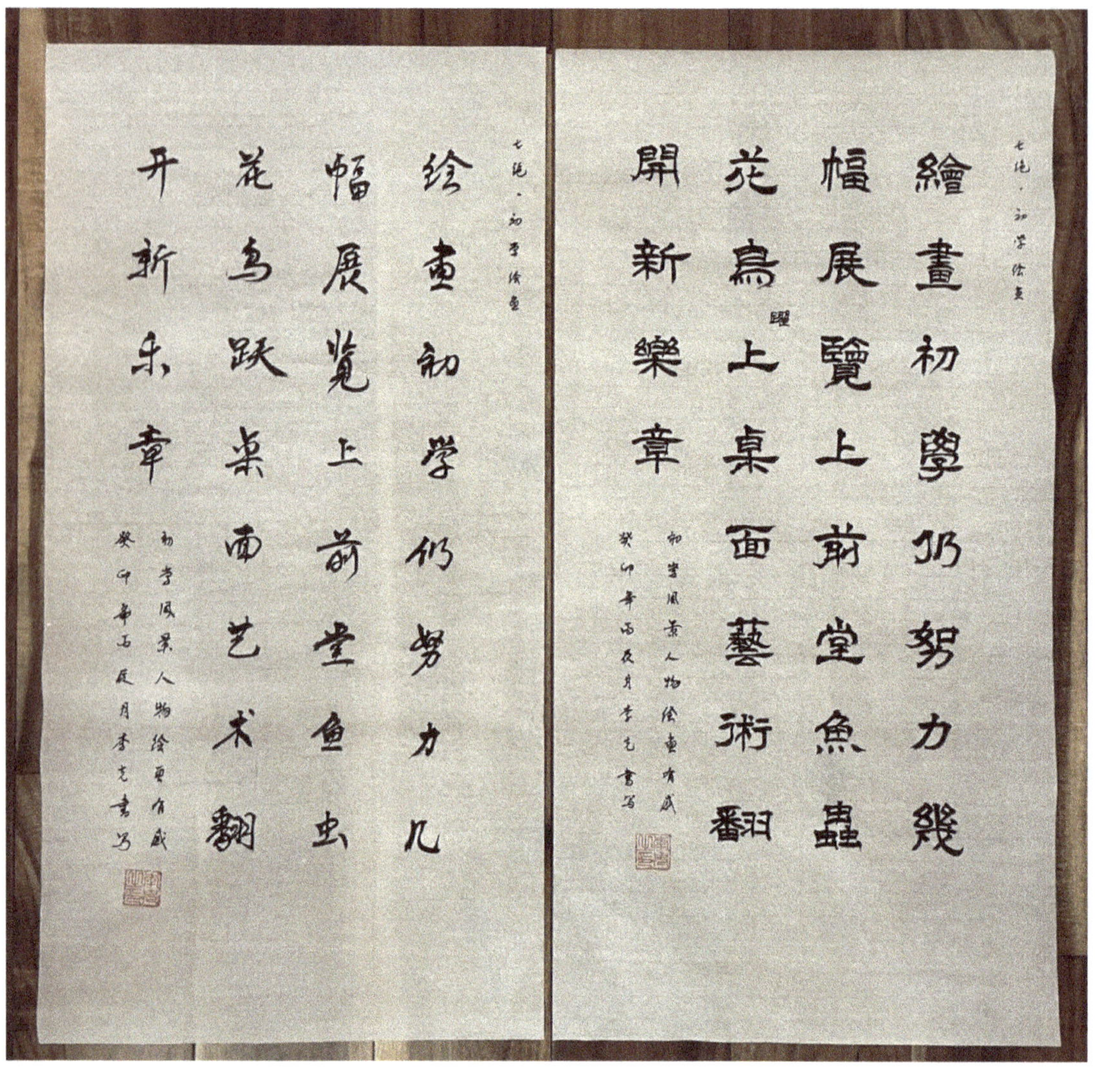
七绝·初学绘画
繪畫初學仍努力幾
幅展覽上前堂魚蟲
花鳥曜上桌面藝術翻
開新樂章
初學風景人物繪畫有成
癸卯年丙辰月李克書寫
七绝·初学绘画
繪畫初學仍努力幾
幅展覽上前堂魚蟲
花鳥跃桌面艺术翻
开新乐章
初學風景人物繪畫更有成
癸卯年丙辰月李克書寫

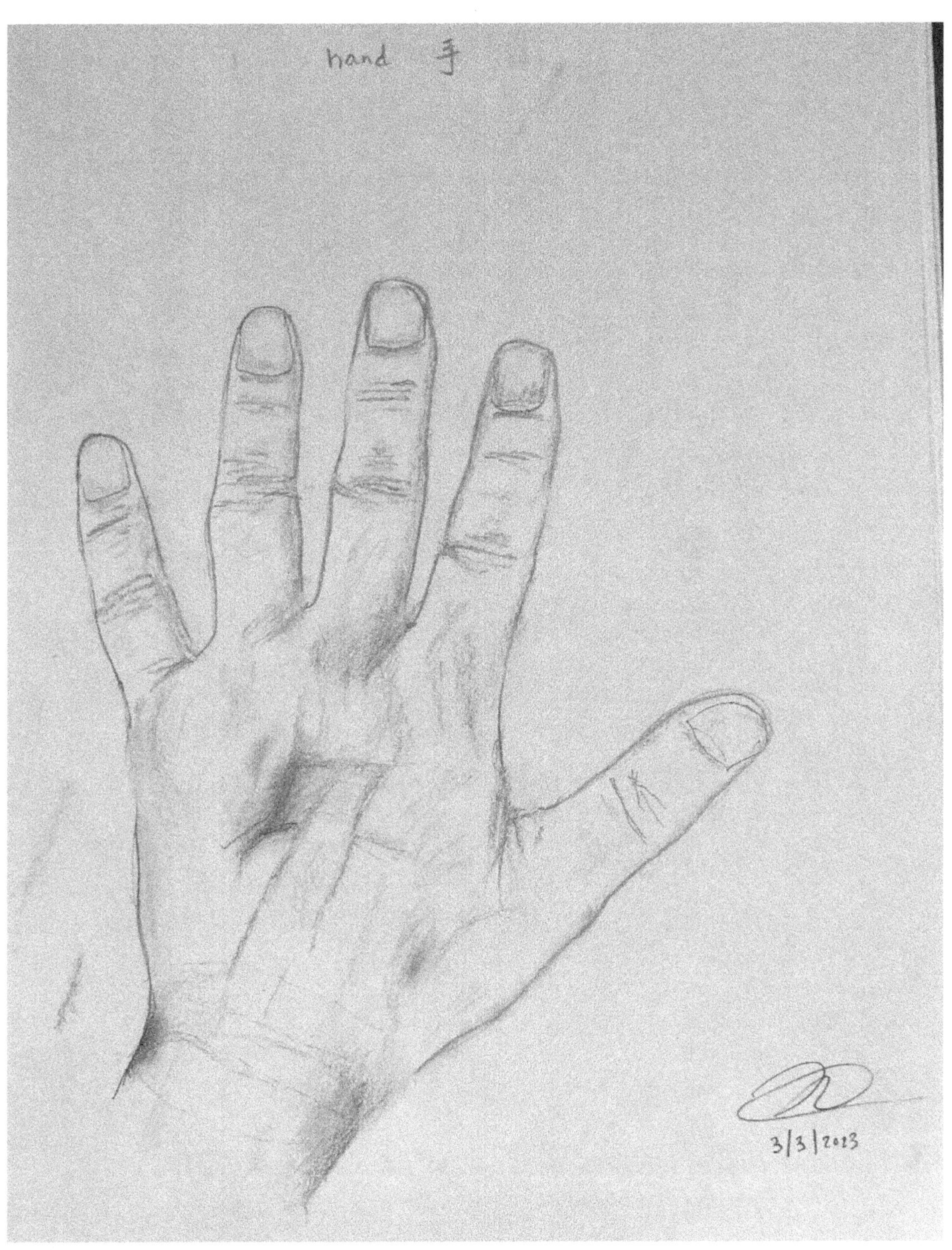

手

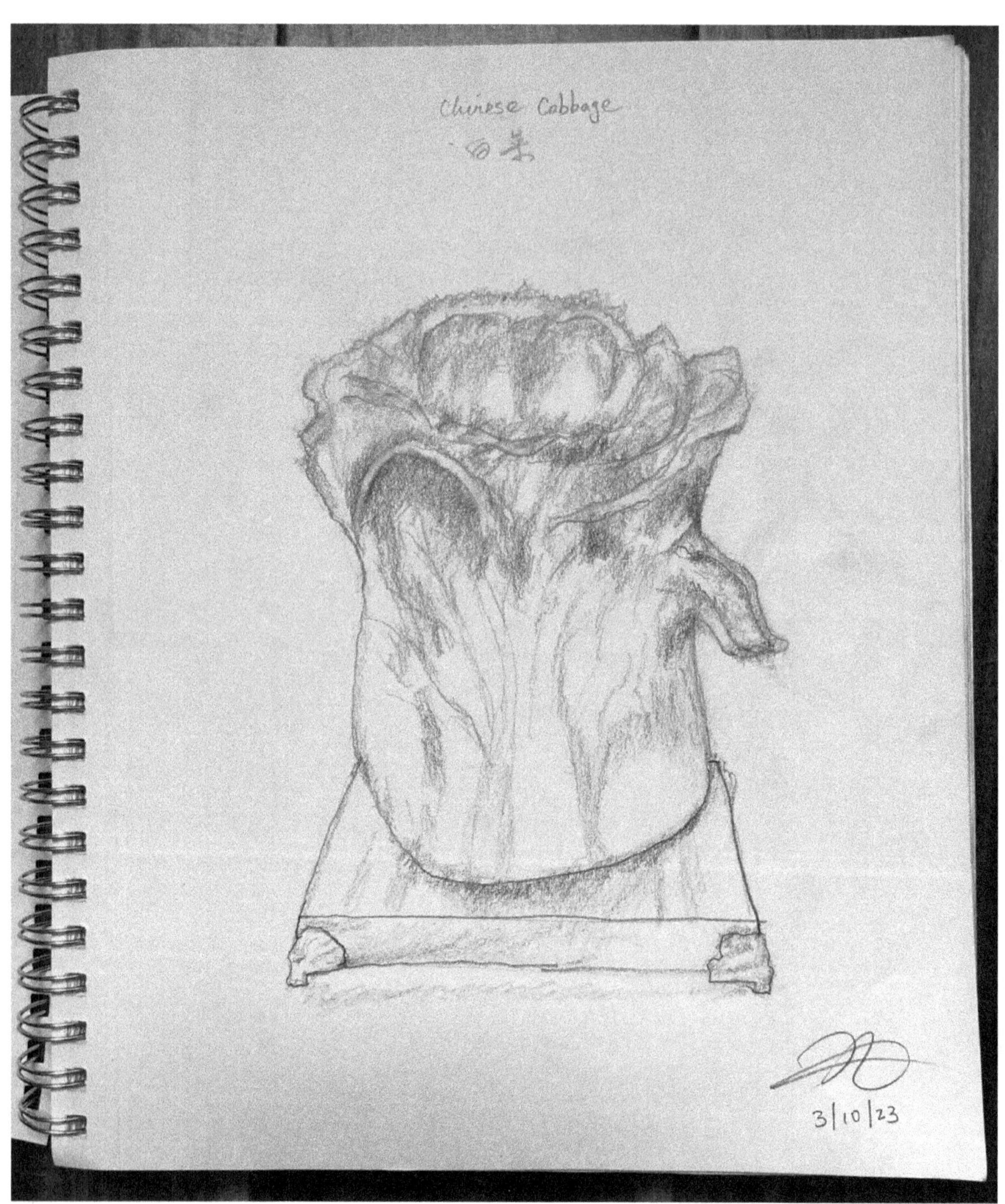

玻璃白菜

苹果

香槟酒杯

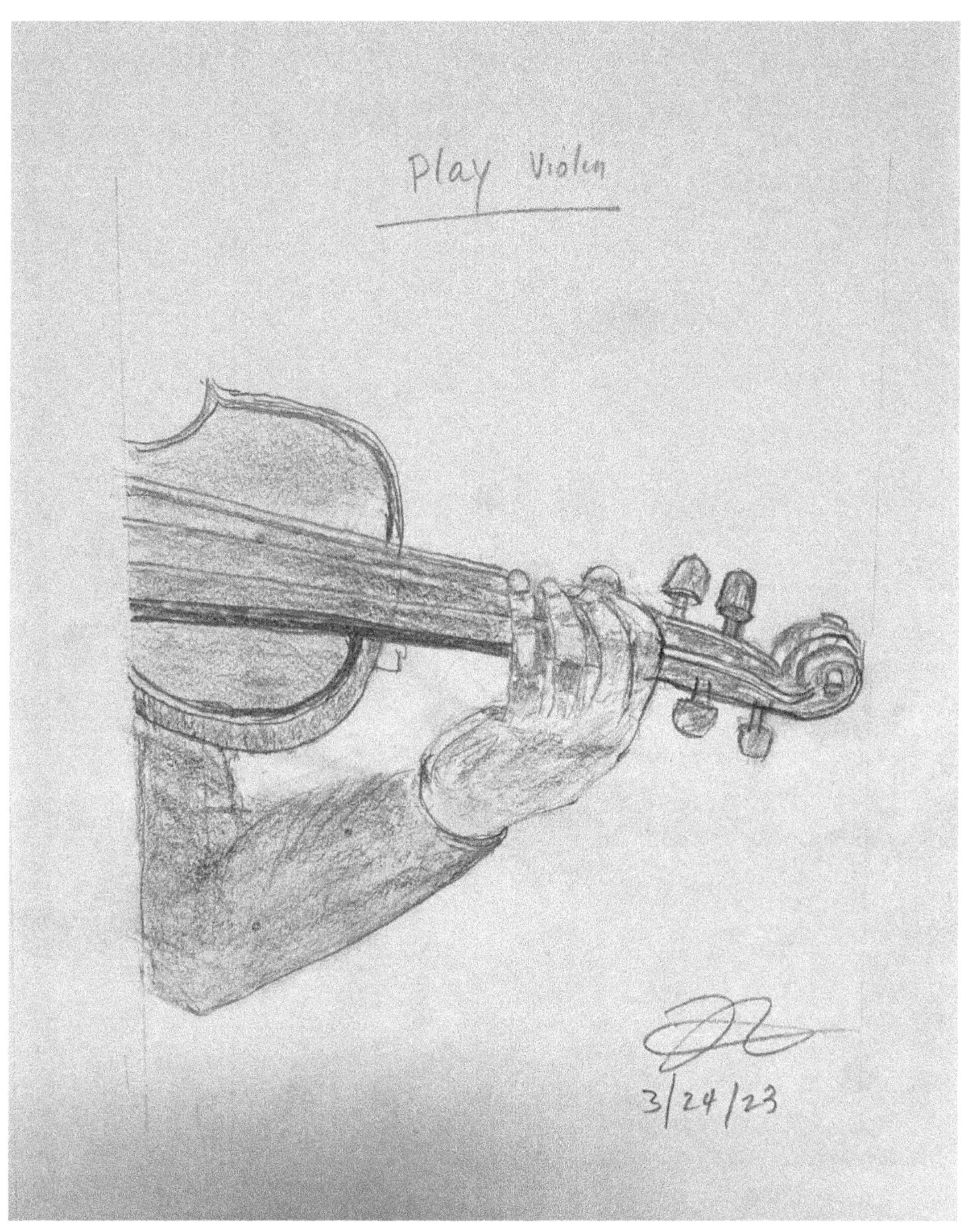

小提琴自画像

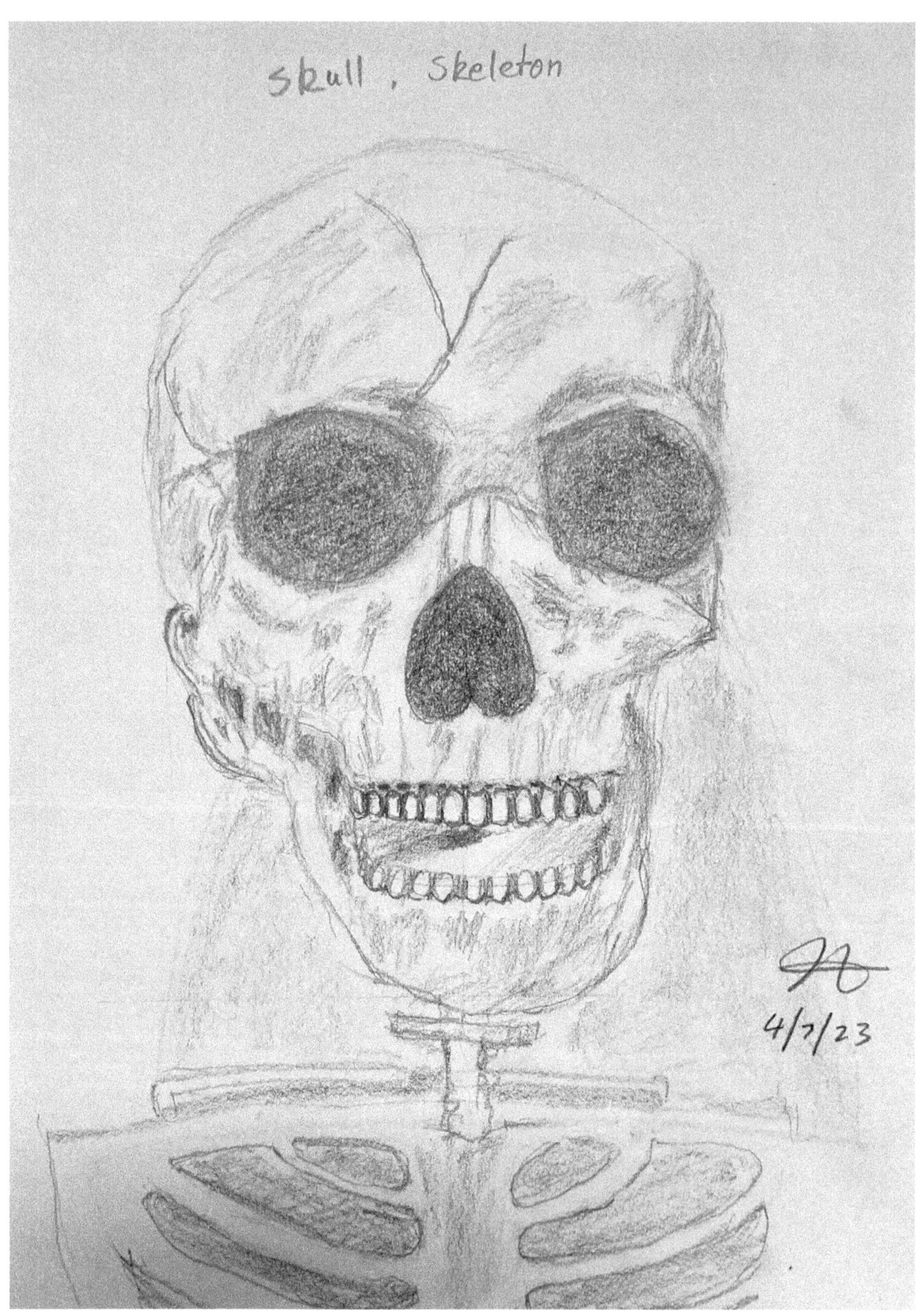

骷髏

户外自然风景写生

伦敦小街即景

诗集的最后，以我几年前用草书书写的一首脍炙人口的唐诗结束。

唐·李白《早发白帝》
朝辞白帝彩云间，千里江陵一日还，两岸猿声啼不住，轻舟已过万重山

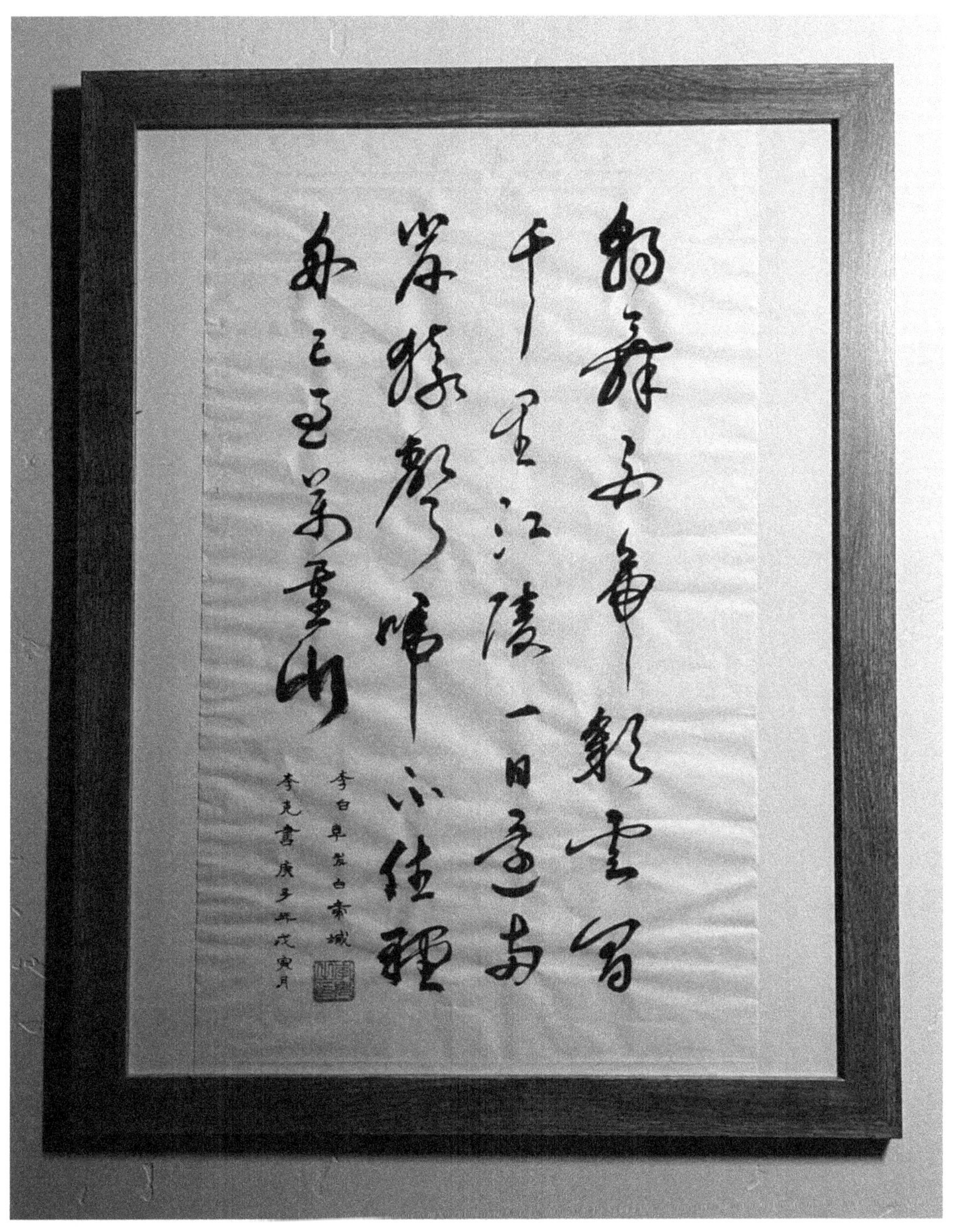

李克

李克

结束语

这本诗集的收集、整理结束于 2022 年底。收集了 2023 第一首诗做为本诗集的结束诗。也预计着新诗集的开始。本诗集虽然收笔了，但仍然诗意依然意犹未尽，诗词创作的脚步永远不会停息。大自然永远赋予我创作的灵感。学习创作，再学习、再创作。就像春雨，永不停息，滋润着大地，启发着人们的心田。就像一年的四季美景永远是诗词取之不尽、用之不竭的题材。四季中的秋和春在序言中已伴随我的诗描述。结束语伴随着我的诗描写夏和冬。

夏天广阔的大草原"风吹草低见牛羊"。夏日的庭院有"绿树阴浓夏日长，楼台倒影入池塘。水晶帘动微风起，满架蔷薇一院香"。夏日忽来的雨伴随着微风给人们送来了丝丝凉意，使人轻松舒适，摆脱了炎炎的夏日。夏日的池塘中的荷花、野鸭、鸳鸯戏水充满诗情画意。如同我在七绝诗中描绘的那样"*鸳鸯戏水漂塘影，飞舞黄蜂采蜜时，倒影静湖荷柏映，明年再照此花池*"。呈现了夏日池塘荷花盛开的美情美景。也有充满激情的时刻，夏日在高山湖中潇洒自如的单板滑水。也如我七绝诗中的描述"*碧水青松映九天，轻舟一叶绕群山，逐波踏浪仍潇洒，无限风光在水湾*"。夏日的诗词中浪漫与激情并存。这就是诗词的无限魅力。

冬天，天空中下起鹅毛大雪，到处是一片白色，唯有松树还是那样翠绿，点点雪片飘落在上面，好像是朵朵白花。形成美丽无限的白色树挂。鹅毛般的大雪纷纷扬扬地飘落下来。如同我冬季游览新疆天山天池"*高原明珠现天池，条条雪道似天路，白云朵朵映蓝天，日照金山云飞渡*"。树上盖的是雪，积雪把树枝压弯了腰。太阳照在白雪山上，发出耀眼的光芒。雪后，那绵绵的白雪装饰着世界，一派瑞雪丰年的喜人景象。因为有了冬，大地才有了"忽如一夜春风来，千树万树梨花开"，"千里黄云白日曛，北风吹雁雪纷纷"，"窗含西岭千秋雪，门泊东吴万里船"。鹅毛大雪落到地上，轻轻的无声无息，为大地盖上了一层厚厚棉被。盈盈小雪落到地上，如芦絮般飘将下来，薄薄的像纱衣般披在了大地上。冬天天空的景色永远那么蔚蓝湛清，白云朵朵，原野大地永远是那么广阔无恨、河流纵横。我的诗词创作也随我一起来到高原雪山，去享受单板滑雪的潇洒自如、无限乐趣。正如我的诗中描述滑雪的那样"*冬日风光白世界，银装素裹更妖娆，追风破雾雄心在，林海雪原胆气豪*"。

一年四季春夏秋冬、循环往复，诗词的创作犹如四季一样，随着四季在不断的变化，诗词的内容也不断的创新。在诗词的世界，永远给人们无限的遐想，永远的追求。超然的境界。

李克
收笔于 2023 年 4 月